U0865433

[鹿小姐书系]

爱情制作人

AI QING / ZHIZUO REN

今今／乔治娅 著

长江出版社

图书在版编目（CIP）数据

爱情制作人 / 今今，乔治娅著. —武汉：长江出版社，2018.8

ISBN 978-7-5492-5936-6

Ⅰ. ①爱… Ⅱ. ①今… ②乔… Ⅲ. ①长篇小说—中国—当代 Ⅳ. ①I247.5

中国版本图书馆CIP数据核字（2018）第197706号

爱情制作人 / 今今　乔治娅 著

出　　版	长江出版社
	（武汉市解放大道1863号 邮政编码：430010）
项目策划	大周互娱 · 图书
市场发行	长江出版社发行部
网　　址	http://www.cjpress.com.cn
责任编辑	陈　辉
封面设计	小　鱼
印　　刷	长沙鸿安印刷有限公司
版　　次	2018年8月第1版
印　　次	2018年10月第1次印刷
开　　本	880mm × 1230mm　1/32
印　　张	9
字　　数	265千字
书　　号	ISBN 978-7-5492-5936-6
定　　价	34.80元

电话：027-82926557（总编室）027-82926806（市场营销部）

目录

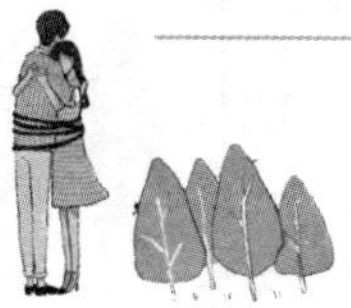

CONTENTS

目录

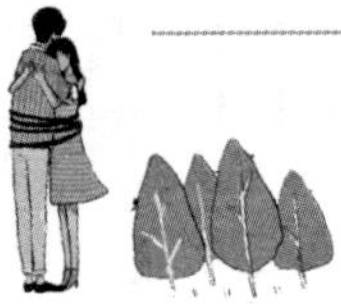

CONTENTS

AI
QING /
ZHIZUO
REN

楔子

沪城最豪华的天鹅酒店的户外花园里，一场浪漫的婚礼正在进行中。

“新郎，新娘将来无论是富有还是贫穷，身体健康或身患疾病，你都愿意和她永远在一起吗？”主持人问道。

新郎吴震看了新娘郭宁一眼，语气有些迟疑：“我……愿意。”

主持人又看向新娘：“新娘，新郎将来无论是富有还是贫穷，身体健康或身患疾病，你都愿意和他永远在一起吗？”

站在舞台一边的伴娘姚千树，看着今天美成天使的大学闺密郭宁，哭得比她还厉害。

众人都看着新娘，等她开口说出那三个字。新娘一直没开口，神情复杂，像是焦急又像是紧张。

这时，一辆机车的轰鸣声突然打破了这个紧张的时刻。

大家震惊地看去，只见机车上走下来一个穿皮衣皮裤的瘦削青年，他摘下机车头盔，露出精致的五官以及打了一排耳洞的耳朵，走上了台。

“好帅啊……”有女宾客悄声感叹。

新郎吴震看到他，当即变了脸色。

“她不愿意！”男青年一开口，却是女声，大家仔细一看，才意识到，“他”居然是个女的……

这个长得像帅哥的女生很快走到台上，她看了吴震一眼，吴震急忙后退一步。女生笑了笑，飞速转头，抱着郭宁亲了一口。

姚千树在台上被吓呆了，宁宁……之前在台上这么奇怪，难道就是因为她？

郭宁极力想推开她，奈何女生的手劲太大，她的挣扎毫无用处，郭宁的眼泪流了下来。

亲友们看不下去，纷纷离场。

两分钟后，朋克女生终于放开了郭宁，冲她说了句“抱歉”，就匆忙离去了。

郭宁满脸是泪，吴震连忙上前查看郭宁的情况。

“呜呜呜，我的婚礼全毁了！”郭宁边擦眼泪边哈气，像是吃到辣椒一样。

姚千树站在一边递纸，余光看到那个捣乱女生并没有骑机车离开，反而进了酒店。她立刻把纸巾塞到吴震手里：“吴震你先看着宁宁，我去抓住那个女的！”

话音未落，她就跑了出去。如果那个女生是故意来捣乱的，可不能让她就这样逃了。

女生去的是酒店的二楼，那里正对着举行典礼的花园草坪。

“梅大师，谢谢你帮忙！可是这样，吴震真的就能回到我身边吗？”机车女生走进去，对一个背对着大门长身而立的男子说道。

“你去抢新娘，没有抢他，已经给足他面子了，大家只会以为，是新娘有问题才导致婚礼失败。”被叫作梅大师的男人身形未动，轻描淡写道，“郭宁当然知道，这是吴震惹下的烂摊子，肯定会找他闹，如果她闹得太凶，吴家对她、对这门婚事，肯定就更不满意了。吴震嘛，他本就对这场包办婚姻犹豫不定的，婚礼毁了，吴家暂时也不会马上给他再找一个商业联姻对象，你现在回去挽留他，他肯定会回头。”

“嗯！等吴震回头了，我再登门给你道谢。你说得对，门当户对那一套早过时了，就算他们都有钱又怎样？他一个吃辣的重庆人，哪能跟吃甜的浙江人生活一辈子，我刚才才嚼了一个朝天椒去亲新娘子，她就辣得掉眼泪了，他们咋个能过到一块嘛！只有爱吃九宫格的我和他才是最相配的！”

姚千树躲在门外，越听越气。这梅大师到底是哪儿来的奇葩，居然用这种下三烂的手段，害大家都以为宁宁是为爱掉眼泪，还是为一个女的！这是成心要让吴家嫌弃她！

她正准备冲进去理论，背后突然传来一道声音。

“小姐，请问你有什么事吗？”一个服务员疑惑地看着她。

姚千树站直身体，笑道：“没事，我在等里面的人聊完天出来，我是他们的朋友。”

服务员见她一脸淡定，便毫不怀疑地走开了。

感觉到里面的人突然没了声音，姚千树也赶紧跑开。

郭宁和吴震已经不在花园了，郭宁电话也一直没有人接，姚千树打个的直奔郭宁家。

郭宁正在房间哭闹，嘴肿成了香肠，而吴震此时也不知去了哪儿，姚千树来不及等他回来，直接把之前听到的事情全说了出来。

“全都是因为这个吴震！我去找他！”郭父拍桌而立。

“爸，别找了……”郭宁擦了擦并不存在的眼泪，“既然吴震不喜欢我，那你就别去了，不然别人还以为我们上赶着要攀上吴家呢。爸，妈，你们就让我去美国读书吧，我不在家的话，正好也省得让别人看我们家的笑话了。”

郭宁有去国外读书的想法，姚千树以前听她说过：“可是那你跟吴震怎么办？”

“他现在肯定是去找那个女人了，”郭宁一把将婚纱头纱扯下来，“这种男人不要也罢，我们的婚事就作废呗。就让他和那个女人一起滚回重庆去吧！”

其实郭宁和吴震算是闪婚，两人的相亲都是由两家父母安排的，他们还一手操办了这次的婚礼。结婚之前郭宁还跟姚千树抱怨过不想跟吴震结婚，后来不知是不是碍于父母的压力，还是真的喜欢上了吴震，婚礼还是如期举行了。不过她之前也跟姚千树说过，她父母答应了她，只要她结婚就会让她去美国留学两年。

虽然郭宁看起来一脸洒脱的样子，但姚千树敢说，遇到这种事情，就算再不爱对方，肯定还是会有点伤心的。郭宁与其说是成全，毋宁说她是落荒而逃，跑到美国去疗伤。

姚千树暗暗发誓，一定要找到那个梅大师，让他也尝尝被人算计的滋味！虽然她的线索，只有一个他的背影，和他手上戴的一块黑色长方形手表。

因为在沪城电视台工作，姚千树很快就找到了做法制和本地民生节目的同事询问，然而，号称是“沪城包打听”的节目组也都不清楚梅大师是何许人也。

虽然仅凭一个背影和一块手表，想在拥有两千万人口的沪城找到一个人是没那么容易，不过来日方长，她可以一直找下去！

“千树，你就不要再操心我的事了，茫茫人海的，你与其查那个人，还不如多想想自己的终身大事，我希望下一次，是我当你婚礼的伴娘。”郭宁离开的那天，叮嘱姚千树。

真是哪壶不开提哪壶，姚千树好不容易转移的注意力，又被拉了回来。

姚千树不是没有想过自己的终身大事，可她暗恋了十五年的那个人，一直只把她当妹妹，她又有什么办法呢？

而且，看着好闺密都要结婚了还能被人搅黄，姚千树就更打消了告白的念头。起码不告白，还能做一辈子的兄妹呢。反正她也擅长撒谎，骗大家自己只把他当哥哥，倒也能瞒过所有人。

只是，谎言到底要说多久？在姚千树这里，还没有答案。

AI QING / ZHIZUO REN

第一章 我没有说谎，是爱情说谎

“小树，你喜欢我吗？”赵即墨坐在电脑前，并未转身，同时修长而灵活的手指在键盘上飞舞，屏幕上快速闪出数行代码。

“我，我……喜，喜……”姚千树觉得自己喉咙里好像塞满了东西，呼吸变得艰难，心跳也变得沉重。

“丁零零——”闹钟突然响起，姚千树一个鲤鱼打挺坐起来。梦中的紧张感还没有散去，手心似乎还有汗。

原来，即使是在梦里，她也没有说真话的勇气。

姚千树离开堆满了衣服的床，揉着自己状如鸟窝的齐肩卷发走到客厅，拿起餐桌上妈妈给她留的字条：亲亲宝贝女儿，记得吃早餐哟！吃完的碗筷就放桌上，我和你爸散步回来后收拾就好啦！

还是爸妈好。姚千树笑着打开还在保温的电饭煲，瞬间飘来一股八宝粥的甜香味。

闻到香味，她突然惊叫了一声，慌忙跑去厕所洗漱。

前阵子姚千树一直在忙一个叫《终于等到你》的恋爱真人秀综艺项

目，几乎每天都在电视台加班到凌晨两三点，好不容易周末能回来休息一天，想到已经快一周没见到赵即墨，她在回来的路上就给自己定了闹钟，计划在今天给赵即墨做一份早餐，联络一下感情。

快速洗漱好的姚千树在厨房开始忙碌起来。要做多复杂的早餐是不可能的，好在赵即墨这个理科直男，无论什么事都只考虑客观最优解，用他的话来说：“一份黄金早餐就是，咸甜搭配，有牛奶、鸡蛋、蔬菜、水果和主食。”

这种早餐很好做，一份沙拉就可以搞定了。

半小时后，姚千树穿戴整齐，端着沙拉，敲开隔壁赵家的大门。

“叔叔阿姨，你们吃早餐了吗？我的沙拉做多了，你们要不要尝一下？”姚千树一边进屋，眼睛一边往赵即墨的房间方向瞄去。

“哎呀，小树真是个贤惠的好姑娘，休息日这么早就起来做早餐了，快来吃点阿姨做的水煎包，可香呢！”赵妈妈拉着她走进屋，赵爸爸在用手机看新闻，看见姚千树进来，朝她打了个招呼：“小树，来了啊。”

姚千树朝赵爸爸笑了笑，被赵阿姨拉到餐桌前，她放下沙拉，笑道：“叔叔阿姨都吃过了吗？你们吃得好早呀！”

姚千树娴熟地和二老寒暄着，心思却一直在赵即墨那扇紧闭的房门上。终于，那扇房间门打开了，赵即墨走了出来。

他修长的身影正背着阳光，仿佛是从光里走出，跟梦中的他一模一样。

姚千树感觉自己的腿跟心一起酥软了下来，这张脸，看了十五年还是觉得没看够。

怎么会有人生得那么好看的眼睛、那么好看的鼻子、那么好看的嘴呢？

“小树，你来了。”赵即墨的声音有些清冷，看着她时，唇边扬起一个几不可见的弧度。

“嗯，”姚千树回过神，连忙托起沙拉，“即墨哥，你吃过早餐了吗？我做了沙拉，你要尝尝吗？”

“不了，我吃过早餐了，要先出门，你们聊吧。”他拿起钱包，走了出去。

姚千树看着他离开，有些着急，张了张嘴还没想到要用什么话题多跟他聊两句，就听见了他关门的声音。

姚千树仿佛也听到了自己心碎的声音，登时什么也不想吃了。她放下沙拉，准备告辞，却见赵妈妈和赵爸爸已经走到了窗台，似乎是在看赵即墨的行踪，随后，赵妈妈鬼鬼祟祟拿出手机，拨出一个电话，悄声道：“喂，梅大师，确认出门了。嗯，对，我跟他说了，我想要新天地商场的资生堂专柜的面霜，你快点安排一下，拜托啦！”

梅大师？难道就是她一直在找的郭宁婚礼上的那个男人？

见姚千树十分好奇的样子，赵妈妈笑得神秘：“小树，你有时间吗？帮阿姨个忙吧，跟上你即墨哥看看情况。”

原来，赵家父母觉得现在年轻人会排斥传统相亲，于是，拜托了一个媒人世家的后人，给赵即墨安排了一场“浪漫偶然”的缘分邂逅。据说这个女生经过这个梅大师的精心计算，和赵即墨相配指数极高，而这次的“偶遇”地点就在新天地。

姚千树听到“媒人”两个字就有些不舒服。没想到现在的媒人居然无底线到这个地步了，还可以制造偶遇，让男女双方以为彼此是因为缘分而相遇……但是，即墨哥应该不会中招吧？

“那个……阿姨，即墨哥的过敏症怎么办？”虽然提这个有些扫兴，可如果这个病不治好的话，即墨哥恐怕也不能顺利跟人交往吧。

赵妈妈“嘿”了一声，拍拍姚千树的肩膀：“那个慢慢治呗，也不能因噎废食啊。反正他们也只是先接触，不会那么快动手动脚吧？”

应该不会……吧。

赵爸爸“啪”地放下手机：“照我说，那什么过敏症就是矫情，改明儿让他跟我去一趟DISCO，来几场热舞，什么毛病都好了！”

赵妈妈“啸”了他一声：“还DISCO，人家年轻人现在都叫酒吧了好吗？哎呀，你就别瞎指挥了，想害死即墨啊！”

赵妈妈转头又拍了拍姚千树的手，示意她早点出门。

好吧，好在赵即墨以前也常规相亲过很多次，没一次成功的，有次还被女方家长打电话追来骂赵即墨是个直男癌和老古董，因为他对人家女孩说，他只接受从未谈过恋爱的女生，当场把女孩气得哭着跑回了家，也难怪叔叔阿姨有些病急乱投医。

这一次，虽然有了媒人的精心安排，但以即墨哥的性格和标准，应该……也会没戏吧？而且还有他的病……

姚千树摇了摇头，起身准备出门，赵母在她身后和赵父说："唉，可惜小树和我们即墨不来电，不然，我们应该早就抱孙子咯！"

"其实……"姚千树刚想停下来，为两个人的关系找点转圜余地，就听赵爸爸道："那个梅大师都说了，一起长大的人会产生一种叫什么韦斯特效应的心理现象，两人会变成亲人，根本不会对对方有感觉。本来也就是，我把小树当女儿，即墨把小树当妹妹，他们俩要在一起不是乱伦嘛，你可惜啥！"

不管这个梅大师是不是破坏宁宁婚礼的男人，都一样讨厌！姚千树暗自咬牙。

"叔叔阿姨，我先回去换个衣服，你们就等我消息吧！"话音落，姚千树迅速回家换了一件不起眼的灰色连帽衫，跑出家门，拦车赶往新天地。

赵即墨去的新天地商场，算是沪城最大的商场，足有五层，穹顶透明，视野开阔。各类商店应有尽有，一楼大厅里的圆球吊饰设计得大气文艺又有品，经常有主播来这里做具有地标特色的直播。

姚千树走到资生堂专柜，一眼就看到了赵即墨的身影，柜姐很热情地在向他介绍各类产品，他一脸礼貌地微笑，身体却是连连后退，和柜姐保持着一定的距离。

姚千树找到一个有利隐藏的柱子后，戴上帽子和口罩，只露出眼睛，猫在一旁暗中观察。

"喂，妈，为什么一定要让我出来买资生堂啊？明明就可以网购……"一个长裙长发的女孩打着电话走过，成功吸引了姚千树的注意。女孩皮肤苍白，没有化妆，刻意回避着人群，通过在电视台工作三年的识人本领，姚千树觉得女孩应该是个有些害怕人群的宅女，看来这个就是正主了。宅女配理工男，最基本搭配，还什么精心计算呢？梅大师这样的理论骗骗老人还行。

只见女孩径直走到了专柜前，站在离赵即墨三步远的地方，而赵即墨瞟到身后有女生后，又下意识地走开了几步。

姚千树为长发宅女心疼三秒，觉得赵即墨是注定要孤独一生了。这两个人，一个宅，一个怕，估计是不可能有交集了。姚千树站起来准备走，这时，一个戴着鸭舌帽拿着一杯奶茶的小哥，走到了女孩身边。

女孩正好拿着产品边看边后退，一个没注意，就碰翻了小哥手里的奶茶。

"哎呀！"女孩一边后退，一边惊呼，"对不起，对不起！"

赵即墨也连连后退，怕女生退到他这边。他掏出了纸巾，却是递给了那个小哥。柜姐本来也想递纸巾给小哥的，但没想到赵即墨居然快自己一步，她只能把自己手里的纸巾递给女孩。

小哥道完歉就迅速离开了专柜，而赵即墨和那个女孩因为东西还没买，只得继续留在专柜，尴尬地聊了起来。

看小哥的身高，似乎跟婚礼那天的那个梅大师差不多。虽然他穿着长袖，看不到是否有戴手表，但姚千树有种直觉，这个小哥肯定跟那个叫"梅大师"的媒人有关。

刚刚泼奶茶那一幕，姚千树看得清楚，绝对不是意外，而是小哥有意为之，而且他肯定是了解赵即墨有随身携带纸巾的习惯。只是他没想到，即墨哥根本就不会和女生接触。难道叔叔阿姨没告诉他，即墨哥不能接触女孩子吗？

眼下，那个女孩好像对赵即墨转变了态度，可能她见多了正常或者热情的人，反而对赵即墨这种跟她一样害怕跟人打交道的人有了好感。

女孩跟赵即墨越聊越开心，似乎还想问赵即墨要联系方式，姚千树终于忍不住，想走上前装作偶遇去打断他们，谁料起身太急，脚有些发麻，眼看就要站立不稳拥抱大地，一只手拉住了她的右手，硬生生将她扯了回去。

在赵即墨发现前，姚千树被扯回了柱子后。姚千树刚想道谢，但看清拉她的人，瞪大了眼睛："是你！"

居然是那个戴帽子的小哥。她本来还想回去再问叔叔阿姨关于他的事的。

小哥抬起头，笑意盈盈地看向她。

帽子下，居然是一张面如冠玉、明眸皓齿的脸。姚千树觉得似乎在哪儿见过。

“小姐，你从刚才就一直躲在这里看戏，可是看出什么了？”他的声音温和中带着一丝熟悉……姚千树急忙看向他的手腕，居然真的戴着那块黑色长方形的表！

新仇旧恨，姚千树感觉体内好像突然燃起了熊熊烈火，但眼下不是算账的时候，等过了今天，她再好好收拾他！

“你看错了吧，我只是来买东西的。”姚千树压抑着情绪，绕过他，准备躲开。

“等等，”小哥似是在回想，“你可是姓姚，名千树？”

姚千树笑了笑：“不是哦。”

小哥勾唇一笑：“姚千树，25岁，双鱼座，沪城电视台编导。别紧张，你的八字还有自拍照，赵叔叔赵阿姨早给我看过了。你呢，与赵即墨是男木女金的五行相合配，面相与他是顺配，生肖是龙男鸡女，算是很合的龙凤配了。可惜……你们有缘无分。叔叔阿姨说，是因为你俩对彼此都不来电，不过……看你这么在意那边的动静，估计，事实不是叔叔阿姨说的那样吧？”

他神神道道说了一大通，姚千树也听不大懂，但感觉像是说两人八字还行，之所以没在一起，也不是两人不来电，而是她喜欢赵即墨，但赵即墨不喜欢她？

“事实怎样，不劳您操心，我只是奉命行事，即墨哥爸妈叫我来的。”姚千树白了他一眼，“哎呀，你别挡着我。”

姚千树推开他，只见赵即墨已经拿了面霜准备走，女孩在他身后一脸郁闷，看样子，是被拒绝了？

姚千树准备跟上去，却见一个右手举着自拍杆直播，穿着LOLI裙的棕色卷发女孩左手提着大包小包的购物袋冲进了专柜，正好挡住赵即墨。姚千树赶紧退回去，同时扯住梅大师，不让他发出声音。

“小雯！我刚看到你时还不相信，你终于舍得出门了！”直播女孩一口东北普通话，看向赵即墨一脸促狭，“因为这位帅哥吗？”

“不好意思，我们不认识，可以借过一下吗？”赵即墨道。

赵即墨的冷漠并没有打散这个直播女孩的热情，她笑道：“帅哥，朋友不都是从不认识到认识的嘛，我刚看你跟我朋友聊得挺好的，不然就交换个微信呗？”

“秋秋，你干吗呀？”那个叫小雯的宅女扯了扯她，而被叫作秋秋的主播拂开小雯的手，还跟她使了个眼色。

陌生人的搭讪让赵即墨有些窘迫，何况她手里还有一台手机在实时直播，赵即墨用手挡住自己的脸，想从另一边走。

“欸，帅哥，你别急着走嘛。”直播女孩似乎也没料到自己会被人拒绝，忍不住跟了过去。

突然，有人“扑哧”笑了一声。

直播女孩顿时停下来偏头看她。

姚千树看到来人，脸色剧变，居然是——孟沅。

她的齐肩卷发新染成了暗红色，一件简单的白色吊带连体短裤，衬得她美黑过的皮肤更加黑，但还是能看得出文了整只左手的枪炮玫瑰花臂，这一切让她看起来有种野性又风情的性感。原本被那个直播女生吸引了目光的围观群众都纷纷看向她，有几个还忍不住吞了吞口水。

赵即墨则是有些害羞地避开目光。

“只是问个联系方式而已，很好笑吗？”直播女生有些不快。

赵即墨走到孟沅身边，孟沅伸手挡下了女生直播的手机，道：“《民法通则》第100条规定，公民享有隐私权和肖像权，未经本人同意，不得以营利为目的使用公民的肖像。你的手机还在直播，靠直播打赏，也算营利了吧？”她看了赵即墨一眼，“即墨，你说怎么办？”

不等赵即墨回答，直播女孩赶紧关掉手机：“我……根本就没拍到他！你们可别想碰瓷，小雯，我们走啦！”

她拉着那个叫小雯的女孩，手里还没忘记提着自己的大包小包，很快就溜得无影无踪了。

"阿沅。"赵即墨转身看向孟沅，嘴角挂着淡淡又有些拘谨的笑意。孟沅则给了他一个热情的拥抱。

赵即墨微微退了一步，并没有推开她。看赵即墨这样，姚千树感觉自己的心像是被戳了好几刀。

孟沅就是赵即墨一直喜欢的人，是他的白月光。她是省级电视台——江南电视台的资深制片人，自然是熟悉有关路人隐私权和肖像权的事宜。但一般人遇到这种情况，顶多就是笑笑就走了，不过强势的孟沅在片场见多了这种女孩，对付起她们来自然也是得心应手，一股浑然天成的霸气也油然而生。

姚千树想，赵即墨喜欢的应该就是孟沅这种气场吧，可她学了好久都学不来，美黑、文身她都没有勇气去做，最多只是学了孟沅的发型。

赵即墨和孟沅是在八年前认识的。那时两人都在英国做交换生，姚千树是从他书里夹着的孟沅的照片里，猜到了他的心事。

只是，赵即墨一直没有告白，所以姚千树觉得自己还有机会。也许他对孟沅的感情就是一时的鬼迷心窍而已，毕竟按他的择偶要求，孟沅可是一条都不符合的，她不仅情史丰富，作风也开放。而且，即墨哥现在在忙事业，无暇顾及个人大事，等到他想要安定时，他一定会看到身边最适合他的人是她的。

也不知发了多久的呆，待姚千树回过神的时候，眼前早已没有赵即墨和孟沅的身影，而她身边的梅大师，似乎也在想事情。

姚千树嫌弃地看了他一眼，想到刚才赵即墨和孟沅的拥抱，她转过身，准备去找赵即墨，却被梅大师叫住，他拿出一张名片："其实，我的任务只是替赵即墨找到另一半，并不在乎那个人是谁。如果你决定勇敢面对自己，想争取成为他的另一半，打我电话，我一定帮你追到他。但是，"他冲她眨眨眼，"要快点哦，看起来，他似乎喜欢那个吊带女孩。"

听到他最后一句话，姚千树很不想接他的名片。可她着急走，不想和他纠缠，只好顺手接过他的名片就跑了出去。不一会儿，她就在街角拐角的地方，看到了面红耳赤、大口喘气的赵即墨。

“即墨哥，你没事吧，带过敏药了没？”姚千树焦急地走上前，想拍他的背，但手及时停在了半空。

赵即墨有异性接触过敏症。据说是因为他从小长得太好看，在幼儿园时就是小女孩偷亲的对象。在一次口水过敏后，再有女孩碰他，视接触情况而定，他会产生不同的反应，轻则发红，重则过敏起疹子。每次被女孩碰过后，他都会一直洗手，随身也携带着洗手液和过敏药。

“我吃了药。”赵即墨缓了一会儿，脸上的潮红终于褪去。他站直身体，看到她有些疑惑，“你怎么在这儿？”

“啊……我出来买点东西，就看到你了。”姚千树四处张望了一下，没看到孟沅的身影，估计是两人走出商场就各自散了。

姚千树悄悄刷了下朋友圈，看到孟沅晒了两张电影票，定位是新天地的影院。难怪她会出现在这儿，应该是要跟她新交的男朋友去约会吧。

孟沅并不知道赵即墨的过敏症，实际上，知道这件事的人也很少，要不是十五年前与赵即墨的初遇，姚千树可能也不会知道这件事。

两人一起离开街角，不远处，梅大师看着姚千树的背影，陷入沉思。

之前，他在看到姚千树照片时，就觉得她面熟，又看到她左右耳垂的两个黑痣，还以为只是耳钉而已，毕竟左右耳垂都有黑痣的人太稀少了，却没想到，今天会碰到她。他近距离观察了一下，发现她耳垂上的居然真的是痣，而且，她也姓姚。

梅天星仔细回想了一遍初遇她时的眉眼神态，越发确定，姚千树就是十五年前的那个小女孩。

只是……那时的她明明连说谎都不会，怎么变成今天这种面不改色、谎言张口就来的人了？要不是赵家父母给他看过照片，即使是学过面部微表情的他，也差点被骗过去，以为自己真认错了人。

难道，真是因为十五年前那件事，她就开始学会撒谎了吗？如果真是这样，那他得做点什么了。

陪赵即墨回到家后，姚千树冲满眼期待的赵家父母暗自摇摇头，随后找了个借口，溜回了自己家。既然即墨哥暂时不会有脱单危险，那她就得好好研究一下那个梅大师了，毕竟替宁宁报仇的事，也不能只是口头上说说而已。

姚千树端详着接过来的那张名片，红底烫金，除了简单的名字——梅天星，还有他的电话，其余什么也没有。

但姚千树是什么人，虽然没追过星，但好歹也搜过很多艺人的八卦，各种翻墙的搜索引擎用起来不要太熟练，只用了不到十分钟，她就把梅天星的资料翻了个底朝天。

只是，得知他的真实身份后，姚千树的嘴巴快能塞下两个鸡蛋了。

梅天星居然是沪城那个赫赫有名的梅家的后人。

那户梅家，有族谱考证，可以追溯到唐朝之前的冰人世家，也就是媒人世家。现在的当家人是梅家第八十代传人，叫梅昂，也是金牌红娘网的创始人。这个网站是国内的第一大相亲网，所属公司去年刚在美国纳斯达克敲钟上市，梅昂也因此成为富豪榜上的名人。

姚千树还搜到了一篇采访，生动详细地展现了这个媒人世家与时俱进的“说媒”生活：梅家爷爷奶奶喜欢去公园相亲角替人做媒，梅家当家人梅昂就主要做相亲交友网站。

其实网上关于梅天星的资料很少，但姚千树还是从一张梅昂和他儿子八岁时的合照中，从那个小男生独特的桃花眼上，认出了那是梅天星，确定他就是梅昂的儿子。至于梅昂的妻子，很早就病逝了，梅昂和梅天星父子俩共同出席的场合很少，拍下的照片就更少，唯一可以看见两人正脸的就是那一张照片，梅天星还是一脸不开心的表情。

网上不仅梅天星的照片少，连他的工作资料也几乎是毫无痕迹，但姚千树还是通过层层的蛛丝马迹，查到了市面上最新上线的那款视频互动交友APP“星星”，幕后老板正是梅天星。

“难怪那么讨厌，原来他真是媒人。”自十五年前开始，姚千树对媒人就打心底讨厌。是以，她爸妈虽然着急她的婚姻大事，但也从不敢在她面前提相亲做媒之类的话。

这个梅天星，之前害郭宁结不了婚还不算，现在居然还想插手她和赵即墨的感情，她会需要他这种黑心媒人来撮合？不行，她一定要给他点颜色瞧瞧！

姚千树花了一个下午的时间，去顶网上各种关于“星星”黑料的帖子，虽然不多，发帖看起来似乎也很像水军做的，但姚千树还是“现身说法”地去顶了关于约炮APP、骗钱APP之类的帖子。

做这些虽然可能伤不了梅天星的元气，但俗话说，聚沙成塔，那海啸不还是由一滴滴小水滴造成的，她也要做一个小水滴，希望能引起海啸！

做完这些事，姚千树神清气爽，打算持续观望。如果梅天星再有什么新动作，她再升级报复行动！

只是，经过那次失败的撮合后，那个梅天星似乎再没什么动作。

正好电视台的工作又开始忙起来，于是姚千树把注意力重新调回到了那个综艺项目上。

但是，赵即墨近来的红鸾星似乎不太安分，姚千树光顾着防孟沅、查梅天星，却忘了，最想赵即墨脱单的赵家父母，哪能这么容易被打败。

趁着项目组放假半天，姚千树去赵家串门，才发现赵家父母竟然替赵即墨在“星星”上注册了账号，还悄悄圈定了好几个合适对象！

姚千树一问，注册“星星”果然是梅天星给出的建议。

“这款APP听说最近风评不好啊，阿姨您还是不要信这个比较好。”姚千树道。

赵母看了一眼赵即墨的房间，确信关着门的他不会听到，凑近姚千树道：“梅大师说了，这款APP把人的类型分得特别细，可以让我们很快找到最配即墨的人，我们挑中的，可都是跟即墨匹配率有90%的姑娘呢。”

“可是最近真的有很多人在控诉这款APP，说上面的人约会之后会骗财骗色呢，还是不要让即墨哥去跟不清不楚的人见面比较好吧。”姚千树把她顶过的那个帖子搜出来，递给赵母。

“天哪！怎么有这么坏的人？！”赵母看完，又递给时不时看过来的赵父。

姚千树则默默走到赵即墨房间前敲门。

“进。”赵即墨道。

姚千树推门进去，赵即墨还在电脑前敲键盘。

姚千树走到他身边：“即墨哥，都下班了你还在弄你们的APP啊？”赵即墨这半年一直在创业，打算自己做一个旅游APP，名字叫“爱旅”。他现在每天不是在公司上班，就是在家里加班，只要一听要相亲，绝对是立刻躲回自己房间。

“嗯，还有很多程序没有写完。”赵即墨头也不抬地说道。

“……对了，你最近有见到阿沅姐吗？”

“前段时间在商场碰到过，”赵即墨抬头看她，“怎么了？”

“没什么，就是好久没看见她了，我前天在微博上看到有关她的一个八卦……”姚千树犹豫许久，还是说了出来。因为赵即墨很少看微博，事关孟沅，她觉得还是得告诉他。

那是一张孟沅和几个互联网大佬合影的照片，她衣着性感，跟他们勾肩搭背，评论基本都在说，她是靠美色坐上了江南电视台第一制片人的位置。

昨晚，孟沅还在朋友圈发了张垃圾桶里的玫瑰花的图片，不知是跟男友吵架了，还是分手了。

赵即墨看完八卦，只说了句“我知道了”，就转头继续敲代码去了，也没说要打电话给孟沅了解情况或者是安慰她。在人情往来上，他木讷得有些可怕，全靠一张脸撑着才不至于被人嫌弃，但只有亲近的人才知道，即墨哥内心真的很暖。

姚千树当然也不会提醒他，只是自己在微信上慰问了孟沅几句，孟沅的回复很简短，看不出有什么情绪，姚千树怕她在忙，也就没有再说什么。

回到家后，姚千树第一时间重新下载了那个叫“星星”的APP。之前她发帖时下载过，只是简单扫了两眼，就卸载了。现在重新装上去，自然是因为赵即墨。

"'愿你找到宇宙里属于你的星星'，文案矫情，"姚千树边看边划，"天哪，这个测试也太复杂了吧，居然有一百多道题！"

然而她还是飞快做完了，然后搜到赵即墨的账号，关注了他。

"什么鬼！我跟即墨哥的匹配度只有78%？！"姚千树摔掉手机，"果然是个破APP！"

她想删掉这个APP，然而重新拿起手机时，想到赵即墨在里面，她又舍不得了。

虽然他根本不知道自己有这个账号，但是账号的头像，是他的照片，也是属于他的一部分呢。

姚千树没再管这个APP，反正赵家父母也没再让梅天星给赵即墨安排"偶遇"。

再次注意到"星星"，是因为关于它的风波居然真的愈演愈烈，坊间一度传言"星星"负责人被有关部门约谈。它的竞争对手"黑凤梨"顺势收割一大批用户，稳坐交友APP第一名。

之后，又有梅昂身体不适住院的消息传出来，梅氏集团一时间风雨飘摇。当然，不清楚的人肯定是不知道"星星"出事跟梅昂住院有什么关系，但姚千树是知道的。说不定是被气病的……

"这次真的玩大了……"姚千树有些内疚，赶紧拿出手机想删掉之前顶的帖子。

"咦？怎么不见了？"那些黑料帖子似乎都被删掉了，被删了应该就没什么事了吧。

姚千树还在忐忑内疚的时候，手机收到了张熏仪的微信，她对姚千树说想要退出《终于等到你》节目。

张熏仪是《终于等到你》的女明星嘉宾，靠着甜美的外形成为三线明星。她原来的剧本是要跟里面的男嘉宾谈一段甜甜的恋爱的。然而，在拍摄中途，姚千树却意外得知了她私下恋爱的事。

那天是在室外拍游泳池的景，大家都走了，只剩张熏仪一个人坐在泳池边，看起来有心事。作为负责她这一对的编导，姚千树拿了瓶水给她，在她身边坐了下来。

姚千树无意去了解她的心事，只是默默陪她坐了一会儿，然后张熏仪就把自己新交了男友，还因为这个节目跟男友吵架的消息告诉了她。

姚千树刚做编导的时候，带她的师父就跟她说过，她身上有种神奇的力量，会让人莫名信任，忍不住就对她交心。姚千树其实也不太理解这种玄玄的东西，只好归结到大家都被她的假面具骗了。

虽然嘉宾跟电视台签了合同，保证自己在拍摄中和拍摄后，以及节目上映后最少三个月内不能有恋爱消息，但嘉宾们也不可能都能遵守，所以也还是会有人偷偷恋爱，但他们都会对外否认。主动告诉节目组的，姚千树还真是第一次碰到。

张熏仪应该也是后悔了，所以现在才会主动跟姚千树提出，打算退出这个节目。之前她在泳池边时被姚千树劝过，估计现在已经跟她的富二代男友和好了，所以男友也愿意赔解约金给节目组，让她中途退出。

姚千树在知道张熏仪恋爱的消息后，就一直犹豫是否要告诉总导演。她在工作和信任间徘徊了许久，直到收到张熏仪的微信，姚千树知道这事儿她自己兜不住，必须告诉总导演欧明洋了。

欧明洋知道这事后，当即在电话里发起了飙："这张熏仪是不是疯了！我们都开拍了她来这出？就算她愿意赔解约金，可这一时半会儿的，我们上哪儿找人去？你跟她好好说，让她先拍完这季！"

"这……"姚千树总觉得这样不太好。虽然节目只是个恋爱真人秀，不保证真实，但她还是希望在拍摄的时候，大家都能全情投入，尽量去展现真实的爱情过程。

"哎呀，你现在来电视台，我们一起聊一下！"欧明洋道。

姚千树赶紧打车去了电视台，欧明洋几乎是手把手地教姚千树回复张熏仪，让她最终放弃了退出节目的念头。

尽管这样，姚千树还是不放心，又申请连夜改了剧本，大幅度删减张熏仪和她对手男明星的戏份，然后她又去接洽了另外两位档期空出来的男女明星，让他们准备接替张熏仪这一对。

幸好这个恋爱真人秀没有固定嘉宾情侣，拍摄主场景就是一栋别墅，大家在别墅里相处，牵手成功了就会自动退出，由新的嘉宾取代。

做完这些事后，姚千树才有闲心重新关注"星星"的事。她打开手机看了一眼，"星星"居然弄了一个"注册即有机会获得免费巴黎十日游”的活动，为了掩盖约炮风波，这个APP也算是煞费苦心了。也不知赵家父母听过她的话后卸载了这个APP没有。

姚千树去了一趟赵即墨家，她还没开口提醒什么，二老似乎就已经笃定赵即墨会被“星星”抽中巴黎游，在旅途中能给他们带回个媳妇。两人对姚千树表示，梅大师会安排好一切，就等着过两天巴黎游公布结果了。

也不知梅天星居心何在，竟然对即墨哥的事这么上心，他不会真的选即墨哥去巴黎吧。

“小树，你过来了。”出来喝水的赵即墨看到她，同她打招呼。

“嗯。”见他有些好奇她过来的原因，姚千树急忙补了一句，“我参与编导的节目明晚开播，你们记得帮我看一看，提点意见哦。”

“就是那个看明星谈恋爱的节目吗？”赵母一脸兴奋，“没问题！我现在就可以提一个建议，我觉得可以邀请一些年纪大点但风度翩翩的明星去参加，别全是小鲜肉什么的，也要考虑我们老年人受众嘛。”

“……呃……行！我记下了，一定跟导演反映！”

《终于等到你》开播的那天晚上，第三方收视监控公司实时传回了一路上升的数据，节目也迅速占领了微博话题排行第一名，大家在电视台欢呼击掌，决定收工去吃烧烤庆祝。

然而他们高兴得太早了，还没等他们庆祝完回家睡一觉，张熏仪和一个男人搂搂抱抱的照片就被贴满了整个网络，而那个男人并不是真人秀里的恋爱嘉宾。

姚千树还在昏睡中就被欧明洋的夺命连环CALL叫回了电视台，和电视台的同事们，还有张熏仪的经纪公司一起，忙着联系各种媒体去救火，该删帖的删帖，该公关的公关，大家都一致对外跟媒体说两人只是朋友。

所有人忙了一个通宵补救，本以为过两天这个绯闻热度低下来就没事了，谁知张熏仪做了个让所有人都意想不到的举动。

她直接放出了跟姚千树之前的聊天截图，表明她并不是故意欺骗观众，这一切都是姚千树知悉之后的坚持。估计网上两帮粉丝的谩骂声影响到了张熏仪，而且男友又在财力上无条件支持她，所以，张熏仪在没和电视台商量的情况下，自己公开了聊天记录，并主动解约。

这下，姚千树的微博直接被张熏仪粉丝的谩骂塞满，用词之狠戾毒辣，吓得她把微博都卸载了。

电视台高层让姚千树先回家检讨，处罚决定晚点开会之后再通知她。

姚千树胆战心惊地回到家，趁父母没回来，先躲进了自己房间。

欧明洋可能也知道这事情怪不到她身上，在高层面前装模作样地批评了她几句，又安抚她，表示到时会替她说话，让她别担心。

然而，最后开会的结果却是，所有责任都在她这个编导身上，她被开除了。然后张熏仪在与电视台的私下谈判中达成和解，电视台认错，她删除微博，不再对节目发表任何有关言论。

“千树，我劝你还是不要对外多说什么，欧导也跟我们提了一下，如果乱说的话，保证我们在这一行会很难混。”同事小张给她打电话道。

姚千树挂掉电话，将自己全身都埋进被窝里。当年带她的师父早已经不干了，也说不上话，孟沅说不定能帮她，可是，她并不想向孟沅求助。

算了，互相甩锅样子太难看，她吃了这个亏。

只是……接下来，还有哪家电视台敢雇用她呢？

“啊啊啊——”姚千树忍不住在被窝里捶床。

“小树，你回来了吗？”姚母在门外敲门。

“嗯。”姚千树闷闷地应了一声。

“你听赵阿姨说了吗？你即墨哥被抽中免费游巴黎了，运气也太好了！”

“什么？！”姚千树跳下床，打开房门就跑了出去。

姚千树敲开赵家大门，赵家父母正在欢天喜地地查询巴黎旅游的注意事项，赵即墨则是蹙眉看着手机，看见她来，问了一句：“你帮他们注册的这个APP吗？”

“没有啊，什么情况？”姚千树凑近他，看着他打开的“星星”APP。

“星星”的首页上已经公布了幸运用户的账号，一共有六人。咦，里面还有一个人叫阿沅？

姚千树赶紧点开阿沅的个人主页，她的头像是《海洋奇缘》里那个酋长女儿的头像，资料显示她的职业居然也是电视台制片人……

看到姚千树的动作，赵即墨道：“嗯，她就是阿沅。我已经打电话问过她了，她说是之前这个APP的副总有找过她，想要商务合作。为了了解产品，她就注册了‘星星’，没想到就被抽中了免费游，正好她最近有时间，就请了年假一起去玩一下。”

这也太巧了……姚千树想到梅天星也见过孟沅，那他选这两个人，绝对就是有意而为之了。

“即墨哥，你会去吗？你不是一向不喜欢跟很多女孩子一起出行吗？而且，和陌生人一起多危险啊。”姚千树道。

“其实……我们自己公司做的APP跟星星在产品内容形态上比较相近，我想去看看，对我们的内容产品升级迭代会有帮助”他道。

……不行啦！

如果赵即墨和孟沅真的一起去巴黎旅行，那梅天星肯定会拼命撮合两人，说不定两人就会借机在一起了，刚好孟沅最近也分手了。

不行不行，绝对不行！

姚千树匆忙告别赵即墨，立即回了家。她一定要阻止这一切的发生，只要查到梅天星想撮合即墨哥和阿沅姐的证据就行。跟即墨哥当然是不好说这些，他说不定巴不得被撮合，但是，一向对个人自由和权益看得比什么都重要的孟沅而言，肯定是不能忍受被人这样摆布的。所以，找到证据给阿沅姐看就行了！

而阿沅姐不去的话，那么墨哥去不去她就没什么可担心的了。

“太好了，他们居然在招PGC内容制作人员！”姚千树看着“星星”的招聘页面，决定伪装成应聘者过去调查。

她飞快整理好简历投了过去。很快，她就接到了“星星”的电话，约她第二天去面试，估计那边也是急需人手。

面试当天，姚千树比平时的上班时间晚了半小时出门。

以前她为了跟赵即墨一起出门上班，总会提前起床，每次都比打卡时间早一个小时到电视台，提前准备工作，当时领导们因为这点还特别喜欢她，可是她一出事，往日积攒的好感瞬间化为乌有。

姚千树告诉赵即墨，她今天要调休，晚点去电视台，等到确定赵即墨走远后，她才悄悄打车去“星星”总部。

“星星”总部办公室在市中心最繁华的一幢写字楼里，也不知道是骗了多少叔叔阿姨的钱。

办公室有两百多平方米，员工不是很多，都很年轻，女职员颜值普遍较高。这梅天星到底是招员工还是选美？

姚千树在前台做好登记，等了两分钟，人事就过来将她领到了会议室面试。

“姚小姐，您之前发的简历和作品我们都看了，其实我们招的PGC内容制作，相当于制片人的岗位，既要懂前期策划，又要懂执行拍摄，这是我们对PGC内容制作应聘者的基本要求。感觉你挺合适的，不过，你怎么想跨行来应聘我们公司呢？”人事问道。

“啊……其实我就是觉得人生要多体验不同的行业，正好现在这种交友APP也很火，前景非常好。”姚千树张口胡诌道。

办公室有一扇窗可以看到外面，姚千树正在回答人事问题的时候，目光敏锐地捕捉到了自己一直好奇的人——梅天星。

他褪去了低调休闲的打扮，西装革履，身后跟着两个公司员工，姚千树赶紧低头，免得被他发现。这时，突然有人来找人事，人事让她稍等，便走了出去。

两人就在门外交谈，姚千树听到“巴黎”的字眼，赶紧蹑手蹑脚地走过去，将耳朵贴在门上。

“丽姐，刚刚梅总交代了，应聘者不一定要懂法语，会英语就行，他们之前的作品最好也拍过恋爱类题材，这样才能在梅总撮合他们的时候拍出恋爱的感觉，你看下我打印的这个要求就明白了，别给应聘的人看到就行。”

拍出恋爱感觉？所以，她之前看拍摄作品时对梅天星的猜测是正确的？

“不好意思，我们继续。”人事部丽姐听完交代，拿着一沓文件，边看边走了回来。

“对了，我想问一下，你们老板的全名是叫梅天星吗？”姚千树想做最后的确认。

“是的，怎么了？”

“没有，就是我叔叔阿姨几个月前好像拜托过他，帮他们儿子脱单。”

“啊，那你叔叔阿姨应该是很有面子了，”丽姐看她的眼神多了一丝探究，“我们梅总可不是出钱就可以帮人牵红线的媒人，他接下的单子，可是一定要做成才罢休的。”

“啊哈哈，我也不清楚他们是怎么请到梅总的。对了，”姚千树转移了话题，“我看你们招聘启事上说，这份工作近期要去巴黎出差，可以问下这趟工作具体有哪些内容吗？”

“嗯，主要就是在合适的时候拍下成员们的视频，后期我们会把这个片子作为APP的宣传视频，要求你要尽量拍出偶像剧那种浪漫的感觉来。”丽姐看起来有所保留。

姚千树干笑两声：“这样啊，其实那个巴黎游的活动，我之前也有关注过，不过你们抽出来的幸运用户不是简单地奖励一次巴黎游吗？要拍偶像剧那种感觉，是什么意思啊？”

“呃……”丽姐顿了一下，笑道，“这个具体等你通过面试，入职时再告诉你吧。今天谢谢你了！有进一步消息时，我们会通知你的。”

“行，麻烦您了。”姚千树起身朝丽姐微微鞠了个躬，然后走了出去。

虽然丽姐没有透露什么有用信息，但结合之前偷听到的话，姚千树确定梅天星是想撮合幸运用户无疑了，这样他既可以完成自己的委托任务，又可以宣传自己的APP，掩盖之前的风波。他倒是会打如意算盘。

只是她还是需要货真价实的证据，才能光明正大地阻止孟沅去巴黎。但是，要怎么弄到证据呢？

姚千树回到家，边等边想，等了两天，并没收到“星星”的任何通知。她并不意外，梅天星看到应聘者里有她，会录取她怪呢。他本来就觉得她喜欢赵即墨，肯定不会录取她去给巴黎游添堵。

看来，她只能采取非常手段了。

姚千树又重新认认真真做了一份简历，打算借此再去一趟“星星”，能不能应聘成功不重要，重要的是她这一次去“星星”，一定要拿到巴黎游实际是“撮合游”的证据。

“……姚小姐，你怎么来了？”人事部丽姐看到她不请自来，一脸讶异。

“啊，我就是……挺喜欢这份工作的，可是一直没收到进一步通知，就重新做了一份简历，想再来争取一下。”姚千树笑道。

“那你先在会议室坐一下吧，我跟部门领导沟通一下再来找你。”丽姐说完急急走了出去，估计是找梅天星去了。

姚千树不着急，她坐在会议室四处张望。突然，那天找丽姐出去聊的男人走了过来，手里还拿着一沓文件，姚千树用优秀的视力，捕捉到了文件上的“巴黎”二字。

她赶紧拿上自己的简历，想装作匆匆走路的样子，不小心撞落他的文件。

谁知，她还没碰到那个男人，他自己倒是先崴了脚，手里的文件也滑落下来。姚千树赶紧蹲下帮忙，把自己的简历放在旁边，然后她顺势从散落的文件里抽了字最多的几张资料，放在自己的简历下。

文件得手后，姚千树躲进楼梯间里，低头看换过来的一叠策划案资料，上面明确标明了这次巴黎游的真实意图——撮合选中的六个用户，用视频记录下六人从陌生人到情侣的转变，打出“撮合最不可能在一起的人”的噱头，以此来达到宣传APP的目的。

果然如此。

姚千树将文件塞进背包，走向电梯，拿出手机准备告诉孟沅这件事。

在电梯门即将关上的时候，一份文件突然挡住了门，门又重新打开，只见梅天星站在门前，笑道：“嗨，姚小姐，没想到在这里遇见你。”

姚千树抬起头，瞪大眼睛。梅天星居然追过来了。

她扯出一个笑容：“是啊，真巧。”

“我听人事说，你好像对我们的职位特别感兴趣，怎么不跟她提一下你认识我？这样你就不用跑第二趟了，我肯定直接录用你。”他走进电梯，勾唇一笑，手里拿的那份文件，赫然是姚千树的简历。

“哈……我想着我们也没那么熟，就算了呗。如果职位不太合适也没关系，我自己也觉得不请自来挺失礼的，我还是先回去，好好往电视台那边再努力一下。”姚千树道。

“哦？”梅天星欺身上前，“你确定还有电视台会录用你吗？”

姚千树没有动，心底却觉得他有些可怕，家人和赵即墨都不曾注意到的事，没想到他居然会知道。难道他是把赵即墨身边的人都调查了一遍？

“梅总，我们就明人不说暗话吧。”姚千树后退一步，“你弄的这个巴黎游，真正目的是什么，我大概猜到了。我可以不公开，但我会告诉赵即墨和孟沅，他们毕竟是我朋友，我不会让你把他们当猴耍。”

梅天星继续向前，单手撑住她后面的墙壁，另一只手举起简历，微笑凑近她：“姚小姐不仅仅是猜到而已吧？你手里拿的东西属于我们公司机密，我相信你也不想惹上麻烦，不如我们交换一下，大事化小，小事化无？”

姚千树笑了笑：“我手里可没有你们的机密。”

“哦？那你有两个选择，让我搜身，或者报警。”

“叮！”电梯门这时突然打开了，一群人站在门外，目瞪口呆地看着里面姿势暧昧的两个人。

“不好意思，我跟女朋友还有点事情要解决，可不可以麻烦你们等下一趟？”梅天星笑若春风。

“哎，没有，你们别听他——”姚千树还没说完，外面的吃瓜群众就一脸了然和理解地退开了。

梅天星按下“星星”所在的29楼，等电梯门关上，他正准备说话时，却被姚千树猛地一推，退到了对面。姚千树“嚯”了一声，扎下马步，蹲下身，做出一副要比武的架势。

梅天星“扑哧”笑了：“姚小姐，我跆拳道黑带，让你一只手怎么样？”

姚千树见唬不到他，收回步子，讪讪道：“你一个大男人，欺负女人算什么好汉！”

梅天星一脸无奈：“可是姚小姐，偷拿我们公司文件的，明明是你啊。”

“那我也不能让你们利用我朋友！”

“可是，万一他们互相喜欢呢？”梅天星反问道，“你这么着急想阻止，难道，真的喜欢赵即墨？”

“我……我就是看不惯你把我朋友当猴耍！”

“啧啧啧，”梅天星又凑近她，“姚小姐，媒人牵红线的事情，怎么能说是耍猴呢？要不这样，反正你现在也没工作，你来当我助理，到了巴黎，你看看我的撮合手段，到底有没有耍人，如果你觉得不行，再告诉他们，怎么样？”

姚千树语塞许久，想不到拒绝的理由。

“如果姚小姐执意要告诉赵即墨和孟沅，让他们放弃这次免费游，除了说明你喜欢赵即墨，我也想不出更好的答案去跟赵家父母汇报了。”梅天星的最后一句话，一下打破了姚千树的犹豫。这人，真的很会打别人的七寸。

看来，只能接受他的提议了。只是，他现在又是要撮合赵即墨和孟沅，又是威胁她，这个仇，她无论如何都要报。巴黎游，呵呵，她迟早会让他知道，带她去巴黎是他人生中最大的错误！

“梅总，我答应你。不过，我的期望薪水可不低哦。”

梅天星微微一笑：“放心，薪资和福利方面，一定会让姚小姐满意的。现在，我们就回去把入职合同签一下，如何？”

见姚千树点头，梅天星也暗自松了口气。

AI
QING /
ZHIZUO
REN

第二章 不要爱上我

姚千树跟着梅天星一起回到公司，人事部丽姐看到他们，朝姚千树一脸玩味地微笑。

姚千树不惧打量，大大方方地跟着她去办入职手续。

等填完所有的合同和资料后，姚千树立刻去找梅天星。

“梅总，既然我应聘的职位主要工作明面上是负责这次巴黎游的拍摄，暗地里是配合你的撮合计划，那巴黎游的详细资料，你是不是得给我看看啊。”

梅天星似乎早有准备，将一份文件递给她：“姚助理，这些文件可千万不要泄密哦。”

姚千树瞪了他一眼，扯过文件转身离开。

这份文件比她之前看到的，秘书手里的文件薄了许多，梅天星肯定是不信任她，抽掉了很多资料，现在她手里的只是六个用户的一些简单资料。

“赵即墨，30岁，大学有去英国的交换生经历，有感情洁癖，相亲失败21次，因为他相亲时曾明确表示只会跟从未谈过恋爱的女孩交往，不希望女方结婚后出去工作，思想十分封建，直男癌。目前是创业公司老板，在做一款叫‘爱旅’的旅游APP。”

这谁搜集的资料？即墨哥才没有那么恶劣好不好！他是不喜欢那些女生，才故意那样说的好吗！

“孟沅，28岁，江南电视台的第一美女制片人。大学去英国做交换生时与赵即墨认识，两人是多年朋友，不过回国之后联系比较少。孟沅的感情史十分丰富，作风西式开放，吸烟喝酒文身，最近刚失恋。”

嗯，评价还算中肯。

“张清野，36岁，流浪男歌手，落拓寡言，靠在街边卖唱的一首《南山》在视频平台圈粉无数。”

“叶秋秋，18岁，视频平台女主播，具有搞笑天赋，喜欢直播购物，对各种奢侈品品牌如数家珍。”

这两人都还好，梅天星选他们，估计是看中他们在视频平台的粉丝，因为“星星”在往视频交友这个方向发展。

“许林昊，23岁，以男模身份进入娱乐圈，跟很多女明星关系都很好，喜欢交流护肤心得……”

“夏夜雪，26岁，儿科女医生，肥胖恨嫁，热衷相亲。”

这个简介也太简洁了吧……

看完资料，姚千树给这几个人排列组合了一下，赵即墨和孟沅肯定是一对，剩下的四个人，比较合理的撮合方向当然是男模特和女主播一对，流浪男歌手和女医生一对。

不过，有一句说一句，如果不是这六个用户里有她喜欢的人，姚千树个人觉得这个活动还是挺有吸引力的。现在她有些好奇，梅天星到底要怎么撮合这六个人，说不定她真的可以学到什么恋爱技巧。

当然，她的主要目的还是去搞破坏。

巴黎游最终定在一个月以后出发。梅天星届时会以导游身份出现在六个人面前，而姚千树则作为摄影师兼他的助理，负责拍摄六个人的游玩视频和私下的交流等。

“姚助理，我打印了一份具体的助理要求，你看一下，有什么问题再来找我，还有，”梅天星将一个手表盒递给她，“戴上这块智能定位手表，确保你无论在哪里，我都能知道。”

姚千树端详手表，YSN？这个牌子以高科技闻名，就像特斯拉汽车一样，被许多金融巨子所推崇，似乎挺贵的，而且这个手表好像跟他手上的是一对？

姚千树不信他有这么大方，肯定是他想跟踪监视她的伪装工具。

“对了，过两天会再来两个外聘摄影师，他们会轮流跟你一起去找那六个用户签合同，同意公司使用他们的游玩视频用于宣传。你们要注意保密，不能让六个人见到彼此，照片也不行。”梅天星道，“因为，签合同不是重点，主要是得把他们现在的状态和生活先拍下来，以后好做剪辑对比。”

“可是赵即墨和孟沅已经知道对方都要去了啊。”

“这一对当然是例外。姚助理，我的助理要求第一条，就是尽量少问问题，自己灵活处理。”梅天星冲她笑笑，“姚助理还是先看完再说吧。”

姚千树无语坐下，打开他拿来的“助理五条”。

第一条就槽点满满，肯定是有问题才会问你啊，不沟通清楚，怎么能准确地执行！

第二条，不要当众质疑上司的决定。——OK，照顾上司的面子，可以理解。

第三条，要随叫随到，随时待命。——看在高工资的分儿上，我忍。

第四条，如果上司有错，那肯定也是你理解和执行有误。——我就呵呵了！

第五条，不要爱上我。——哈哈哈哈哈哈！你除了那副皮囊，还有哪一点值得喜欢！

看完之后，姚千树实在忍不住，拍下这奇葩五条，上传到自己重新注册的微博小号上，疯狂吐槽了一顿。这个小号只关注了赵即墨一个人，大家应该不会知道她的身份。

姚千树不明白，梅天星为什么要让其他摄影师跟她一起去签合同拍视频，因为这种工作一个人也可以搞定，他是怀疑她的专业能力，还是不相信她会替他好好工作？

算了，随他怎么想，反正她也没打算好好干。

两天后，当丽姐领着新招的两个摄影师来见她时，姚千树对着其中一个戴着眼镜的白净男生愣了愣："小白？"

她叫的人全名杜白，是她之前在沪城电视台工作时带的实习生。她被开的时候，他正好回学校弄毕业论文的事，所以她也没来得及跟他交代什么。离开电视台后，她就跟电视台的人自动断绝了联系。

"小树姐。"杜白有些腼腆地冲她打了声招呼，又飞速低下头。

"你怎么来这里了？"姚千树有些诧异。杜白所在大学是重点大学，他为人聪明沉稳，专业知识也很强，虽然有时容易害羞紧张，可按理说，他是可以在沪城电视台好好发展的。

"我……我觉得这里……更好玩。"

姚千树"噗"地笑了，好吧，现在的年轻人都是开心最重要，职业规划什么的根本就不在意。不过也没事，反正车到山前必有路。

"既然你认识杜白，那我就不介绍了，这位也是跟你一起去巴黎的摄影师，黄贺。"丽姐介绍道。

黄贺高高大大，微胖，有个小肚子，笑嘻嘻的，看起来很好相处。

"那你们今天先熟悉一下公司环境和拍摄资料，明天你俩轮流跟我出去拍摄就行。"姚千树将资料递给两人。他们并不知道梅天星的撮合计划，由姚千树安排调度。之所以轮流去拍，是因为他们目前只是在国内拍个生活视频，并不需要兴师动众地让三个摄影师一起去拍。

"好，那小树姐我先去工位，有事你叫我。"杜白看着她，笑得憨傻又灿烂。

拍摄用户的顺序由姚千树自行安排，所以她去拍的第一个幸运用户，自然是赵即墨。

联系赵即墨时，姚千树也没跟他说真话，只说她工作需要拍一个他的工作视频，希望他能帮忙。

赵即墨没多问，只是让她来之前提前说一声。但姚千树怎么可能提前让他有所准备，她想看的，就是他认真工作的样子啊。

以前她就曾悄悄去过赵即墨工作的地方偷看他，那时他还没有单飞出来开发自己的旅游APP，但也有自己的开放工作间了。姚千树就站在公司大门口，悄悄往里望。那个皮肤最白、头发最黑、长得最帅的就是他，鹤立鸡群，一眼就能看到。

“小树姐，我们是直接进去拍吗？”杜白的声音打断了她的回忆。

“啊，嗯，之前都说好了，没事的。我们直接进去吧，不要打招呼，要拍下赵即墨工作时最自然真实的样子。”姚千树道。

杜白点头表示收到，跟在她身后，扛着摄像器材，一路蹑手蹑脚地走进办公室。

赵即墨是旅游APP的负责人，APP目前还处于研发阶段，所以团队人员也不多，才十个左右，清一色理工宅男，每个人几乎都穿着格子衬衫，一眼望去，还真分不出谁是谁。关于这座“和尚庙”，姚千树还听赵母跟她说过，之前有个女生不顾他们只招男性的要求来面试，可是被赵即墨刷下去了，他也因此被面试的女生投诉，说他是直男癌，歧视女性的工作能力，违反了《劳动法》。

赵即墨有口难言，又不想说出自己有异性过敏症，最后只能罚钱了事。

“和尚庙”里的技术宅们，一看到姚千树这个异性生物，立刻站起来要热情招待，姚千树做了一个“嘘”的手势，技术宅们于是又坐下来，十分配合地只是朝她笑着点头，算是打招呼。

在最里面那间半透明的办公室里，赵即墨正聚精会神地盯着电脑屏幕，手指不停地敲着代码，完全没有察觉到外面的动静。

杜白拍了很多空镜头，又抓拍了几个赵即墨工作以及同事进去跟他交流的画面，赵即墨这才发现两人的到来。

全靠姚千树的耳提面命，赵即墨倒是不穿格子衬衫，他穿了一件简单的灰色衬衣，配休闲裤和帆布鞋，不像是CEO，倒像是大学校园里的学霸男神。

“小树，这位是？”赵即墨站起来，问道。

“这位是我同事杜白，他负责拍摄，我呢，负责让你签合同。”说罢，姚千树将合同递给他。

赵即墨拿过合同，越看越疑惑：“怎么回事，你什么时候从电视台跳到‘星星’去了？”

“我就是觉得电视台的工作太累了，那天看到‘星星’在招聘，就去试了下，没想到还真应聘上了。即墨哥，我可以跟你们一起去巴黎，你不觉得很好吗？！”

赵即墨让杜白先出去，叫姚千树坐下，一脸严肃：“我记得你以前很喜欢电视台的工作的，叔叔阿姨心疼你，让你辞了好几次，你都拒绝了。告诉我，是不是发生什么事情了？”

果然，聪明人不好骗。姚千树叹了口气，道：“即墨哥，你也知道，我虽然才25岁，但我爸妈跟你爸妈一样着急，我想着，与其他们替我去注册那些交友APP，不如我自己先去了解一下，说不定，就近水楼台先得月了呢？”

打这种感性牌的话，赵即墨就无法用理性思维去分析了，他思考了半天，还是不知该赞同还是反对。

“好啦，即墨哥，你就别担心我了，我正好也趁这个机会接触一下别的行业，说不定有更好的发展呢。现在就请你先配合一下我的工作，看看这份合同吧！”

事已至此，赵即墨也不再坚持，拿过合同细看起来。

签完字后，姚千树准备跟杜白回公司，赵即墨突然想到什么，道：“小树，你们明天是去拍阿沅吗？我看她朋友圈好像说在户外跟拍节目，你记得提前跟她沟通好，别扑空了。”

明明是好心的提醒，但姚千树却并不开心。她一直以为赵即墨忙得没时间看朋友圈，但现在看来，他还是会特别去看孟沅的动态。

姚千树郁闷地退出微信，打电话跟孟沅约时间。

孟沅并没有马上接电话，一直到晚上11点姚千树准备睡觉的时候，才回了电话。

“小树，你一直都没跟你即墨哥说你工作上的事吗？他给我打了好多电话，我晚上才看到你们的来电。本来你们台真人秀被爆的时候，我也看到了，但是那几天……我正好有些事，就没及时问你，你真的离开电视台了吗？有什么我可以帮忙的吗？”孟沅说道。她说的有事，应该就是她跟她男友正好闹分手那段时间吧。

“啊，没有没有，谢谢你了阿沅姐！我工作上的事，你就别告诉即墨哥了，我也不想让他和家里人担心，总之现在都没事了，我对现在这份新工作挺满意的，打电话给你是想跟你约签巴黎游合同的时间，顺便给你拍个视频。”姚千树道。

“小树，其实你有什么难言之隐，真的都可以告诉我，我可以帮你的，是不是欧明洋让你帮他背的锅？”

“真的没有，阿沅姐你要是想帮我，就多多支持我的新工作，告诉我明天要去哪里找你吧！”

见姚千树口风如此之紧，孟沅想必刚才也从赵即墨口里了解了情况，于是也不再追问，就跟她约好了明天签合同的时间和地点。

孟沅所在的江南电视台，正好在沪城的一个百年中学里录制节目，孟沅作为制片人，要去盯现场。

姚千树这次是和黄贺前往拍摄，杜白留在公司盯视频的后期制作。

两人赶到中学的时候，孟沅正坐在一个中年导演身边跟他开小会。中年导演是业内资历颇深的张导，孟沅冲姚千树点点头，示意她等一会儿。

姚千树冲她摆手表示没事，站在不远处一边等她，一边让黄贺开始拍摄。

工作状态下的孟沅，暗红色卷发随意扎起，上衣是橙色小背心，下身是灰色短款牛仔裤，配上她的花臂，一点也不像制片人，更像是个演员。她此时手里没有夹烟，许是考虑到正在校园里。导演在跟孟沅说话的时候，还忍不住拍她的肩，被她笑着挡了回去。

姚千树看不出孟沅有被失恋影响到。

“哎，你说沅姐和张导有没有一腿啊？”不远处，两个实习生模样的女孩在小声聊天，姚千树忍不住偷听起来。

“很有可能，毕竟她跟谁都能很快打成一片。”两人一脸促狭地笑了起来。

“不好意思，等很久了吧？”孟沅微笑着走了过来，手里拿了两瓶饮料递给姚千树和黄贺。不远处的那两个实习生瞬间就溜了。

“没有没有。”姚千树接过饮料，将合同递给她。

孟沅并不急着看合同，而是拿出手机打了个电话：“喂，王姐，今天这两个实习生没有达到我的要求，让他们不用来了。”

如此强势的孟沅，让姚千树情不自禁地退了一步。

见状，孟沅笑道：“别误会，我不是公报私仇，那两个小姑娘对别人的八卦很上心，可今天的录制资料却准备得一点不用心，即使今天她们没讨论我，我也是要开她们的。”

姚千树恍然点头。

“对了，小树，你真的不打算再试试电视台的工作了吗？我们电视台——”

“阿沅姐，真的不用了……”姚千树为难道。她现在听到“电视台”这三个字就头大。

孟沅朝姚千树笑笑，终于不再多问，飞速看完合同就签了字。

姚千树和杜白第三个去见的人是流浪大叔张清野，黄贺留在公司盯后期。

张清野留给两人的地址在沪城的一条步行街上。

那是街头卖艺者最喜欢的一条步行街，里面有各种小吃店和特色小商铺，大街青石铺路，建筑统一是沪城民国时期的风格，一到晚上，行人如织。

他们约的时间是下午6点，步行街的人还不多。两人找到张清野的时候，他正在街边调试音响和话筒架子，背上背着一把小巧的尤克里里。

张清野的发色是时下流行的奶奶灰，扎成一束，抬起头时，姚千树还叹了一声，看得出张清野年轻时应该也是个眉清目秀的帅哥，现在的脸虽然有了风霜的痕迹，但依然是很帅的。

张清野看到两人，冲他们打了个招呼，接过合同就看了起来，话很少。

“那个，姚小姐，可以把行程单给我一份吗？”他很快签完合同，问道。

“没问题，这个本来也是要给你们一份的。”

张清野似乎为巴黎游专门准备了一个笔记本来，碰到有疑问的地方，还让姚千树给他翻译好，解释清楚。

这时候街上的人渐渐多了起来，街头霓虹闪烁，与天上的星光交相辉映，别有一番风情。张清野清了清嗓子，开始唱歌。

“不知道你是否记得昨天/你是我这辈子最思念的人/到如今你已不在身边/你的笑在我心底徘徊……”张清野的声音低沉而沙哑，但又莫名有磁性，忧郁又充满感情的歌声很快就吸引了街边来来往往的人，他们聚集在他周围，还有人拿出手机拍照或拍小视频。

这时，旁边突然冲过来两个男人，推了张清野一把：“我说了不要让我再看到你，不然见一次打一次，你怎么还在沪城！”

见状，姚千树走上前道：“哎，你们干吗？凭什么赶人走？”

“少管闲事！走开！”男人边说边开始砸东西。

杜白赶紧上前挡住姚千树，张清野怕伤及无辜，拉住其中一个男人，那男人顺势给了他一拳，杜白连忙将摄像机交到姚千树的手里，走上前帮张清野，看起来他身手还算灵敏，但因为戴着眼镜，被一个男人抓到机会，一拳打飞了他的眼镜。

“哎，别打了！警察来了！”姚千树大叫道。

那两个男人赶紧拍拍屁股骂骂咧咧地跑了。

姚千树捡起被打在地上的眼镜，递给杜白，焦急问道：“有没有哪里受伤？你这个书呆子，没想到还敢去打架。”

杜白戴上眼镜，看到姚千树并没有受伤，于是摇头笑笑，示意自己没事。

“张大哥，他们是怎么回事啊？为什么要打你？需不需要我们去公安局报案？”姚千树道。

张清野捡起了之前放在远处的尤克里里，走过来对两人道：“没什么。你们还是先走吧，我也走了，到时再见。”

姚千树有些失望，这个大叔看起来酷酷的，没想到这么孬，一打就跑。

两人回到公司，前台妹子看到杜白，惊呼一声：“你们打架了吗？”

姚千树这才发现，杜白脖子边有一道指甲划伤的红印。

“看来梅总说招男摄影师好一点，就是考虑到了今天这种情况。没想到，你们出去签个合同也这么危险。”端着水杯经过两人的丽姐说道。

姚千树才是没想到，梅天星让人跟她一起去签合同会是这种打算，她还一直以为他是不信任她呢。只是，他都威逼利诱她进公司变相看住她了，会有这么体贴?

不过怀疑归怀疑，但姚千树还是把今天的事原原本本地汇报给了梅天星。

他却是一副并不惊讶的样子，点头说了句“我知道了”，便要结束对话。

“那两个男人看起来跟张清野有仇似的，真的没事吗？”姚千树道。

“放心吧，今天辛苦你们了。”

他绝对是隐瞒了她一些事，哼，亏她还差点相信他的体贴了！姚千树愤愤离开。

因为今天的意外，行政告诉姚千树，他们可以提前一个小时下班，早点回去休息。姚千树却之不恭，麻溜地收拾东西回了家。

快回到小区的时候，两个穿着黑色西装的男人，一看到姚千树就走了过来。

“你们是？”姚千树站定，问道。

“你好，请问是姚千树姚小姐吗？”领头的男子问道。

见姚千树不答，他又笑道：“姚小姐，您方便跟我们到旁边的茶楼里聊一聊吗？”

两人看起来不像是有恶意，姚千树想着反正是在自家小区附近，于是给她妈打了个电话，说会晚十分钟回家。

“姚小姐，我先自我介绍一下，鄙人姓龙，这是我的名片。”领头男子双手奉上名片。

姚千树拿过来一看，笑了。居然是“黑凤梨”的运营总监，叫龙利。

“龙总监，不知您找我有何贵干？”姚千树问道。

龙利将自己的手机举到她面前，道：“姚小姐，请问这个ID，是您吧？”

手机上显示的赫然是姚千树之前顶过的控诉“星星”上的用户骗财骗色的帖子。奇怪，不是被删了吗？

龙利似是知道她的疑问，微笑道：“我们技术部的同事在进行市场监控的时候发现了这篇帖子，查了下这个ID的IP地址，正是这个小区，刚才又看到您，我们确定这个ID就是您的。”

姚千树转了转眼珠，不置可否。他们能查到这个小区来，那么肯定早已确定了门牌号和户主姓名，她赖不掉。不过既然他们能查到IP地址，那梅天星那边应该也能查到，那她的潜伏复仇计划，岂不是要功亏一篑？

“我还是不明白，你们来找我做什么？”姚千树有些焦灼起来。

“既然大家都不是‘星星’的朋友，那我就打开天窗说亮话了，”龙利道，“姚小姐，听说您要一同去巴黎参与‘星星’的巴黎游项目，我们希望可以与您保持合作，交流信息，酬劳一定不会让您失望。”

“你们查了我那么多事，也先回答我一个问题吧。”

“您请说。”

“那篇帖子有那么多顶帖者，你们却不去查他们，我可以理解为，因为帖子是你们发的，所以你们知道哪些是水军，哪些是你们公司外的人发的，对吗？”姚千树道。既然他们抓到了她的把柄，她也得抓一个他们的，不然还真以为她好欺负呢。

龙利笑了笑，道：“如果我们说是，您会跟我们合作吗？”

姚千树摇摇头：“不好意思，我跟梅天星是私人恩怨，并不想牵扯利益纠纷。今天的事就当没发生过，大家井水不犯河水，再见！”

第二天去上班，姚千树看到梅天星，跟没事人一样地主动朝他笑了笑。

梅天星似是没想到她会主动打招呼，脸上有一闪而过的讶异，但很快，他也朝她笑了笑。看起来他并没有查到她。

姚千树听到背后有女孩悄悄花痴暗叹的声音，她轻轻摇头，回到自己座位。这梅天星，虽然有一大堆女生爱慕，但背后的敌人也不少呢。

也不知他为什么那么低调，如果大家都知道他是梅昂的儿子，估计“星星”会得到更多资本支持，他也不必亲自去跟巴黎游的项目了。

有钱人的世界她自然是不懂的，也没必要去懂，还是做好眼下的事情最重要。

等到合同准备好后，姚千树和黄贺去见了第四个幸运用户，萝莉主播叶秋秋。

姚千树跟她约了下午4点在她家见，可他们都快到她家了，叶秋秋才打电话来说还在商场，让他们直接过去。

两人只好改了路线，前往商场。

“今天我给大家直播的是我最喜欢逛的一家店，她们家的LOLI裙特别好看。”叶秋秋提着购物袋，正在直播中。虽然她换了一头金黄色的卷发，但姚千树还是一眼认出了她就是之前在商场因为赵即墨差点跟孟沅吵起来的直播女孩。

叶秋秋看到姚千树他们，热情招手：“姐，这儿！”

说罢，也不等姚千树他们过去，她自己就举着自拍杆一路小跑过来，姚千树怕她拍到自己，连忙挡住脸。

见状，叶秋秋把直播的声音关了，镜头也移开，对姚千树道：“不好意思啊姐，我一天不逛街，心里就憋得慌，改在这儿签合同，没事儿吧？”

“没事，不过之前电话里，你妈说合同得她先过目，你自己签没问题吗？”

“没事没事，我都十八岁了，以后我的事都可以自己做主了！”叶秋秋接过姚千树递来的笔，顺势看到了她手腕上的表，不由得抓住她的手腕，“哇！这是最新款的YSN女士表吧？国内很难买到的！好像还有一款男士的……”

她看向一边的黄贺，黄贺的手表并不是YSN的，但她两眼又是一亮：“哎呀，这是宝格丽今年发布会上的新款吧？你们公司好有钱啊！”

叶秋秋一脸羡慕和向往，对两人的态度也更加谄媚。黄贺有些不好意思，笑得有些尴尬：“没有没有，我这就是个水货。”

“叶秋秋！”突然一声大喝让三人都吓了一跳。不远处，一个中年女子跑了过来。

叶秋秋也忘了自己在直播，下意识抓着姚千树就跑。

“欸——”姚千树莫名其妙被拉着跑，黄贺也跟着跑在她们身后。

“叶秋秋你再跑的话，我停掉你的卡！”

叶秋秋苦着脸停下，同时迅速把自己的购物袋塞到姚千树手里：“姐，你就说这是你买的，千万别说漏嘴了！”

她刚说完，中年女子已经跑到了眼前。

“妈……”叶秋秋堆着笑容叫道。

“越追你还越跑上瘾了是吧？是不是又来败家了？你这一天天毛愣三光的，就知道瞎买，咋不把自己给卖了？”叶母喘着气，一脸怒容。不过她保养得很好，看得出年轻时应该很美，身材也十分纤细，如果不是一口地道的东北口音，她看起来更像是南方的秀气阿姨。

“我没买东西啊，我手上啥也没有啊。”叶秋秋伸出双手晃了晃。

怕两人吵起来，姚千树急忙自我介绍。

而叶秋秋看到手中的手机，才意识到刚才的奔跑都被拍了下来，急忙退到一边，打开声音，对粉丝解释：“哎呀，你们别担心我，刚刚那个是我妈啦……她为什么追我？唉，别提了，她以为我在跟人约会呢，呜呜呜，人家好可怜的，天天被管着……”

随着她装可怜，页面各种火箭、游艇都来了，粉丝以实际打赏来安慰她。

“叶秋秋，你在那边磨蹭啥呢？快过来看合同！”叶母中气十足地喊道。

叶秋秋关了声音，不情不愿地走过去："干啥呀，这些东西不都是你帮我看的吗？"

"人家工作人员都在这看着呢，你过来走个过场！"

这位叶妈妈还真是坦诚。姚千树保持微笑。

叶秋秋拿过合同飞快瞄了几眼，然后递给她妈："我没问题了，你还要再看看吗？没问题我就签名。"

叶母恨铁不成钢地接过来，从头仔细看起。

趁着妈妈在看合同，叶秋秋冲姚千树道："姐，你可以把巴黎的行程表给我看看不？我妈自从知道我中奖之后，天天在家给我捣鼓行李，整得我像要出国留学似的，每天喳喳的，比我还兴奋！我给她看看行程，好让她别给我整那么多东西。"

姚千树一开始对她是没什么好感的，不过听着她这一口自带喜感的东北普通话，加上刚才的事，姚千树觉得她不过就是个咋咋呼呼的小女孩，冲她笑了笑，翻出行程表给她。

"大妹子，这合同没问题了！"叶妈妈拿出笔，让叶秋秋去签，"对了，你们这次巴黎游里，有没有适合跟我家闺女处对象的小伙啊？"

姚千树摇摇头，想起梅天星交代的保密要求。

叶妈妈软磨硬泡了许久，见说不动姚千树，只好拿着行程表去研究。而一旁的叶秋秋早已悄悄将行程表拍了下来，姚千树瞄到她似乎发给了微信上的一个人。发完后，还紧张地看了叶妈妈一眼，立刻藏起了自己的手机。

看来有八卦可以挖掘嘛。

签完合同后，叶妈妈热情地邀请两人吃饭，但姚千树怕她又要借机套出其他男用户的信息，非常坚定地婉拒了。

姚千树联系小男模许林昊签合同的时候，他正在沪城附近的A城走秀，于是姚千树和杜白便一起出了一趟差。

等秀走完后，两人直接进了后台。只见模特们要么穿着白色浴袍，要么衣衫不整，看得姚千树面红耳赤。

“宝贝儿，你等我一下啊。”许林昊冲姚千树道。他松松垮垮地披着一件白色浴袍，衬得皮肤更加白皙，五官也更加精致立体。

说完他就跟其他女模特一起走到梳妆台前卸妆去了。

“哎呀，宝贝儿，你试试我的卸妆水，可好用了。”许林昊翘着兰花指，把一瓶卸妆水递给了一个女模。

“哇，这个牌子我长草很久了，那我去试试，爱你哦。”女模冲他嘟了一个飞吻，许林昊还没来得及回应，旁边就冲过来一个穿着T恤、戴着大金链子的胖子，朝许林昊脸上重重打了一拳。

封闭的后台空间立刻充斥着女模们的尖叫声，其他的男模似乎不太喜欢许林昊，站在一边无动于衷。

“让你勾搭我女朋友，你这个死娘炮！”胖子边打边道。

“你神经病啊！我对你女朋友不感兴趣！”许林昊一边挡一边说道。

女模也过来拉人，可是胖子力气太大，又在盛怒中，根本拉不住。姚千树和杜白也加入了劝阻队伍，但是拳头无眼，她的前胸被胖子的胳膊肘顶了一下，当即咳了起来。杜白立刻把她护在身后。

“别打了！他不喜欢我！我们之间怎么可能有事！”女模终于忍不住道。

她说完，胖子愣住，其他人也都愣住了。

“啊，对，对对对！大哥你下次问清楚再动手好吗？我的脸很贵的！”许林昊捏着鼻子站起来。他居然承认了？

姚千树和女模扶着他，好在伤势不严重，擦点药就行。

胖子道了歉，被女模带走了，等闹剧散后，姚千树才终于把合同拿出来。

“对了，我们这次巴黎游是不是三男三女啊，宝贝儿你给我看看另外三个女生的照片呗？”许林昊拿着合同，也不顾脸上的伤，卖力眨着小鹿般的眼睛问姚千树。

“不好意思啊许先生，公司规定不能提前让你们看对方的照片和见面呢。”他是在朝她抛媚眼吗？

“啊……可是人家真的好想知道呢……”许林昊继续抛媚眼，还抓着她的手臂摇起来。

姚千树被他弄得有些晕，正思考要如何婉拒时，杜白开腔帮了她。

“帅哥，我们现在在录像，你确定要这样吗？”

许林昊扁扁嘴，十分失落地乖乖签了字。这时，一群女模特已经换好了衣服，在门口问他事情弄完没，约他一起去玩。

“那我就不打扰你们了，到时机场见。”虽然看不惯，但姚千树也不会管这种闲事，何况还是梅天星招来的麻烦，她收起合同，微笑着朝许林昊挥手再见。

两人走出秀场，姚千树扶住杜白的胳膊，检查了一下他的脸：“小白，你这次没伤到哪儿吧？”

“没有。”杜白有些害羞地低头。

姚千树没察觉他的扭捏，心里想的却是，不管梅天星是不信任她还是体贴她，派个男摄影师来还是很有用的，只是苦了杜白，两次都遇上这种打架的事……

因为在张清野和许林昊那里经历的风波，姚千树和杜白在准备去医院拜访时心里敲起了小鼓，不知这次去找那个恨嫁医生夏夜雪，又会遇到怎样的意外。

两人到医院时，夏夜雪正准备给小孩打针，她穿着白大褂，圆润的身体显得更壮实了。小孩哭着不肯打，她正在耐心哄劝。

看到姚千树，夏夜雪本来是想让他们坐进来等的，然而她眼睛一抬，又看到了姚千树身后的杜白，手抖了一下，按着自己的人中穴，让他们先去外面等。

两人走出科室等待，不远处有个看起来很儒雅的大龄帅哥，科室里的估计是他儿子，只见他不时朝里面偷瞄。

这时两个护士模样的人，听到儿科室的哭声，啧了一声，边走边讨论：“夏医生真是作孽了，放着帅哥成群的外科不好好做，怎么被轮科到哭声震天的儿科来了？”

“还说呢，就是因为帅哥太多了。人家啊，晕帅哥！差点连累好几个患者，就被轮科到这儿来了。”

两个护士渐渐走远，姚千树却越听越惊奇，晕帅哥是个什么神奇的病？所以夏夜雪刚刚是看到杜白才晕了一下吗？不远处那个帅爸，也是因此才被赶出来的？

五分钟后，小孩打完针，被夏夜雪哄着抱了出来，帅爸连忙迎上去。夏夜雪撇开头，招呼姚千树和杜白进来。

“夏医生，这个点应该下班了吧？我们要不要先去吃个饭再签合同？”姚千树道。

夏夜雪摘下眼镜，喝了口水，眼睛只看着姚千树，道：“不用，等会儿科室又会有病人过来，我们就先签吧。不好意思啊，让你们久等了。”

“哪里哪里，是我们来得不是时候。”姚千树边说边将合同递给她。

夏夜雪看到一半，瞄了眼站在一边的杜白，走到姚千树身边，凑到她耳边问道：“姚小姐，我悄悄问下你，我们这次是不是还有三个男生一起过去啊？他们多大啦？都是做什么工作的？有没有照片看看呀？”

姚千树刚才还在佩服她，觉得她看起来很正常，哪里恨嫁了。可她这一连番提问，让姚千树知道是自己想多了。

“抱歉，公司有规定要保密。夏医生也不急在这一时吧，反正一个月之后，你就会看到他们啦。”姚千树笑道。

“哎呀，姚小姐，我也不是为难你，只是我都26岁了，家里面都催得急，我这个样子，”夏夜雪也不顾杜白在一边了，“如果不早点为婚姻大事打算，就真的赶不上了。你别笑话我，现在的好男人真的越来越少了，好看的皮囊不是渣就是蠢，有趣的灵魂一肚子坏水，我就想找个老老实实、正经稳定的……”

她这副恨嫁的样子，搞得只比她小一岁的姚千树也紧张了起来。

但是，她还是只能拒绝：“真的不好意思，我们老板千叮咛万嘱咐了，一个字也不能说。”

“……唉，好吧，大家都有工作底线，我也不为难你了。”夏夜雪低头签字，签完给她的时候，忍不住又苦口婆心地说教起来，“姚小姐，我看你年纪好像跟我差不多，可千万别以为时间还有很多，看准了就要好好努力，不然，真的会被家里人念叨死的……”

姚千树拿过合同，一边冲她点头，一边悄悄招呼杜白闪人，一直到两人走出科室，夏夜雪还在她身后念叨，那语气跟哄刚才那个打针的小孩倒是挺像。看来她这唠叨哄人的习惯，是职业病了。

现在，姚千树有点理解梅天星为什么一定要她对用户资料的事保密了。应该就是为了调动用户们的好奇心和期待感吧，就跟他们电视台之前做的神秘来宾环节差不多。

“小白，你跟我说实话，你觉得我们这几天拍的这几个人，哪一对有可能被撮合在一起啊？”姚千树边走边问。

两人走出儿科室，穿过一楼大厅。

杜白想了想，道：“感觉都不太可能，如果一定要选一对出来的话，应该是赵即墨和孟沅那一对吧。”

“怎么可能？！”姚千树忍不住提高了声音。

“什么怎么可能？”她身后，突然响起了梅天星那春风细雨般的声音。

AI QING / ZHIZUO REN

第三章 卧底有二心

“梅……梅总，你怎么在这儿？”姚千树惊恐转身。他不会是不放心，来监督她的吧。

梅天星正欲回答，一个在等候区坐着的老奶奶走了过来，一脸笑容地看着姚千树，问梅天星：“哟，乖孙，这姑娘是谁啊？长得老好看了！”

姚千树还是第一次被人夸长得好看，不由得微笑，眯得眼睛都快看不见了。

“就是我公司的员工。奶奶你快去坐着，别累着，马上就轮到我了。”梅天星对他奶奶说话不再是模式化的微笑，反而多了丝宠溺。

“哎呀，我说了我没事，等下午你爷爷从公园相亲角逛完回来，他带我来看看就行了嘛。”奶奶说着，但梅天星一个笑而不语的眼神，她最终还是听话地回到了等候区。

“梅总，您需要我们做点什么吗？”姚千树道。

“没事，你们先回公司吧。”

“好……”姚千树和杜白别过梅天星，走出医院。

“小白，你觉得梅总这个人怎么样？”姚千树问道。

“啊？”

见杜白有些疑惑又有些震惊地看着她，姚千树急忙解释：“我对他可没什么想法啊，就是想到之后要一起去巴黎共事，有些担心会被刁难而已。”

“哦，这个你就放心吧。我觉得梅总挺好的，对谁都很温和，脾气也好，刚刚对他奶奶也很孝顺。就算万一他对你发了脾气，小树姐，你告诉我，我一定会站你这边。”

姚千树有些感动，拍拍他的肩膀：“好徒弟，够义气！”

其实她问杜白的看法，也是因为刚才见到梅天星对奶奶的样子，觉得他并不像是那种见利忘义的人，但偏偏，她看到他做的每一件事，都是没有底线地在逐利。

肯定是她的错觉，她可不能心软。

回到公司后，姚千树整理完六个用户的合同，开始协助行政处理六个用户的后续签证问题。虽然签证是由合作旅行社代办，但张清野经常联系不到，夏夜雪有时工作忙也没时间看手机，拖拖拉拉地弄了许久，六个人的签证才有惊无险地办了下来。

只是，用户们的签证没问题，杜白的签证却没有批下来，理由是——有移民倾向。

“我只是在资料里说了句很向往这次的巴黎之旅，怎么会这样？”杜白很委屈。

“丽姐，你跟旅行社的人说说，能不能加急再试试，我们这马上就要去巴黎了，杜白的签证下不来可怎么办？”姚千树很着急。

“哎呀，旅行社那边跟我说了，这事挺难办的，现在只能申报梅总了，看是直接外聘一个已经有法国签证的摄影师，还是怎样。”丽姐道。

姚千树看了可怜巴巴的杜白一眼：“唉，也只能这样了。”

三天之后，梅天星让丽姐火速招了另一个男摄影师刘明，一个内向的肌肉男，跟着大家一起去巴黎。至于杜白，因为已经签了劳务合同，所以他干脆在公司的后期部入了职。

“小白，你就留在国内处理视频后期吧，我会每天回传视频给你的。”姚千树拍拍杜白。

杜白闷闷不乐地点头。姚千树叹了口气，这种事情她也无能为力，心疼他白跟着她打了两次架。

时间一晃就过去了，她有些期待又有些紧张的巴黎之行，终于如约而至。

这次出行的成员，加上她和梅天星、两个男摄影师黄贺和刘明，还有六个“星星”用户，一共是十个人。他们将在中午12点在沪城机场集合，乘坐下午2点的飞机。

姚千树和赵即墨一起早早吃过午饭就出了门，两人到达机场时大家都还没到。赵即墨帮姚千树拖着箱子先去办托运。

随后，梅天星也到了。他又戴上了姚千树初次见他时的那顶黑色鸭舌帽，穿着灰色T恤、黑裤子，胸前还挂着一块导游证，看起来煞有介事。

梅天星装作不认识他们两个人，冲他们打招呼：“你好，请问你们是这次巴黎游的成员吗？”

赵即墨点点头。

“嗯，我是你们这次巴黎游的导游梅地才，你叫我梅导就行，因为这次的旅行是‘星星’特别定制的，所以我也会做很多‘星星’特别委派的任务，如协助拍摄什么的，到时我也会全权负责你们在巴黎旅游期间的方方面面。这是我的电话，有问题随时打给我。”梅天星绽开笑容，一双桃花眼熠熠发光。

装得还挺像，假名字都用上了，天星对地才，倒是工整。姚千树默默走过去跟他打招呼，也装作第一次见面的样子。这时，另外两个摄影师也到了，姚千树拉上他们去跟梅天星一起对行程，分配跟拍对象。

“小树跟拍赵即墨和孟沅，黄贺跟拍夏夜雪和许林昊，刘明跟拍叶秋秋和张清野。”梅天星悄声安排道。

难道，这个跟拍组合，就是梅天星的撮合组合？他没搞错吧，恨嫁胖医生跟娘炮男模？萝莉主播和流浪歌手大叔？

行行行，他厉害，她倒要看看他会怎么做。

姚千树刚打开摄像机，孟沅就到了，因为是去巴黎，她穿得十分具有法式风情，一件白色深V衬衫遮住了不羁的花臂，配上一条高开衩的半身裙，她一走进机场，就有好几个路人回头看她。

赵即墨看到她，下意识又想撇开目光，但孟沅已经冲他挥起手来，他于是有些拘谨地迎上去替她拿行李箱。

姚千树把脸藏在摄像机后，默默郁闷。梅天星这时也走上前向孟沅打招呼，介绍自己。

“梅导你不自我介绍的话，我还以为你是那个男模呢。”孟沅笑着看向梅天星，拍拍他的肩膀，“梅导你的外形条件真好，到时如果我们电视台有需要，你可一定要给我面子来啊。”

梅天星拉了拉帽檐，笑道：“可以啊，我乐意之至。”

两人聊天的时候，赵即墨就默默提着行李箱跟在孟沅后面。

看着孟沅和梅天星，姚千树突然有个异想天开的念头，如果他们两个在一起，那她不就没有情敌了吗？

“姚美女，姚美女——”一道远处的女声，突然打断了姚千树的小心思，将大家的注意力都拉了过去。

姚千树顺着声音看到女医生夏夜雪一边冲她挥手一边跑过来。她穿着宽松的深灰色长袖T恤和黑色运动裤，微胖的她跑起来有些可爱。

姚千树抽出一只手回应她，一边还是有些疑惑，医生不都挺注重养生吗，她应该知道肥胖会影响健康吧，为什么不减肥呢？

“我刚刚还怕自己堵车会迟到呢。”夏夜雪很快跑到了姚千树面前，因为奔跑，她的脸红扑扑的，像个丰润的苹果。

待看清面前的两个帅哥赵即墨和梅天星后，夏夜雪似乎脚步踉跄了一下，然后默默把墨镜戴上。

难道她这样看不清人脸，就不会晕帅哥了？

在梅天星向夏夜雪自我介绍和介绍其他人时，张清野也到了，奶奶灰的头发还是十分惹眼。他还背着那个尤克里里，手边是一个小行李箱，看到姚千树他们，只是稍稍点了点头。

之后到的是叶秋秋，这次她没有戴假发，露出了原本棕色的长卷发，头顶戴着一个带有蝴蝶结的粉色发箍，还是穿着白袜子、粉裙子，不过没有平时玩直播时那么夸张。

赵即墨和孟沅立刻认出了叶秋秋，两人对视一眼，并不打算跟她打招呼。

叶秋秋也认出了两人，她立刻笑道："哎呀，是哥和姐啊，那天在商场不好意思了，主要是哥太帅了，我朋友又难得稀罕一个人，您大人有大量，别再生我们的气了，好不？"

孟沅看了赵即墨一眼，赵即墨点了点头，表示接受。

"我倒也没生气，主要是即墨不太懂跟人相处，那天我还以为你们是在烦他呢，所以也就凶了点，既然是误会，说清楚就没事了。"孟沅道。

"你们不生气就太好了！"叶秋秋抱了孟沅一下，又冲到赵即墨面前，想跟他握手。

赵即墨却像是受到惊吓般立刻连退了三步。

叶秋秋僵硬地笑了笑，自己找了个台阶下，转头跟其他人说起话来。东北人自带社交属性，三两下就把大家都聊开心了，不过张清野只是远远坐在一边，轻轻拨动着自己的尤克里里，并不参与聊天。

叶秋秋跟大家聊了一会儿，又拿出了手机，开始直播起来。

"对了秋秋，我们这次的行程要保密，你最好不要拍到大家以及太多泄密的东西哦。"姚千树提醒道。

叶秋秋点点头，把镜头只对准自己。

姚千树瞄了一眼，看到叶秋秋的直播间有不少粉丝，不时有人刷礼物给她，其中有一个刷了几艘游艇的用户头像跟那天她微信发行程表的人的头像似乎是一样的。

难道叶秋秋有私下跟自己的土豪粉丝联系吗？姚千树想起她那天提着大包小包的购物架势，如果叶秋秋是个爱慕虚荣的人，那梅天星想撮合她和张清野估计真的很难，她倒是要看看梅天星能玩出什么花样来。

五分钟后，最后一个用户许林昊终于抵达，他戴着口罩和鸭舌帽，只是露出一双小鹿般的眼睛，就已经帅气逼人，不过他挎着包的样子有点娘，平白给他减了许多分。姚千树刚冲他抬起手，他就看到了他们，扭着腰小跑了过来。

“不好意思呀各位，我刚刚走完一场秀才赶过来。”许林昊摘下口罩道。

“没事儿，我也是才到的。”叶秋秋对帅哥还是比较热情的。

许林昊冲她笑了笑，然后跟其他人一一打招呼，互相自我介绍。走到赵即墨面前时，赵即墨看着他伸出来的手，几不可见地后退了一小步，道：“我的手刚刚弄脏了，就不握了。”

说罢他抱歉地笑了笑，转身去了厕所。

姚千树看到这一幕，也有些讶异。什么鬼，难道他的异性接触过敏症已经发展到连娘炮也不能接触了？

许林昊倒是不以为意。他收回手，很快就在夏夜雪身边站定，说道：“夏小姐是医生啊，太厉害了，我以前就想当医生！”

夏夜雪仍然戴着墨镜，虽然她有些不明白，眼前的许林昊为什么对她这么自来熟，但碍于同是一个团的成员，也跟他聊了起来。

姚千树虽然在拍赵即墨和孟沅，但他俩基本没什么互动，而且她也没打算要好好拍，于是悄悄打量其他人。看到许林昊这一对时，姚千树忍不住疑惑，许林昊怎么对夏夜雪这么热情？

话说回来，梅天星这内定的撮合对象也太神了吧，许林昊这么一个大帅哥，不看叶秋秋，也不搭理孟沅，怎么单单对夏夜雪感兴趣？还是他真的就是对医生这个职业感兴趣？

聊了几句后，夏夜雪往旁边挪了挪，好像在躲避许林昊，跟他聊天也显得很敷衍。

姚千树大感意外，这时，梅天星走过来，对许林昊和叶秋秋道：“走吧，就你们的行李还没托运，把身份证找出来，我们一起去办登机牌和托运。”

还想继续跟夏夜雪说话的许林昊，冲她笑了笑，低头找身份证。

“哎呀！”叶秋秋翻着包包大叫起来，“我身份证呢？”

姚千树赶紧走过去，其他人也围了过来，张清野本来就坐在她的行李箱旁边，见状也放下了自己的尤克里里。

叶秋秋关了直播，撸起袖子，打开行李箱开始翻找：“我明明记得出门前带了身份证，咋回事儿，不可能啊！”

她的行李箱里装着各种化妆品和护肤品，一下就弄乱了，叶秋秋抓起一个化妆包往后一放，谁知恰好碰到了自己的奶茶，奶茶不偏不倚，倒在了张清野的尤克里里上。

“你看着点！”张清野登时急了，抱过自己的尤克里里，用自己的衬衣就擦了起来。

叶秋秋被他的大吼声吓到，语气有些委屈：“对不起大哥！我一时没注意……”

“应该没事儿的，没泼上太多奶茶，大哥你这两天就先别弹它了，让它晾两天。”夏夜雪也一边拿自己的袖子去擦，一边说道。

许林昊站在一边，给琴扇风。

“叶小姐，你还记得你出门前，最后一次看到身份证是什么时候吗？”梅天星问道。

他温和的声音让叶秋秋稍微镇定了一点：“我记得准备出门时就拿在手里了，肯定是会往包儿里放的，可包儿里现在却没有，也忒奇怪了！难道我丢在车上了？”

“先打电话问下家里人吧，也许是放桌上了。”梅天星道。

叶秋秋似乎不太情愿打，又翻了一遍包，才终于拿出电话打给她妈。她跟电话那头的叶妈刚说完情况，叶妈的大嗓门就传了过来：“你说一天天的，连身份证都忘记，你咋不把自己给忘记呢？”

“阿姨，麻烦您赶紧帮秋秋看一下身份证在不在家好吗？晚了怕错过飞机。”孟沅凑过去说道。

那边的叶妈愣了愣，立刻变了语气：“哎，是是是，不好意思，给你们添麻烦了，我立刻找。”

两分钟后，叶妈在叶秋秋的梳妆镜前找到了身份证，表示会立刻打个车送过来，让大家放心。

叶秋秋被骂了一通，脸色不是很好，也不敢坐在张清野身边，而是独自坐在空长椅上闷闷不乐。夏夜雪坐在她身边，低声开导她，但是效果好像不是很好。

“好啦，叶大主播别不开心了，来，喝点温水，冲掉坏心情。”梅天星端着一杯水走过来，递给她。

叶秋秋接过水杯，感受到温暖，终于笑着对他说了声“谢谢”，她喝了一口水，抬起头小心道：“梅导，我可以去旁边的商店边逛边等吗？”

“当然可以，我在这里看着就行。”梅天星笑道。

一边的姚千树默默“切”了一声，他这么会哄女生，也不知以前对多少女生用过相同的套路。

半个多小时过去，机场已经提示登机时间即将截止，孟沅在吸烟处一边吸烟，一边有些焦急地开始看表，而叶秋秋还在商店里逛，浑然不觉紧张。这让孟沅直接沉下了脸，她摁灭烟，走出来。

“梅导，我们就不等了，先登机吧，不然全团的人都耽误了。”

听到孟沅的话，一直很积极做笔记，对这次巴黎游很期待的张清野，也忍不住点头赞同。

而理性多于感性的赵即墨，自然也是赞同先走。

“可我们是一个团队，分开不太好吧。”梅天星道。

姚千树当然是无所谓，她都还没出手搞破坏呢，团队内部就开始出问题了，她乐得看戏。

这时，察觉到动静的叶秋秋也赶紧拎着两个购物袋走了回来。

“哎呀，秋秋，你打个电话问问你妈，是不是快到了？”夏夜雪出来打圆场。许林昊站在她身后，附和点头。

叶秋秋看到孟沅严肃的脸有些害怕，乖乖拿出手机打了。

“我妈说，她才下高速……”她忐忑道。

“我们还是先走吧。”孟沅冷冷道。

张清野默默点头，其他人面面相觑，气氛突然尴尬起来。

叶秋秋则是有些无助地看向梅天星，她从没出过国，在家也是被母亲照顾惯了，其实很害怕一个人单独被抛下。

“这样吧，”梅天星对姚千树道，“小树，你带他们先去登机，我跟秋秋在这儿等着。”

“也行。”姚千树停止拍摄，带着其他人先去登机。

走向登机口时，姚千树不无担忧地说：“唉，如果叶秋秋赶不上飞机，估计得定下一班自己过来了。”

“应该能赶上，高速收费口离机场大概4.2公里，快车赶过来，七分钟可以到。”赵即墨在一边道。

姚千树佩服地看了他一眼：“嗯，即墨哥说可以，那就一定可以！”

赵即墨轻勾唇角，伸出手示意要替她背摄像机。

姚千树把摄像机递给她，余光瞄向一旁的孟沅，而孟沅对两人的互动没什么反应，倒是看到大家有些眼神异样地看过来，孟沅开口道：“他们可是传说中的青梅竹马，感情可好了。”

姚千树还没来得及窃喜，赵即墨立刻补充道：“嗯，小树住我隔壁，我们从小就是邻居，就像亲兄妹一样。”

姚千树扯出一抹僵硬的笑容。

到了登机处，姚千树让其他人先上了飞机，自己留在登机口等，就在机场广播提醒了两遍要停止登机，姚千树跺脚准备放弃等待时，叶秋秋和梅天星终于一起跑了过来。

三人快速跑上飞机，先上机的七个人已经坐在各自的位置上，赵即墨看到姚千树上来，冲她轻轻招了下手，示意自己所在的位置。姚千树朝他一笑，走了过去。她的位置正好在赵即墨后面。

张清野坐在靠近过道的位置，看到叶秋秋朝自己旁边的空位走来，面无表情的脸似乎又冷了几分。

叶秋秋见状也有些不开心，没再主动跟他打招呼，自己默默到靠窗的位置坐下。

姚千树看了下，发现梅天星给女生们安排的都是靠窗的位置，在佩服他懂女孩心思的同时，又狠狠盯了他一眼，把赵即墨和孟沅安排在她前面，绝对是故意的吧！

梅天星装作没看到她的眼神飞刀，在确定大家的行李都放好坐定之后，他也坐到自己位置——姚千树旁边，将鸭舌帽取了下来，似乎帽子让他很不舒服。

不过这帽子确实是一个人美色的封印器，当梅天星取下帽子的时候，就像是夜明珠上的手帕被掀开，光辉慢慢四散出来。他的深棕色头发有些凌乱，但并不妨碍空姐捕捉到他乱发下的俊颜，空姐走过来，有些羞涩地提醒他系好安全带。

“好的，谢谢你！”梅天星看向空姐，笑容里似乎掺了蜜。

空姐耳朵泛红地走开了，梅天星还在朝她微笑。

绝对是个渣男。姚千树默默腹诽，这么一个懂套路的渣男偏偏还长得这么好看，老天真是太不公平了。

还是她的即墨哥好。姚千树透过座位的缝隙，偷看向前面的赵即墨。

赵即墨从未染过头发，但并不显土，相反，因为他肤色极白，衬得黑发如墨，肤白如雪，唇红齿白，非常“禁欲系”。

姚千树默默咽了咽口水，不敢再继续看赵即墨后耳下的那一小片白色皮肤。

近距离坐在孟沅身边的赵即墨似乎有些拘谨，他为孟沅要了一杯温水之后，就再也没有跟孟沅主动说过话。

等大家都坐定后，梅天星打开电脑，开始默背巴黎的景点信息。他毕竟不是专业导游，想不露馅的话，有些功课还是得提前做好。

姚千树也拿出笔记做样子，心里却在默默总结今天的用户大会面。

张清野沉默冷酷，一副不太好相处的样子；叶秋秋虽然本性不坏，但那副购物狂拜金又粗心的样子，两人明显消费观和生活习惯就很不一样，爱情观就更不用说了；许林昊暂且不论，夏夜雪明显对他不感兴趣；至于赵即墨和孟沅，两个人一个保守，一个开放，这么多年都没在一起，现在也不会突然改变就在一起。

看来，梅天星真的给自己挖了一个很大的坑，估计她都不用做什么，他都成功不了了。

姚千树暗自窃喜，不一会儿就睡着了。

也不知睡了多久，醒来时，姚千树发现自己竟然睡在了梅天星的肩膀上，更窘的是，她的口水还滴在了他的T恤上！

梅天星此时还在用电脑看巴黎的旅行资料，没察觉到她已经醒来。

灰色T恤上口水渍特别明显，姚千树大脑飞速运转地想着解决方案，然而想了半天也是一片空白，唯一可行的似乎就是继续靠在他的肩膀上，利用飞机内的空调和她人工吹气，把口水渍吹干……

在姚千树轻轻吹出第一口气的时候，梅天星并没有感受到异常，直到姚千树吹了好几口气，他才察觉趴在他肩上睡觉的姑娘，鼻子呼出的气比起之前似乎也太绵长了，他都觉得肩膀有些冷了。

其实最开始，姚千树的头只是偏向他，并没有倒在他肩膀上，后来是飞机穿过一个气流，震了一下，她的头才落在了他的肩膀上。想着正在休息的赵即墨也不会看到这一幕，梅天星便随她睡在了自己的肩膀上，只是此刻肩膀的凉意，让他忍不住还是稍微抬了抬肩膀。

他一动，肩膀上的绵长气息也停了，隔了好一会儿，肩膀才又开始感受到呼气的气息。梅天星忍不住悄悄偏头看姚千树，才发现她已经醒了，此刻正在小心翼翼地吹她留在他T恤上的口水渍。

他强忍住笑意，但因此带来的胸腔抖动，还是让姚千树察觉出了异样，她狐疑地悄悄抬起头，才发现梅天星已经察觉她的小动作，不由得脸上一红，在他说话之前，低声喝道："不准说出去！"

梅天星一脸绅士地微笑点头答应。

没想到他会答应得如此爽快，姚千树的后半句"不然我就说出你的秘密"也没了用武之地，她为自己的卑鄙小小反省了一下。

不用再继续装睡，姚千树坐起来，活动了一下肩膀和脖子，顺便看看大家的情况。

赵即墨端端正正睡在自己的座位上，像是中学时代不敢越过三八线的乖学生，孟沅则靠着窗户那边在睡。

睡着还敷着面膜的许林昊一直朝戴着护颈枕的夏夜雪那边偏，但一碰到夏夜雪时，就被夏夜雪往外悄悄推了出去。

张清野手里拿着之前那个记行程的笔记在研究，一边的叶秋秋倒在他肩上，他就慢慢往外移动。

他们这趟飞机，从沪城到巴黎戴高乐机场需要12个小时，让撮合对象们长时间在一个封闭空间里相处，不管之前怎么别扭，这段时间都会让大家生出一点同伴之情。姚千树之前参与的那个《终于等到你》节目就是利用这一点来增强嘉宾们的心动感觉，然而这一套对她所在的这个巴黎团，似乎没什么用。

姚千树摇摇头，为梅天星心疼三秒。

飞机降落的时候，是巴黎时间晚上8点。

大家背着自己的小包，在人群中陆续下了飞机，姚千树跟在赵即墨和孟沅身边，来到行李传送带旁边等待，杜白发微信问她到了没，姚千树刚回复完他说已经成功落地，就看见自己的行李箱已经传到了前面，她正准备去追，梅天星就主动替她拿了下来。姚千树道了谢，刚想在心里为他的好心加一分，就看到赵即墨主动替孟沅拿下了排在她行李箱之后的那个行李箱，她反应过来，梅天星是怕如果赵即墨没替她拿行李箱，她会争风吃醋吧。

见她不知道在想什么，梅天星提醒道："小树，记得好好拍哦。"

此刻，孟沅正在跟赵即墨讨论戴高乐机场的变化，两人之前前后脚来过巴黎。

姚千树将镜头对着他们，注意力却悄悄移到了其他人身上。

张清野已经取好了自己的小行李箱，在跟自己的尤克里里自拍。姚千树没想到这个冷酷大叔居然还有喜欢自拍的一面，拍照的时候，他脸上的神情也没那么冷了，虽然笑意不深，但看得出温柔的感觉。而他身后，叶秋秋正在艰难地将自己巨大的行李箱从传送带上提下来，看到张清野只顾自拍，对自己这么一个弱小可怜又无助的可爱萝莉居然不闻不问，她有点郁闷。

许林昊见状，靠着在飞机上跟她探讨过面膜的情谊，迅速搭了把手，帮叶秋秋把行李箱提了下来，叶秋秋冲他甜笑道谢，许林昊也眨眼一笑。然后，他看到了夏夜雪的箱子，伸手正要去拿时，却被夏夜雪伸手拦住："不劳烦许先生，我自己可以。"

这许林昊，四处勾搭女生，她夏夜雪最看不上的就是他这种人。

夏夜雪双手提着行李箱，艰难地把箱子从传输带上扯了下来。她身形比一般女生臃肿，做起这些事来更加不灵活，不小心就把自己的墨镜碰掉在地。

“我帮你捡。”许林昊眼疾手快捡起墨镜递给夏夜雪。

“谢谢！”夏夜雪接过墨镜看了他一眼，奇怪的是，她居然没犯晕。

夏夜雪喜上眉梢，难道是晕帅哥症不药而愈了？她连忙偏头去看梅天星和赵即墨，下一秒，“啪——”，她晕倒在地。

“夏医生！夏医生！”许林昊扶起她，想抱却怎么也抱不起来。一边的摄影师黄贺跑过来帮忙将她背到座位处。

姚千树也跑了过去。

“没关系、没关系，我刚才看到她是墨镜掉了，看了一眼梅导和即墨哥才晕的。她有晕帅哥症，掐下人中就没事了！”姚千树边说边替夏夜雪按人中。

梅天星派人做过调查，自然知道夏夜雪有这个病，只是他没想到姚千树也知道这件事却没跟他反映，看来他真是对她太不设防了。

不一会儿，夏夜雪悠悠转醒，见到自己旁边的摄影师黄贺，有些疑惑。

“姐，你吓死我们了，你咋会染上这么奇怪的病？见到帅哥都能晕倒，这可是终极花痴才有的行为啊。”另一边的叶秋秋说道。

她刚说完，旁边围观的路人就忍不住偷笑起来。巴黎团的成员倒是没取笑她，不过脸上也是有些猎奇的表情。

许林昊替夏夜雪戴好墨镜，对路人道：“都散了都散了，有什么好看的！你们晕车晕机有人取笑过你们吗？只是晕的东西不同而已，快点散了，不要阻碍空气流通！”

众人讪讪散开，姚千树看到一直躲着许林昊的夏夜雪，脸上似乎闪过一丝感动，自己也对这个别扭的帅哥，终于产生了一点点好感。

这时瞄到梅天星正意味深长地看着她，姚千树急忙走过去，悄悄解释：“夏医生的事情，是那天我去医院签合同听护士们聊天说起的，也不确定真假，就没跟你反映。”

梅天星点点头，似是信了。

一伙人走出机场，梅天星提前预订好的商务车已经在出口等待。

“各位，我们现在先回酒店放行李，然后再一起出去吃点东西，在附近走一走，然后就回酒店休息，明天就正式开始我们的旅程，大家有问题吗？”梅天星道。

“没问题。”大家答道。

张清野率先放好行李，独自坐到了靠后排的单人座位。这辆中巴车一共有十五个座位，除了左边的四个单人座和驾驶座，右边和最后一排的座位都是挨在一起的。

梅天星见状，说道：“对了，麻烦‘星星’的用户都坐右边哦，左边留给摄影师坐，方便他们拍你们。”

他这样一说，叶秋秋立刻拉住夏夜雪的手跟她一起坐，生怕自己要跟张清野或者孟沅坐在一起。赵即墨自然是坐孟沅旁边，于是张清野和许林昊坐到了一起。

姚千树在赵即墨和孟沅旁边的单人座上坐下，心里有些惋惜，如果即墨哥也能打破梅天星的计划，跟别人坐就好了。

见大家都坐定，梅天星拿着小喇叭道：“好了，大家都坐好了吧？首先，欢迎大家来到巴黎，在下是个新手导游，之前也说了大家可以叫我梅导。我呢，没有老导游那么多套路，对你们都是朋友般的真诚，大家在旅途中，遇到任何问题都可以来找我。然后，那位姚千树姚小姐，大家应该都见过了，她是‘星星’派过来的监工。”姚千树瞪了他一眼，其他人忍不住笑了起来。

“哈哈，开个玩笑，她主要是负责大家旅游视频的拍摄以及跟我沟通行程信息，另外两位摄影师黄贺和刘明，也会协助拍摄。最后，我们这趟车到达酒店，大概需要一个半小时，途中会经过香榭丽舍大道和凯旋门，然后到达我们酒店所在的17区，放完行李后我们会在附近吃晚餐，大家有什么忌口的，现在就可以跟我说一下。”

这梅天星，讲解起来还挺像那么回事。

梅天星朝举手的许林昊走了过去，许林昊站起来，在他耳边轻声嘱咐，梅天星则用本子记录下他不能吃的食物。

一个半小时的车程，因为窗外的异国风景，配上梅天星的解说，并不显得漫长，车子抵达酒店后，大家聚在一楼分房间。

“我们团一共是十个人，‘星星’给大家定的是五个双人房，我也不算是那种高大家一等的购物型导游，大家也可以把摄影师当朋友，我们跟大家一起住，应该没问题吧？”梅天星问道。

大家都摇头表示不介意。

“那好，黄贺和刘明可以一起住一间房，我们其他人就男女分成两队来抽签决定谁跟谁住吧。”梅天星道。

姚千树本来还有些害怕因为是孟沅的朋友，就要跟她住，听到是抽签，顿时松了口气。

抽签结果很快出来了，四个房间分别是孟沅跟叶秋秋、姚千树和夏夜雪、张清野和许林昊、梅天星和赵即墨。

孟沅看到抽签结果就冷脸了，叶秋秋也默默后退了一步，她能感觉到孟沅不喜欢自己，她其实也不太想跟她住。眼看气氛又开始冷场，夏夜雪怕伤了和气，赶紧道：“秋秋，我有点神经衰弱，你那间好像安静点，我可以跟你换房间吗？”

叶秋秋正发愁呢，听到夏夜雪的要求，忙不迭地点头答应。

最后，孟沅跟夏夜雪住一间，左边隔壁是摄影师黄贺和刘明，右边是梅天星和赵即墨，对面是姚千树和叶秋秋，斜对面是许林昊和张清野。

其实来之前，姚千树就知道，三个女人一台戏，巴黎团里有四个女人，肯定会有更多矛盾，之前是叶秋秋的身份证，现在是分房，本以为总算消停，结果许林昊又来事了。

“哎呀，这个房间的镜子也太少了吧，都不能随时360度欣赏我的俊脸。这里采光也不好，阴森森的好可怕！”许林昊推着行李箱边打量边皱眉，“视野也不够好，窗户外居然还有个停车场，还有，这洗漱台也太小了，都摆不下我的保养品！梅导，我可以自己加钱，升级成单间吗？”

“大家还是尽量住一样的房间吧。而且，这是五星级酒店，在同等水平的酒店里，我相信这里的条件不算很差了。”梅天星笑道。

其他人都已经放好行李准备去吃饭了，本来就又饿又累，看到许林昊还在挑剔拖时间，一时间都有些生气。

夏夜雪一饿起来，脾气就容易暴躁，当下也顾不上他之前帮过自己，直接道：“那许大模特就自己去看看哪个房间合您意吧，我们饿了先去吃饭，等您挑好了，再跟我们会合。”

她一发话，许林昊一句话不敢多说，立刻放下行李箱，低着头走到她身后。

梅天星带他们去的是附近一家法式餐厅，作为他们来到法国的第一餐，他给大家准备的是五道菜。

“其实，最讲究的法国菜，有十三道菜，但是今天也有些晚了，所以我们今晚先吃五道菜，等到哪天时间充足的时候，我再带大家试试十三道菜。”梅天星道。

他声音刚落，夏夜雪就接道：“好，我记在心里了，梅导你可不要忘记呀。”

姚千树总算明白，夏夜雪为什么是个医生还微胖了，原来是个喜欢美食的吃货。

“哎，我朋友有推荐过一家正宗又好吃的法式餐厅，夏医生，有机会的话，我可以带你去尝呀！”许林昊道。

夏夜雪吃了东西，脾气也恢复了，道：“行，有机会就去。”

因为美食的作用，之前笼罩在大家身上的不愉快氛围终于渐渐散去。在大家大快朵颐时，侍应生还拿来了红酒，替大家倒上。

赵即墨第一时间拿走了姚千树的酒杯，让侍应生换了杯温水给她。

见大家看着他，赵即墨拘谨解释道：“小树她喝一点点就会醉，不能让她喝酒。”

姚千树内心暗喜，表面却很平静：“没想到即墨哥还记得这个。”

“对啊，你不知道你18岁生日那天硬要喝酒，最后还是我背你回去……”

那是他第二次背她，他后来也因此又全身过敏长满红疹。

“哎呀，我的糗事就别说啦，即墨哥你答应过我的，这是我们俩之间的小秘密。”姚千树故意语气暧昧，像是宣示主权般看了孟沅一眼，而孟沅则是一副若有所思的样子。

其实，那天姚千树之所以要喝酒，是因为赵即墨即将去英国做交换生，她想借酒告白，可最后却把自己喝吐了，醉得一塌糊涂，告白计划也因此夭折。之后的勇气，也因为知道他心有所属后，消失殆尽。

在姚千树分神的当儿，另外两个吃饱的男摄影师，已经把大家吃饭的视频拍了下来，除了姚千树和赵即墨这边的动静，他们也没有错过许林昊将自己的食物默默分给夏夜雪的画面。

对于美食，夏夜雪当然是来者不拒。

叶秋秋并没有吃多少，拍的照片比吃的食物多，而张清野则是在最开始拿出尤克里里跟美食合照了一张之后，就开始默默吃饭了。

姚千树没注意到这些，她心情复杂地吃完最后的甜点提拉米苏，梅天星见她吃好了，于是带着大家散步走回酒店。

等回到酒店，大家走进房间后，姚千树站在赵即墨房门前，对他扭捏道：“即墨哥，明天的行程你看了吧，有什么需要我跟你详细解释的吗？”

然而不待赵即墨回答，梅天星就插嘴道：“小树，等下麻烦你去阳台，我们一起对一下明天的行程吧。”

他们的房间在六楼，有一个很大的公用露天阳台。

姚千树转头，看到梅天星欠扁的笑容，冲他瞪瞪眼，口上却只能答应。

“我没什么问题，就先不打扰你们工作了，小树你早点对完早点休息吧。”赵即墨道。

“嗯……”姚千树看着他走进房间，一脸不舍。

“你要舍不得，就先跟他去聊会儿，我下楼去买点东西。半小时够不够？”梅天星凑近她，微笑道。

在给她下套？姚千树白了他一眼，走到他前面：“不用，谢谢！”

两人一起走到阳台，梅天星取下帽子，道：“经过这一天，相信你对大家也更了解了，接下来你的任务是要尽快知道每个用户过去的故事，方便我制订撮合策略。”

就是做卧底嘛，这个她之前就了解了。反正她早就做好了留一手的准备，之前没告诉他夏夜雪晕帅哥症的事情，也就是想看梅天星措手不及的样子，却没想到，她一着急，倒是自己给说出来了……

想起今天所见所闻，姚千树忍不住问道：“梅总，你说夏夜雪她不是恨嫁嘛，难得许林昊对她这么热情，她怎么会这么排斥呢？我看许林昊虽然娘了一点，其他也都还好啊，又高又帅的。”

梅天星懒懒瞥了她一眼：“当初招助理，我应该再加一条的，最好懂一点心理学。”

“呵呵，不好意思哦，当初也不知道是谁追出来，用高薪求我去入职的。”

梅天星：“……”

“好啦，我这个人呢，还是比较好学又谦虚的，今天就给你一个向我展示你学识的机会。”听听也无妨，说不定对追求赵即墨有用呢。

梅天星不以为意地笑了：“其实，夏夜雪会那样，是因为自卑而带来的抗拒心理，类似于心理学上的约拿情节，渴望成功，却又不敢靠近。她是个以结婚为目的的女孩，自然不会觉得许林昊那样的帅哥会娶她，说不定许林昊都没有结婚的概念。再然后，就是你的任务了，弄清楚她为什么晕帅哥，说不定这是她拒绝许林昊的另一个原因。”

“原来是这样……”姚千树恍然，“好，我等下就去找她聊聊。我还有一个问题，为什么许林昊会独独对夏夜雪感兴趣呢？”

梅天星笑笑：“这个也是你的任务呀。”

“……”姚千树转身准备走，却被梅天星叫住：“这个给你，等下你找他们聊天的时候就悄悄打开，也省得你来跟我复述了。”

他手里拿着一个录音笔。

姚千树没想到他居然来这一招，之前装出来的笑脸立刻烟消云散，横眉怒道："你是不信任我？"

"怎么会，我就是想给你节省点时间休息呀。"梅天星笑得眉眼弯弯，人畜无害。

"梅总，说实话吧，我觉得私下聊天去套话，就已经违反了我的底线，要是再去录个音，就已经是违法了，对不起，我不干！"

"姚助理，没这么严重啦。录这个音，并不会损害任何人的利益，只是作为撮合计划的辅助资料而已，而且，你不要忘了我们签过的助理协议，要服从工作安排。如果，你实在不愿意做，那我只好让杜白过来接替你了。"他的声音仍然是温和的。

但姚千树却是越听越气，但她要想继续在巴黎团待下去的话，目前似乎只能点头了事。

"对了，你回去后帮我把黄贺和刘明叫过来，我要和他们商量一下明天的游戏装置。"

"好。"姚千树走出阳台，通知了两个摄影师以后，就直接回了自己房间，把梅天星交代的任务抛在脑后。

叶秋秋还没洗澡卸妆，手里正拿着直播杆，一副敬业主播的样子，见姚千树回来，叶秋秋立刻跟粉丝说再见。

姚千树看着被叶秋秋的各种衣服和化妆品摆满的房间，默默叹了口气。她以前觉得自己算是个邋遢的女生了，可现在跟叶秋秋一比，她只想对以前的自己道个歉。不过，为了在巴黎的这十天能顺利过去，姚千树决定不苛责她的整洁问题了。

"对了秋秋，阿沅姐对事不对人，其实她人不坏，她比较看重守时啊、不给别人添麻烦啊这些细节，你不要因此不开心哦。"姚千树道。

"姐，没事的，我知道。"叶秋秋盘腿坐在床上，一副心大的样子。

其实比起孟沅，叶秋秋觉得在机场凶了她一句，然后跟孟沅站在一边要先登机、不怎么搭理人的张清野更难以接近，她凑近姚千树道："对了，那个大叔什么来历啊？感觉神神秘秘的，有时还忒凶……"

"我也不太清楚，之前去找他签合同，还碰到有人去打他呢……"姚千树道。

叶秋秋一听来了劲，掏出手机："这种流浪歌手肯定有故事，他真名叫张清野是吧，我来人肉一下。"

"哎，网络上同名同姓的人太多了，万一说的是另一个人呢——"

"什么！"还没等姚千树说完，叶秋秋就站在床上大叫起来，"去年B县一妇女溺亡，死前曾与丈夫争吵，疑似遭丈夫谋杀！"

叶秋秋将手机举到姚千树面前，上面显示的是一名男子被警察带走的画面，男子眼睛处虽然被打了马赛克，但还是看得出，是张清野。

姚千树惊得自己的手机都掉了。这要放以前在电视台，她绝对会先调查好嘉宾的资料，只是这一趟旅行本来她就有些不情不愿，偷了懒，只看了梅天星给她的资料，没有额外去查。

叶秋秋立刻拉了个除张清野在外的九人微信群，把这条新闻发在了群里。

群里马上炸了锅。

"天哪！跟杀妻犯在一个团，也太危险了吧！你们能解释一下吗？@姚千树@梅天星@黄贺@刘明。"夏夜雪发信息道。

"刚刚张清野还在我旁边，对着尤克里里自言自语，好像神经病一样！我的天！他如果真是精神变态，杀我是不是不犯法？你们谁来救救我！"许林昊道。

姚千树刚起身，准备去找梅天星，门就被敲响了。

她刚打开门，孟沅的声音就传了进来："小树，到底是什么情况？"

姚千树嗫嚅着，这时对面的另外两间房门也打开了，梅天星、赵即墨、刘明和黄贺都走了出来。

梅天星开口正准备说话，对面许林昊和张清野的房间突然传来许林昊凄厉的尖叫声："救命啊——杀人啦——"

肌肉男刘明立刻一脚踹开房门，门内，张清野一脸震惊地回头，手里还拿着一把长长的用于敲碎冰块的冰锥。

AI QING / ZHIZUO REN

第四章 “杀妻”嫌疑犯

看到救兵降临，许林昊立刻冲张清野道：“张大哥，有话好好说！我跟你无冤无仇，你干吗要害我？”

张清野看着门外的人，有些疑惑，朝他走了两步，许林昊立刻护住自己的脸，大叫：“你别过来、别过来，啊啊啊啊！”

梅天星急忙道：“张大哥，你要干吗？”

张清野正准备解释，这时听到动静的酒店保安也跑了上来。

“Be careful,there is a murder inside（小心，里面有个杀人犯）！”姚千树道。

听到提醒，保安立刻取出对讲机，看起来要报警的样子。梅天星赶紧走过去，跟他用法语交流了两句后，保安勉强放下了对讲机。

梅天星重新看向张清野：“张大哥，你拿着冰锥干吗？”

“我就是想敲碎点冰块放在啤酒里，想问许林昊喝不喝啊？你们怎么了？”张清野蹙眉道。

“你真的只是想喝啤酒吗？”夏夜雪在人群后问道。

不待他回答，叶秋秋快速道："你谋杀妻子的新闻我们都看到了，你还有什么好说的！"

张清野的脸色骤然变白，他倒退两步，颓丧坐在床上："我没什么好说的，是我对不起阿洁。"

他这相当于承认的行为，直接让所有人大后退三步，除了梅天星。

"其实张大哥的事情，'星星'内部有委托人去警察局做详细调查，当年他被警察审问之后就被放出来了。既然警察都没有证据起诉他，我们也不要轻易下结论。"他道。

赵即墨也点点头："只有证据才能说明一切，那个新闻也只是说疑似谋杀，最后疑罪从无，因为没有任何证据证明是张清野害他妻子溺亡。"

"哎呀，我不管什么疑罪从无，总之我不要跟他一起住了！不，跟他一起太危险了，我们集体回国吧！"许林昊跑到大家身边道。

"啊？"叶秋秋似乎没想到事情会闹这么大，有些迟疑了。

"小树，把你们公司负责人的电话给我，我要问下他们，为什么他们明明调查到了张清野的事情，还要把他纳入旅行团里。"孟沅转头对姚千树道。

"哦……"姚千树装作为难地看了梅天星一眼，手上却是立刻拿出手机，准备把公司副总方斌的电话给她，方斌是这次巴黎游明面上的负责人。

她当然是看热闹不嫌事大，巴不得这段旅程能在今天截止最好。

"孟小姐，你不必打了，'星星'已经全权授权了我来负责这次巴黎游的事情，我向大家保证，团里的所有人员都是遵纪守法的好公民。'星星'作为主办方，有责任也有能力保障大家的人身安全，但同时，也请大家注意自己的言行，不要侵犯到他人，我们会保留追责的权利。"梅天星的表情变得严肃起来。

见大家都不说话，他放缓了语气："现在也不早了，今晚就让刘明跟张大哥住，黄贺跟许先生住，明天我会让'星星'出具一份担责声明给你们，希望大家能安心享受在巴黎的时光，也对张大哥多一些信任，可以吗？"

他都这样说了，大家也只能先回自己房间，这异国他乡的，就算有人想回国也不是那么容易的。

刚回到房间，姚千树就被赵即墨拉进了一个没有梅天星、张清野、黄贺和刘明的六人小群里。

“小树虽然是‘星星’的员工，可是她不清楚张清野的事情，而且如果‘星星’真有做得不对的地方，她肯定也是站在我们这一边的，大家有什么想法直说无妨。”赵即墨道。

“嗯，我也相信小树姐！”叶秋秋跟着说道。她抬起头，冲坐在另一张床上的姚千树笑了笑。

姚千树也回以一笑，看来，她刚才不因叶秋秋搞乱房间摆脸色是对的。

“小树，难道我们明天真的要继续跟张清野一起去玩吗？这也太恐怖了吧！”夏夜雪道。

“对啊，虽然我买了七份保险，但我还是不想死啊！”许林昊紧接着道。

姚千树刚想说，那就明天一起订机票回国算了。

赵即墨却回复道：“刚才梅导跟我说，如果大家还是不放心张大哥的话，他会让刘明全程跟着他，刘明练过几年泰拳，制服一个男人轻而易举，大家来一趟巴黎也挺折腾的，他还为大家准备了很多特色的旅途游戏，希望大家能坚持完成这趟旅行。”

“那就先看看明天是什么情况再说吧，大家觉得呢？”孟沅道。

其他人没回复，不过不反对就是默许了，姚千树有些失望，但又不能明面上拆自己公司的台，只好道：“嗯，那就谢谢大家的理解了，不过，凡事还是安全第一，如果有危险情况，我一定第一时间带你们离开这里！”

说完，她就去洗澡了，出来的时候，叶秋秋还在玩手机，她打开朋友圈刷了一下，发现叶秋秋居然在朋友圈里发了张清野的照片，配文是：参加了一个旅游团，可团里的卖唱大叔居然是杀妻嫌疑犯？！人生要不要这么刺激！

“呃，秋秋，你发这个合适吗？不是说警察也没找到证据嘛。”姚千树道。

“没事啦，我把他们都屏蔽了，还有我妈，不会对我们巴黎游有影响的。”叶秋秋说完，翻了个身，背对着姚千树，继续玩手机。

好吧，随便了，她也懒得管，睡觉！

早上的集合时间是8点，被闹钟叫醒的姚千树叫了叶秋秋好几遍，直到她快洗漱完的时候，叶秋秋才终于起来。

“小树姐，你先下去吧，我保证五分钟弄好下楼！”叶秋秋信誓旦旦。

姚千树虽然不信，但她要协助清点人数，便先下了楼。

当大家陆续到达一楼大厅时，叶秋秋果然还没出现。张清野背着琴，自动站在离人群很远的角落，不发一言，虽然他身边紧紧跟着刘明，但其他人还是用眼角余光小心提防着他。孟沅则跑到了门外去抽烟等待。

梅天星给叶秋秋打了好几个电话都没人接，正准备上去敲门时，叶秋秋就一路小跑了过来：“不好意思了，各位哥哥姐姐老铁们，我时差有点没倒过来，醒来就晚了，下次保证不会迟到！”

“叶小姐，既然是集体出行，希望你以后还是遵守时间，我相信你也不好意思老是让大家等你吧？”孟沅走进来，并不接受她的道歉。这种小女孩她见多了，不过是仗着一张可爱的脸和年纪轻，就把一众宅男唬得团团转，可惜，唬不了她这个鉴女专家。

“是是是，您说得是。我下次再也不迟到了，刚刚我怕迟到，迷迷瞪瞪赶下楼，差点摔个大跟头，以后绝对不敢了。”她这错认得还挺押韵。见叶秋秋认错态度积极，孟沅脸色终于缓和下来。

姚千树一直在观察赵即墨的反应，他并没有被孟沅的严苛吓到。倒是姚千树心里一堆戏，阿沅姐生起气来也太凶了吧，即墨哥要是跟她在一起，绝对会被欺负死的，她要拯救即墨哥！

“好了，人齐了，车也在门外了，我们先上车吧。”梅天星说道。

只是，他说完并没有人动，大家面面相觑，随后把目光看向张清野。

张清野了然，先上了车，一个人坐到了最后一排。

“梅导，你这次可不能让我们再跟他靠在一起坐了啊。”夏夜雪对梅天星道。

梅天星有些无奈：“嗯，我跟他坐，你们快上车吧。”

他说完，还是没有人动，赵即墨本来准备先上去，却被姚千树拉了一下他衣袖。

这时，一直在门口等着他们的商务车，刚好因为堵住了路，被后面的车喇叭嘀了一声，梅天星看了大家一眼，先上了车，其他人也只好勉强上了车。

“今天我为大家安排的，都是你们之前或多或少听过的巴黎知名景点，从凯旋门走香榭丽舍大道到协和广场，再穿过塞纳河到埃菲尔铁塔。为了让大家有不一样的旅行体验，‘星星’也委托我给大家设计了一个旅行小游戏，最先完成任务的人，会有奖励哦。”梅天星站在车里说道。

没有人回应他，他自顾自地继续说道：“游戏是你们男女分为一组，一起去寻找一部电影的三个线索，我为大家选了三部跟法国有关的电影，要么是取景在法国，要么是法国导演拍的。最先猜出电影名字的那一组就可以获得奖励。对了，游戏途中不可以使用手机查资料哦。”

“好像有点意思，梅导，那我跟谁一组啊？”许林昊道。

总算有人回应，梅天星勾唇一笑：“许先生是跟夏医生一组。”

“请问，”夏夜雪不乐意了，“梅导你是按什么标准分的组啊？”

“这个……请大家拿出手机，打开你们这次活动的主办方‘星星’APP，”梅天星也拿出自己的手机，“然后，你们看一下‘星星’为你们划分的类型，我是按同一类型分的组。夏医生和许先生都是美食家类型，赵先生和孟小姐都是企业家类型，叶小姐和张先生是艺术家类型——”

他话音未落，叶秋秋就叫嚷起来：“梅导！你忍心让我这么一个小姑娘跟那个杀……不是，跟那个大叔在一组吗？我们有代沟，玩不到一起去的！”

张清野低着头默默无言，好像已经身处另一个世界。

“怎么会呢？你们都是艺术家类型，肯定有很多共同点的，不信我发你张大哥唱歌的视频，你一定喜欢。”说罢，梅天星就单独给她发去了一个链接，顺便还给她发了一千块的红包。

叶秋秋收了红包，立刻眉开眼笑：“行吧，梅导这一下安排得明明白白的，我相信梅导。”

姚千树大感惊奇，想凑过去看他发了个什么链接给叶秋秋，梅天星适时拿开手机，只是冲她弯了弯桃花般的眼睛。

姚千树在心底“切”了一声，微信他：“那个什么家的分类，是你让后台程序员特意改的吗？”

梅天星直接冲她摇摇头。

“那你是什么家？”她又问。

“希望大家不要着急回家。”梅天星回道。

姚千树抬起头刚想白他一眼，就见他又乖乖补充了一条：“跟你即墨哥一个类型。”

好吧，合着这群人里，就她一个人是幻想家类型。

车子很快就抵达了凯旋门，三对撮合对象在下车后领到了关于电影的第一个线索。

赵即墨和孟沅拿到的线索是：大部分小女生最喜欢去的地方。

“我想想啊，我小时候喜欢去游戏厅，不过，应该不是大部分小女生喜欢去的地方，”孟沅看向姚千树，“小树，你小时候喜欢去哪儿？”

姚千树提着摄影器材正在拍摄，她看了一眼跟在一边的梅天星，递给孟沅一个爱莫能助的眼神。她明白，梅天星是不信任她，才选择跟在她这一组。那她今天就乖一点，他总不可能这十天都盯着即墨哥和阿沅姐这一对吧。

不过，她现在有些烦恼，之前她为了不让梅天星如愿，悄悄弄乱了三组人的提示线索，如果等会儿梅天星发现线索乱了，肯定第一个怀疑她。

算了，先不管，反正她的谎撒得那么好，死不承认就是了。

“我记得小树最喜欢去糖果店买吃的。”赵即墨突然道。

“好，那我们就先去附近的糖果店看看。”孟沅拉着他往前走，赵即墨立刻甩开：“你先走。”

孟沅似乎有些失望，不过也没说什么。

很快，两人就来到了最近的一家糖果店，在里面找到了旅行团的小红旗，代表他们找对了地方。

小红旗是梅天星让当地的合作旅行社安排放置的，他从踏上巴黎的土地开始，就有条不紊地安排着各种事宜。

“啊，我猜到是什么电影了！”孟沅看着摆放在高处的一个旋转木马形糖果盒子，自信笑道，“是《两小无猜》吧？”

梅天星有些惊讶地笑了：“恭喜你们，你们是最快猜到电影的一组。”

姚千树有些失落，没想到他们居然达成了任务，还这么快，她打乱的线索完全没了用武之地。

“即墨，你看过《两小无猜》吗？”孟沅问赵即墨。

赵即墨点点头。

孟沅有些惊讶地看了他一眼：“不错嘛，我一直以为你不爱看那些文艺电影呢。”

赵即墨微笑低头。那些电影他本来是没兴趣看的，可是在孟沅看完分享过影评之后，他就喜欢看了。

姚千树则是有些郁闷，所以两人是开始发现有共同爱好了？梅大星设计这个环节，就是想来这一出吧。

“那你对《两小无猜》里的爱情怎么看？”两人走出商店，向约定的集合地点走去。

“我其实，不太懂里面的爱情。男女主角从小一起长大，没经历什么上一辈恩怨，彼此也喜欢，我不太明白，他们为什么不能好好在一起？”赵即墨道。

“又不是所有陪伴彼此很久的人都能在一起，我们不也没在一起。”孟沅道。

姚千树心里咯噔了一下，阿沅姐是想干吗？

好在，赵即墨并没说什么，只是笑了笑。

赵即墨一向是话题终结者，孟沅也没了聊天的心情，于是只顾向前走。

姚千树轻松地跟着两人，心里有些得意，就算你梅天星安排了这一出又怎样，不也对他们没什么促进作用嘛。也不知道另外两对怎么样了。

夏夜雪和许林昊拿到的第一个线索是：一个被很多人称之为天堂的地方。

“天堂？那肯定是小吃一条街！”夏夜雪道。

“我怎么觉得跟教堂有关啊？夏医生你看啊，教堂就是通向天堂的地方，还有那么多美丽的天使，”许林昊看不清眼镜下夏夜雪的表情，语气突然有些慌，“不过，我们可以先去卖小吃的地方找找。”

“好啊！”夏夜雪立刻道。她早已被香榭丽舍大道上小吃店的香味勾了魂，达成共识后，她就朝最近的一个糕点店走去。

“都说法国的甜点好吃，这次一定要多尝点。”夏夜雪边说边点单，看样子是完全把游戏任务抛在了脑后。

许林昊有些着急，但也不敢提醒，只得讪笑着陪她一起吃。

黄贺扛着摄像器材，跟在两人身后。

“欸，黄摄像，你也尝点，这个提拉米苏绝了！”夏夜雪说着把一块糕点递给了他。

黄贺摇头婉拒。

“夏医生，他工作呢，不好吃东西，让我来吃吧。”许林昊道。

“你？”夏夜雪打量了他一眼，“你们明星不是要保持身材吗？你敢吃这种高热量甜食？”

“那有什么不敢的，我没瘦之前，最喜欢吃甜食了，大不了吃完再运动啰。如果看到美食不理会，那美食会伤心的！”说罢，他一口咬下提拉米苏。怕自己在镜头里不好看，他又打开手机摄像头照了照，然后冲镜头露齿一笑。

夏夜雪有些震惊地看了他一眼，眼看他就要把面前的蛋糕都吃掉，连忙大叫：“停下！”

许林昊一脸不解。

“啊，”夏夜雪笑着把蛋糕悄悄拿过来，“我们好像忘记任务卡了，这里也没见着什么小红旗。我们是不是找错了啊？”

许林昊发现了她的小动作，却没有点破，转头对黄贺道：“黄摄像，要不你把第二个线索给我们吧。”

黄贺将锦囊递给他，他看了一眼，递给夏夜雪看，夏夜雪拍手笑了起来：“甜食！我果然没猜错！小红旗不在这家店，肯定在别的甜点店，许先生，我们去别家吧！”

许林昊艰难地咽下口里的蛋糕，一脸绝望地跟在她身后。

两人并不知道，锦囊已经被人换过了，“甜食”的这条线索其实指的是赵即墨组《两小无猜》里的糖果盒子。不过，他们的第一个线索就猜错了，正确答案是“书店”，第二个正确线索是“塞纳河”。

而此刻，正在向塞纳河靠近的，是叶秋秋和张清野。

他们拿到的第一条线索是：车子和行人都可以走的地方。

“这个必须是马路啊！也忒简单了！”只是，看着从凯旋门发散出去的十二条马路，叶秋秋纠结了。

张清野自觉站在离她很远的地方，一副对游戏置身事外的样子。

“刘摄像，你把第二条线索给我吧。”叶秋秋也没跟张清野商量，直接对跟拍的摄影师刘明说道。

看完刘明递来的线索，叶秋秋照着地图往塞纳河走去。张清野什么也不管，只管跟着她走。

待看清不远处就是一条河的时候，张清野脸色煞白，立刻停下了脚步，不愿再往前走一步。

叶秋秋回头看了他一眼，也不想叫他，便自己往河边走去。下一秒，她大声尖叫起来：“哎呀！有人落水了！大叔你快来帮忙啊！”

张清野皱着眉，似是在心里挣扎，但几秒之后，他还是跑了过去。

掉入水中的是个黑头发的女人，岸上已经有人在脱衣服准备去救她，张清野放下尤克里里，立刻跳入水中。

“坚持住阿洁！我来了！”他边说边往女人的方向游去。

可是，他忘了，自己是不会游泳的，才游了两下，他便呛了水，还一边往下沉。

其他人忙着救那个溺水的女人，都没注意到他，一直在河边观察的叶秋秋意识到不对劲，把手机交给刘明后，跳下了水。

“哎呀，快来搭把手啊，这个时候你还拍啥呢，别整那些没用的了！”叶秋秋扯着张清野的手臂爬上岸，冲刘明叫道。

刘明扛着摄影器材，跑过去拉张清野的另一只手。

好不容易将他拉上岸，叶秋秋冲张清野的胸膛一顿挤压，张清野很快就清醒咳嗽起来。

“大叔，你说你自己不会游泳，还跳下去逞强干吗？这不是添乱嘛。”叶秋秋一边拍他的背，一边说道。

张清野依旧沉默无言，看着一边被别人救上来的女人没事，他嘴边露出一个欣慰的笑容。

叶秋秋愣了愣，终于想起，他的妻子就是在河边溺亡的。她突然有些理解，之前他为什么在河边驻足不前了。

自己不会游泳还要去救别人，这样的人，会是狠心谋杀妻子的人吗？

这时，她的手机十人微信群里突然收到了黄贺的语音：“梅导，你们快来看看吧！有一伙黑人围住了我们！”

“什么！这还得了，我们快去瞅瞅！”叶秋秋不顾衣服还湿着，率先跑了出去。

“你……你们别过来啊！我练过五禽戏，Chinese gongfu（中国功夫）！”夏夜雪扎着马步，对面前的一群牛高马大的黑人说道。

“我的小李飞刀更厉害，你们识相的就快点go（走）！”许林昊食指和中指夹着一面随时携带的小镜子，挡在夏夜雪面前。他高是高，可是瘦，在黑人面前，他就像一棵豆芽菜，不过还是有种谜之气概。

而稍微有肉一点的扛着摄影机的黄贺，借口要保护器材，已经远远躲在了人群里。

“Excusez-moi,que s'est-il passé（不好意思，请问发生什么事了）？”梅天星和姚千树他们赶了过来。

夏夜雪看到他们，连忙抓住姚千树的手臂：“小树，中间那个黑人，刚才拿个本子让我签名，我以为他是稀罕我们中国人的签名，就帮他签了，谁知他转头就问我要钱！你说，这不是骗子讹诈嘛！”

这时，浑身湿漉漉的叶秋秋和张清野也赶到了。黄贺看到刘明，招呼他一起过来。

而张清野却是把琴放到叶秋秋手里，挡在大家面前，一副准备打架的气势。

姚千树有些讶异，怎么他这会儿又不尿了？

那群黑人眼见他们人越来越多，朝人群里的另外几个黑人也使了使眼色，他们于是也走了过来。

赵即墨急忙挡在孟沅和姚千树面前，眼见冲突一触即发，梅天星笑眯眯地走到黑人面前，和那几个黑人用法语沟通起来。三两句话后，那几个黑人居然跟他愉快地聊了起来，走的时候，还拍了拍他的肩膀，似乎是把他当成了自己人。

“怎么回事，你认识他们？”姚千树问道。

梅天星摇摇头，道：“我只是跟他们说，他们印堂煞气太重，挡了桃花运，几个人中肯定有人情感出了问题，需要多行善事才能化解。他们觉得我说得很对，就放过我们了。”

“你什么时候变成算命的了？”姚千树一脸不信。她总觉得梅天星跟那几个黑人似乎认识。

“哎呀，梅导你太有才了，刚才真是谢谢你了，我都快吓死了。”夏夜雪对梅天星的话深信不疑，连连道谢，说完，她又转头冲许林昊说了声谢谢，似乎也是没想到，看起来娘娘的许林昊居然这么勇敢。

许林昊开心笑起来，露出一口白牙：“不用谢，夏医生你没事就好！”

“好了，大家没事就好，既然大家都会合了，猜电影环节也有人猜出了电影，我们就一起开始接下来的行程吧。大家要注意安全和保护好财物，不要走散了，也不要随意接陌生人递给你的任何东西。”待送叶秋秋和张清野去商场的厕所烘干了衣服，梅天星对大家说道。

“哇，谁猜出电影来了？”叶秋秋跟在一边问道。

“是赵先生和孟小姐这一组，不过叶小姐，”梅天星看向她，“你真的不用买一套新的衣服吗？”

“不用不用，我怕我进了商场你们就找不到我了……”叶秋秋不好意思地笑了笑。

梅天星微笑表示了解，又看向夏夜雪：“夏医生，我听说你们一直在甜品店找线索？”

“对啊，梅导，你是不是知道我爱吃东西，所以特意给我安排了一部美食电影啊？第二条线索也是甜食。”夏夜雪道。

“第二条线索？”梅天星狐疑地看了姚千树一眼。线索锦囊是她去分发的，如果夏夜雪拿到了错误的锦囊，那其他人肯定也拿错了。但好在叶秋秋的锦囊没错，不然，就真的辜负他的安排了。

“……其实，第一个提示的答案是书店，书店被称为爱书者的天堂，所以你们的电影不是关于美食，是关于爱情，电影名字是《爱在日落黄昏时》。”梅天星没有说锦囊错误的事，索性直接公布了答案。

姚千树提心吊胆地在一边掐着，也不敢跟梅天星对视。

“《爱在日落黄昏时》讲的是两个年轻人在旅途中偶遇彼此，逐渐产生感情的故事。‘爱在’是一个系列电影，共有三部，这是第二部。讲的两个年轻人在当年别过之后，各自发展，最终在书店重逢，然后一起游览巴黎，交流彼此人生的故事。”梅天星介绍道。

夏夜雪和许林昊听得十分认真，叶秋秋突然道：“那梅导，我的第一个提示，答案是马路，答对了吗？”

梅天星点点头：“那部电影的男女主角，年龄差也很大。”

“《这个杀手不太冷》？”孟沅话一出口，其他人都倒吸一口冷气，刚对张清野卸下的防备的心，又提了起来。

“哈，果然是制片人，都不需要提示。叶小姐，你看过这部电影吗？”梅天星转移话题道。

叶秋秋点点头。

“那你喜欢那个杀手吗？”他继续问道。

《这个杀手不太冷》讲的是一个小姑娘和职业杀手大叔因意外相遇，渐渐产生似父女又似恋人的复杂情愫的故事。

“喜欢啊，我觉得他特酷。”

梅天星满意地点点头：“那就好，今天的小游戏到此结束，大家有兴趣，晚上回到酒店，可以再重温一下你们今天的电影任务。至于赵先生和孟沅的奖品，恭喜他们各获得玛姆酒庄的红带香槟一瓶。”

“哇塞！红带香槟很贵吧？”叶秋秋艳羡道。

“你要是想要，接下来几天还有游戏，你还是有机会的。”梅天星笑道，随后，他看向众人，“大家也都还有机会，不过今天就没有游戏环节了，接下来我们去埃菲尔铁塔，大家可以专心游玩。”

“好的。”大家异口同声地应道。虽然他们没拿到奖品，但在游戏中游览的感觉倒也别开生面，所以总体上大家还是挺开心的。

在前往埃菲尔铁塔的路上，姚千树一边拍摄，一边开小差。

据说，在埃菲尔铁塔下接吻的情侣，一辈子都不会分开。姚千树想，虽然她现在跟赵即墨还不是情侣，但一起去那里拍个合照也不错啊。

一念及此，姚千树趁梅天星没看到这边，放下摄像机，悄悄对赵即墨道：“即墨哥，等我们到埃菲尔铁塔时，一起悄悄合个影吧。”

赵即墨不知道她的小心思，点头应允。倒是一边的孟沅，听到后看了她一眼。

梅天星本来是预定了登塔参观的，可好巧不巧，临时遇到了工作人员罢工，铁塔登顶观光取消，大家的票都白买了。

赵即墨和孟沅知道巴黎有罢工的风俗，一脸淡定，其他人则是要多失望就有多失望了。

“大家也不要失望，其实铁塔的夜景更好看。晚上铁塔还会有闪灯秀，每五分钟里，铁塔上的两万盏灯泡会同时闪烁，整个塔身闪耀无比，堪比一座钻石塔。上不了塔顶也没关系，明天我们去的蒙马特高地，照样可以俯瞰巴黎。现在我们就自由活动，先在周边逛一下，两个小时后再集合吧。”梅天星的声音温和，安慰起人来似乎有种魔力，大家很快振作起来。

“总算可以好好逛购物店了！哥哥姐姐们，晚点见！”叶秋秋摩拳擦掌，跟大家挥挥手，不等摄影师追上她，就一溜烟跑了。

梅天星赶紧拜托张清野跟过去看着她，张清野没说话，默默追了上去。

“那夏医生，我们也去附近逛逛吧，我可以帮你拍照。”许林昊主动对夏夜雪邀约。

夏夜雪对之前黑人的事情还心有余悸，她看向梅天星：“梅导，你等会儿去哪儿啊？我感觉跟着你一起会比较好玩和安全。”

梅天星往下拉了拉帽檐，低头看了眼手中的行程单，道：“不好意思，我应该不会去哪儿，这里我都很熟悉了，就坐在这儿休息一会儿等你们就行。”

“哎呀，夏医生，我们就一起去玩吧，或者我们跟着赵大哥和孟姐姐一起也行。”许林昊道。

夏夜雪怎么可能去当电灯泡，她冲孟沅和赵即墨笑道：“你们老朋友还是好好叙叙旧吧，我们就不打扰你们了。”说罢，她就转身招呼许林昊走了。

孟沅见两人走远，冲姚千树道：“小树，你还要继续拍我们吗？要不要休息一下，跟我们一起去逛逛？”

姚千树当然想去，她看了一眼梅天星。梅天星对孟沅笑道：“我先跟小树对一下工作，等一下就让她过去找你们。”

“那小树，我们在前面等你。”孟沅说道，赵即墨也冲姚千树点点头，然后两人一起朝埃菲尔铁塔走去。

见大家都走了，梅天星终于摘了帽子，伸手摩挲了一下自己的头皮和头发，似是在按摩。

“不习惯戴帽子干吗还要戴啊？”姚千树问道。

“因为导游一般都戴帽子啊。”

“……”

“对了，锦囊提示是你调换的吧？”梅天星道。

他果然还是问了。

姚千树一脸镇定：“即使我要搞鬼，也不会做这么明显的小动作吧？也许是黄贺和刘明拿错了呢？”

梅天星无意深究，只道：“不管是谁做的，但我话可说在前面，九天之后，他们三对一定会在一起。而且，你没发现经过这个乱子，他们反而走得更近了吗？说不定你按兵不动，我的计划也不会实现得这么成功。”

他一说，好像还真是这样，姚千树心里郁闷，嘴上却不认输：“你不要张口闭口就认定这是我干的，逼急了我们就一拍两散，我看你还怎么撮合他们？！”

“好好好，我的错，是我说错了，姚助理您大人有大量，喝点水，别生气。”梅天星递给她一瓶水，像是在顺一只动物的毛一般安抚道。

姚千树顺着台阶就下了，她接过水，打开喝了一口。

梅天星看着她，在心里默默叹了口气。

其实这次巴黎游他选中赵即墨和孟沅，一方面是因为自己要想办法使赵即墨脱单，另一方面他也是想把姚千树拉进来，治好她的说谎症。所以，他才会让秘书故意把资料泄露给她，他也好将计就计把她拉到巴黎游里。

只是，她撒谎时没有任何破绽，想要找到突破口，似乎只能等那位的消息了。

“走吧，我们去偷拍赵即墨和孟沅。”既然目前只能等待，梅天星决定还是先把眼下的事做好。

他所说的“偷拍”，其实就是躲在暗处，在三对撮合对象不知情的情况下拍下他们自然相处的样子。虽是非正常拍摄，但他们都被提前告知过，知道这并不是偷拍隐私。

这样去拍的话，公司后期也能剪出更符合要求的宣传短片。只不过，他们六人以为最后呈现的视频就是单纯的游玩视频，并不知道，梅天星最后要剪出来的是恋爱剧情方向的宣传片。

梅天星估计是觉得，自己一定能成功撮合这三对，所以即使最后出来的是恋爱宣传片，他们也不会反对。

可是，有她姚千树在，他别想成功！不过，在打倒他之前，她还是有必要先偷偷师的。

姚千树清清嗓子："梅总，你今天的这个分组，有什么科学依据吗？意思是两个相似的人，比两个互补的人在一起更好吗？"

这么多年，她被赵即墨的喜好潜移默化，和赵即墨自然是最相似的，虽然她在"星星"上的分类跟赵即墨不一样，但她不信孟沅会和赵即墨更相似，他们俩看起来明显更偏互补型。

"有的研究数据是证明了性格相似比互补更能创造稳定的感情，"不等姚千树窃喜，梅天星继续道，"但是，前提是，你们得先在一起啊。性格相似并不代表比互补更容易开始一段感情，有些人其实更容易被不同于自己的人吸引。所以，'星星'上的人群分类，跟个性相似或者互补没有关系，主要还是得看匹配度。毕竟，我们的配对度算法，是根据一百道特定问题综合得出的。我对那三对撮合对象的分组是基于他们的较高匹配度，至于他们属于同一个类型，那只是巧合而已。只不过，我明面上不能告诉他们，我是按照匹配度给他们做的分组。"

想起自己跟即墨哥的匹配度是78%，而阿沅姐跟他的匹配度是90%，姚千树拒绝接受梅天星的说法。

似乎是猜到她心里所想，梅天星又道："如果你想知道，怎样的男女更容易来电，那我可以告诉你生物学家的观点，他们研究得出男女在某些基因上的差异越大，越容易相互吸引并结为夫妻。所以，你可以让赵即墨和孟沅，跟你一起去做个基因组检测，看看谁跟赵即墨的基因差异更大。不过，"梅天星看向姚千树，"就算你跟赵即墨的差异更大，你也不能倒追他哦。"

"因为，男人习惯了主动，从生物遗传学上来说，在原始社会时，男人就是负责狩猎的一方，他们喜欢追逐猎物的天性已经刻在了骨子里，你倒追就是把他的天性束缚了，所以，不要倒追，要撩他来追你，记住了吗？"

姚千树扯出一丝笑容："梅总，问你个问题。"

"你说。"

"你们媒人都很喜欢举一反三，自己脑补情节吗？"

梅天星笑而不语。姚千树回想他刚才说的，忍不住又道："不过你刚才说的是真的吗？在哪儿可以查到报告？你还有其他实用经验吗？"

梅天星停下来，朝她伸出手："把你在'星星'上的资料给我看看。"

"干吗？"姚千树不太想给，万一被他抓到她喜欢即墨哥的实锤就不太妙了。

"你觉得我想看你'星星'资料的话，后台会查不到？"

他说得很有道理，姚千树撇撇嘴，将'星星'的界面调出来给他。

"你看你的相片，上传的就不对。"

姚千树抢过手机："怎么不对了，我可是挑了一张最美的照片！"那是她低头微笑的一张照片，以前发过朋友圈，被很多人夸过好看，杜白还说有点神似宋慧乔。

见梅天星只是笑，她妥协道："好啦好啦，我承认有点美颜过度，不太像我，但是大家都美颜啊，难道我要上传丑照才算对啊？"

"嗯哼。"梅天星点点头。

"不！会！吧！"姚千树不敢置信。

"英国伦敦大学的数学家博士，跟其他数学家统计过他们设计的一个线上交友网站数据，他们发现，让人们觉得你丑，反而会有更多的人约你。"

"……他们的文凭是买的吧……"姚千树忍不住吐槽，这统计结果也太雷人了。

梅天星终于忍不住白了她一眼："你自己想一想，如果是一个大家都认为是美女的人，男生肯定也会知道，选择追求她竞争压力会很大。但如果有一个女生，一些人觉得美，一些人觉得丑，例如，一个普通的女孩和一个校花，如果选择普通女孩，他的竞争压力是不是会小很多？"

姚千树情不自禁地点了点头。

“所以，选择让你看起来与众不同的照片，而不是千篇一律的美女照，即使某些人会对你失去兴趣，但你也只是过滤了那些审美不同的人而已，而那些喜欢你的人，无论如何都会喜欢你。这次，我帮你在巴黎多拍点特别的照片，保证‘星星’上主动找你打招呼的人多十倍。”

姚千树连忙摆手：“不用了不用了，谢谢您的好意，我自己可以拍。”

她才不需要别人的示好呢，本来注册‘星星’就只是为了那一个人。

梅天星似乎看穿了她的想法，道：“其实这个数学家还统计过另一组数据——在你人生约会周期前37%时段出现的人，很少有机会成为你的完美伴侣。虽然你已经不小了，但看起来应该没谈过恋爱，没什么约会经验，所以，你之前喜欢过的、约会过的人，应该统统算在前37%这个时段内，如果你想要找到完美伴侣的话，就应该放下之前的人，期待未来的他。”

呵，敢情他说了这么一大通，前面让她不要倒追，后面让她放下赵即墨，其实就是为了让他好撮合赵即墨和孟沅？亏她还听得这么认真呢！可是她如果一味否认，又显得无力苍白，她决定从其他方面反驳。

“谁说我没谈过什么恋爱，喜欢过人，我约会经验很丰富的好吗！”从幼儿园起，她就喜欢跟各种男生约着玩沙子、爬树，即墨哥肯定属于她人生约会周期的37%之后，好吗！

“是吗？那我问你一个问题。”梅天星挑眉。

“问！”

“有一棵很大的苹果树，地上掉了一些苹果，那你觉得是掉了几个？”

这是什么鬼问题，心理测试？

“……一个？”

“看来，你只谈过一次恋爱，或者只爱过一个人。”梅天星笑了起来。

“这是你自己发明的心理测试吧！”姚千树一心虚，声音就不自觉地提高了。

梅天星“嘘——”了一声，眼睛示意她看前方。

前方，赵即墨和孟沅正在高处看着风景聊天，似乎是在聊以前在英国留学时的趣事，孟沅说得起劲时，还忍不住拍赵即墨肩膀。

他应该有随身带过敏药吧。姚千树暗自替赵即墨紧张时，梅天星的声音在她耳边响起：“吃醋？”

姚千树当没听见，专心偷拍。

因为梅天星在身边，跟赵即墨拍合照的计划自然是黄了。姚千树迅速拍完，准备去休息，专心欣赏风景，只是，她没想到梅天星离她如此近，一转过头，就跟梅天星四目相对。

姚千树吓了一跳，下意识往后一仰，梅天星急急抱住了她。

他的鼻息有些凉，喷在她脸上，夹杂着似有若无的古龙水香味。

“走吧……”愣了几秒后，姚千树连滚带爬地逃走了。她可不要被赵即墨看见他们搂搂抱抱的样子。

梅天星笑笑，轻轻跟了过去。

姚千树本打算自己找个地方坐下，吃点东西休息一下，至于梅天星，他也许会去盯另外两组人，不过都不关她的事，她守着即墨哥和阿沅姐就行，然而她凳子还没坐热，手机十人微信群里就收到刘明的语音消息：“梅导，不好啦，叶小姐跑太快，我跟张大哥找了好久都没看见她！”

……这一个两个的，根本就不是来旅游，是来搞事的吧？

“那麻烦大家就在各自所在的地方看看叶小姐在不在吧。大家自己不要走散了，不要离开战神广场，一个小时后如果还是没看到，我再联系警察和当地旅行社。”梅天星的声音并未有一丝慌乱。

姚千树站起来，跟梅天星一起往叶秋秋消失的方向找去。大概往前跑了几百米，她看到一个脚步匆匆背尤克里里的人，连忙叫了一声“张大哥”，那人回过头来，果然是张清野。

张清野看到他们，面瘫的脸上出现了一丝内疚的表情：“抱歉，我刚才还看到叶秋秋在逛商店，可等我自拍了几张之后，就没看到她了……”

刘明这时也跑了过来："叶小姐简直像泥鳅一样，在人群里钻来钻去，一下就不见了。"

姚千树立刻拿出手机拨打叶秋秋的电话，发现是无人应答的状态，看来她的手机应该没丢。

"我们分头去找，微信沟通吧。"梅天星道。

四人于是分头行动。

姚千树想着，叶秋秋对美食没那么多兴趣，铁塔附近的其他商店多是卖旅游纪念品的，她决定着重看下化妆品和包包比较多的店铺。

找了有二十几家店，在一个偏僻小巷子里的不起眼的商店里，姚千树终于看到了叶秋秋的身影，只是她身边竟然还有一个跟她年纪相仿的男生。

男生长相普通，微胖白净，姚千树却觉得他有些面熟，正苦想在哪儿见过他时，叶秋秋叫了她一声，男生也从她身边擦肩而过。

"我刚刚碰到一个同胞问路，就聊了两句。"叶秋秋主动解释，脸色却有些不自然。

姚千树没有多问，只是向梅天星和张清野发去消息，表示已经找到叶秋秋。

"叶小姐，你没遇到什么事吧？下次可别乱跑了，我们张大哥差点被你吓死了。"梅天星走过来，一脸担心。

叶秋秋看了张清野一眼，后者依旧是沉默面瘫的样子，"不好意思哈大叔。"

张清野摇摇头，惜字如金。

五人会合后，也差不多到了集合的时间，于是一起往集合地点走去。

"姚助理，刚刚叶秋秋是独自在商店里买东西？"趁叶秋秋和张清野走在后面，梅天星悄声问姚千树。

"对啊。"在大脑开始思考他这个问题的用意之前，姚千树的潜意识已经替她先说了谎。

"她一个人逛那么久，却什么也没买？"梅天星忍不住反问。毕竟，这很不像叶秋秋。

“是啊，我看到她的时候，商店里就她一个人在逛。”

梅天星定定地看了她一眼，突然笑了：“姚助理，你知道吗？一个人在说谎的时候，由于注意力太集中，眼球会开始干燥，于是说谎者会频繁眨眼，还有，他们说谎的时候，会本能地把自己剔除出去。”

“哦？倒是挺有趣的，梅导你怎么突然对说谎这么感兴趣？”他什么意思，难道怀疑她在说谎？

可是刚刚，她并没有眨眼，回话里面也没有剔除“我”啊。

“姚助理，我并不是怀疑你。我只是怀疑叶秋秋，她这么个到商店绝不空手而归的人，怎么会在商店那么久却什么都没买。除非，”梅天星往后看了一眼，叶秋秋和张清野并没有听到他们的对话，“除非她对你说了谎，她之前在忙着跟别人聊天，所以才没有时间购物。”

“那我就没注意她撒没撒谎了，反正我看到她的时候，就她一个人。”既然一开始就撒了这个谎，姚千树只能继续撒下去，反正对她来说，也不是一件难事。

“其实，说谎高手并不会都出现我刚才说的特征，所以也有可能，是姚助理你刚才撒了谎。”

“你什么意思？”姚千树面色一凛，神情也严肃起来。

“没什么，我不是在跟你随便聊聊嘛。”梅天星微微一笑，“我是学心理的，就是想告诉你，其实下意识说谎，也是一种心理疾病，如果姚助理有这种困扰的话，可以跟我聊聊。”

“聊你个头，我没有这种困扰，多谢好意！”姚千树白了他一眼，退到叶秋秋身边去了。

他们走到集合地点的时候，另外五个人已经到了，夏夜雪正在给他们分刚刚在路边买的小吃，一副不打算吃晚饭的样子。

“小吃是小吃，晚饭还是要吃的！”夏夜雪义正词严地对梅天星道。

梅天星笑了笑，带大家一起去吃晚饭。

等到吃完晚饭，大家又散了会儿步，铁塔的闪灯才终于亮起来，一闪一闪照得整个夜空亮如白昼。

“你们知道吗？”叶秋秋看向大家，“据说在埃菲尔铁塔下接吻的情侣，一辈子都不会分开哦！”

孟沅嗤笑了一声：“在埃菲尔铁塔下都能走丢的人，就别说一辈子不会分开这种话了。”

叶秋秋赔着笑，不敢再说话。

这时，不远处的公园也在开始放烟花，五彩的烟花，配上闪烁的铁塔，大家都沉浸在了这份美景里。

看完烟花后，梅天星带大家回到酒店。姚千树向赵即墨道了晚安，不等梅天星通知她就自觉先去了阳台候着。

趁梅天星没到，她迅速将摄像机打开，对准阳台上的座位区。

既然他已经开始怀疑她撒谎了，她也得有所行动，不能再像以前一样，毫无还击之力了。

梅天星去房间放下背包，又从黄贺和刘明那儿把他们的摄像机拿了过来。

见他来到阳台，姚千树故意对着摄像机道：“梅总，今天的撮合计划是不是达到你的预期了？明天有什么安排，需要我暗中协助吗？”

梅天星挑眉笑了，她这么积极主动，是有在偷偷录什么吗？不过，关于撮合计划，她早已有纸质证据，如果要告发他，也不会等到现在，他暂且先看她想怎样好了。

“没什么特别安排，至于小游戏，你明天就知道了，不需要提前准备。倒是今晚，我希望姚助理不要忘了你的特别任务，”他将两台摄像机放到她面前的矮桌上，“你先看下他们今天拍的视频，感受一下另外两对的相处气氛，到时跟他们聊天也知道怎么套话，我可是很需要姚助理给我提供我所不知道的信息哦。”

瞎说，他知道的肯定比她更多！不过，姚千树也好奇另外两对的情况，于是乖乖拿起摄像机回看起视频来。

夏夜雪和许林昊那一对就是吃吃喝喝，除了黑人要钱，倒也没什么意外。相比之下，叶秋秋和张清野就精彩多了，一会儿跳水救人，一会儿塔下寻人的。

在看到不会游泳的张清野毫不犹豫地跳入水中的时候，姚千树跟叶秋秋一样震撼，或许，这个大叔真的是个好人？

“你们在看什么啊？有打扰到你们工作吗？”换了一身运动服的夏夜雪走了过来。

梅天星朝姚千树眨眨眼，然后对夏夜雪道：“没有，就是给小树看看今天拍的视频，她是负责这一块的嘛。我们都聊完了，我先回去洗澡了，你们聊。”

说罢，他扛着两个摄像机走了出去。看着他的背影，夏夜雪取下墨镜，嘟囔道：“怎么我一来他就走了？”

姚千树偷偷按下录音笔，答道：“估计是累了一天，他也想早点回去休息了吧。夏医生，你不累吗？”

“啊，我习惯了每天睡前练一下五禽戏，阿沅在房间里跟人电话沟通工作，我就来阳台练了。”

“哦……对了夏医生，你有兴趣做一个心理测试吗？”姚千树问道。

“可以啊，哎呀，我说我俩年龄也差不多，你以后就叫我小雪吧，大家每天夏医生夏医生的，让我有种上班的紧张感！”夏夜雪边说边练，别看她身形胖，动作还挺标准。

“好呀，”姚千树笑了，“那你也叫我小树吧。好了，我问你哦，有一棵很大的苹果树，地上掉了一些苹果，那你觉得是掉了几个？”

“一个苹果吧，”夏夜雪答道，“答案是什么？”

居然跟她是一样的答案。姚千树把答案背后的寓意解释给夏夜雪听。夏夜雪脸上的表情又震惊，又有些惆怅。

说不定她的晕帅哥症跟这个有关系？这个时候她得好好编一个故事去套话才行。

“小雪，我俩的答案居然是一样的，也太巧了吧，”姚千树坐下来，“你喜欢的那个人是什么样的啊？”

夏夜雪装作没听到，专心练着五禽戏。

姚千树不以为意，看着天上的星星，感伤道：“我的初恋啊，他是一个皮肤很白、瘦瘦高高的男生。最开始他对我可好了，每天买各种好吃的零食给我吃，我本来不喜欢他的，可是后来不知道怎么的，就每天期待他来上课了。我们刚开始在一起的时候是真的挺好的，可是一个月之后，他就给别的女生带零食了……我到现在，看到白白的瘦高男生都有阴影，不能接受那样的男生。”

见夏夜雪还是不说话，姚千树有些急，但脸上还是一副惆怅的样子：“我跟你说这些会不会很扫兴？其实我已经很久没想起他了，今天看你跟我是一样的答案，忍不住就想说说他……”

夏夜雪终于停下手中的动作，走过去拍了拍她：“其实，不是我见外不告诉你，只是，我都不知道，我的故事算不算一段恋爱。”

“你先说说，我帮你分析一下。”姚千树立刻坐直身体。

“嗯……”夏夜雪在她面前坐下，“我高中有一个同桌，跟我一样都是胖子，我们最喜欢干的事就是互相交流学校附近的美食。遇到考试考得好，我们就一起相约去吃好吃的庆祝。遇到不开心的事，他会对我说，‘我们胖子难过了也不用怕，起码还可以摸一摸自己的圆肚子，多舒服啊’。”她的嘴角不自觉弯起来。

“后来呢？”

“后来我在高考后，写了一封情书给他，然后，他就直接消失了。”

“啥？消失？”这是什么神剧情？姚千树还以为这是个校园小清新爱情故事呢。

“他应该就是不知道怎么拒绝我，又怕尴尬，所以他才会这样吧。是我自己太蠢，以为他真的会喜欢我这种胖子呢。”

“他自己也是个胖子啊，有什么资格嫌弃你。你告诉我，他叫什么名字，我替你找到他骂他一顿。”姚千树义愤填膺，完全忘了自己根本没有找人这一项功能。

夏夜雪摇摇头说：“算了，过去的事情还去纠缠也太小气了，世界上又不是只有他一个男人。”

“对对对，不还有许林昊吗？我看许林昊今天在那几个黑人面前保护你，就很有男子气概啊。”姚千树道。

“算了吧，他那种人，是不是直的都不清楚，万一他是看我想结婚来骗婚的怎么办？就算他是直的，看上去也不靠谱，不适合结婚啊。我倒觉得，跟拍我们的那个黄摄像挺靠谱的。”

“什么？！”姚千树提高了声调，“小雪，你不能因为初恋是个胖子，就对所有的胖子有好感吧！”

“也没有啦，这不是家里人老催我结婚嘛，就在自己身边看看咯，如果你有更好的，介绍给我也可以啊。”

“好，我先物色一下，你答应我，不要那么着急对黄摄像示好，好吗？”姚千树有些激动，在她看来，夏夜雪这种为了结婚而结婚的态度非常不可取，如果一定要选一个对象，还不如选许林昊，起码今天是许林昊在她面前保护她。

夏夜雪点点头，重新站起来：“小树，你要跟我一起练五禽戏吗？保证让你吃啥啥香，健康活到九十九！”

“不了不了，您慢慢练，我先回去洗澡了……”今天已经打探到足够的情报，姚千树决定不陪她丢脸了。

趁夏夜雪转身的空当，姚千树迅速拿回摄像机，回到自己的房间。

房间里，叶秋秋没有直播，正在洗澡。

姚千树立刻把刚才的录音拷出来，发给了梅天星。她十分好奇，梅天星打算怎么撮合这个心有所属的夏夜雪。他们两人如果能在一起，她也乐见其成。只要即墨哥和阿沅姐成不了就行，嗯，叶秋秋那一对也是没戏。

做完这些事，叶秋秋还没出来，想到白天的事情，姚千树灵光一闪，赶紧拿出手机，找到叶秋秋的直播间，在她的粉丝送礼排行榜上，果然看到了今天碰到的那个男生的头像。

这时，叶秋秋也走了出来，看到姚千树的手机页面，笑道：“小树姐，你干啥呢？偷看人家的直播间。”

姚千树看着她：“秋秋，你跟我说实话吧，今天的那个男生，其实你们早就认识吧？我在你的直播间打赏榜里看到他了。”

叶秋秋愣了愣，立马上前，双手抓住她：“小树姐，求你帮我保密好吗？我妈不准我跟肖迪哥在一起，可我们是真心相爱的！你不要告诉任何人，求你了！”

“你妈为什么阻止你们在一起？”

“因为她觉得肖迪哥是个富二代，不靠谱，怕他跟我爸一样。”

“你爸？”

“嗯……”叶秋秋坐下来，叹了口气，“其实在我小时候，我家还是挺幸福的。那时别人的零花钱都只有几毛，我已经有几百了。可是我爸爸不太上进，不学无术，只知道赌钱打架，后来家里就这么败了，我爸妈就离婚了。可是，就算肖迪哥是富二代，也不代表会跟我爸一样啊，我妈的眼光不好，不代表我的眼光也不好，她现在反对我们，你说是不是很不讲道理！”

姚千树轻轻点头：“不过，你们打算一直地下恋吗？”

“肖迪哥现在正好在巴黎留学，我等他安排。他真的不是那种不上进的富二代，来留学的生活费都是自己赚的。小树姐，你先帮我保密好不好？等时机成熟了，我一定会主动告诉大家的。”

姚千树点头答应。她故意没开录音笔，就是不打算告诉梅天星这件事。许林昊和夏夜雪那一对她可以配合。至于另外两对，硬是撮合在一起也太没底线了，她绝对不同意！

在姚千树暗自打着小算盘的时候，住在她们斜对面的孟沅正独自喝着今天赢来的葡萄酒。

赵即墨把酒放进了冰箱，并不打算现在喝。这时，隔壁突然传来“砰”的一声，像是什么撞到的声音。他们隔壁房间是孟沅和夏夜雪在住。

梅天星看了赵即墨一眼：“赵先生，你要不要去看看发生什么事了？”

赵即墨抬手看表，9点半，不算太晚，他朝梅天星点点头，走了出去。

孟沅打开门时，一脸微醺，她手里还拿着今天赢的那瓶红酒，里面只剩少半瓶了。

她的脸上有不正常的潮红，眼神迷离，红唇鲜艳。

看到赵即墨，她似是有些讶异，但酒意突然上头，她鬼使神差地一把将他拉了进来。

赵即墨还有些没反应过来，孟沅已经关上房门，踮脚吻住了他。

赵即墨瞬间睁大了眼睛，心脏剧烈地跳动起来。

门外，夏夜雪已经打完了一套五禽戏，刚掏出房卡准备打开门，就听到房内似乎有不太正常的声音。

“阿沅，你……你喝醉了……”好像是赵即墨的声音？

“啊，好痛！”好像是孟沅摔在床上的声音，“嗯……你轻点……啊……”

这羞耻的声音……夏夜雪捂住脸又回到了阳台。半个小时后，她估摸着应该可以回去了，于是打开阳台门，提心吊胆地往房间走。

这时，房间门正好打开，赵即墨捂着脸从里面小心地走了出来。

果然是他！

夏夜雪捂住嘴，等他进了自己房间，她才走过去。

夏夜雪打开房门，看到孟沅已经睡着了，房间里一股酒气。她打开窗户通风，发愁地想，以后她不会每晚都要在阳台上打五禽戏，给他们空间吧……

AI QING / ZHIZUO REN

第五章 帅哥眩晕症

“哇！这车我还只在电视里看过！”叶秋秋尖叫道。

她面前的是一字排开的巴黎特有的侧三轮机车。跟国内常见的机车不一样，这种机车右边还有一个挎斗，里面可以坐一个人。这种车型虽然在国内被淘汰，但在巴黎却被涂上五颜六色的色彩，焕发出了新的生机。

梅天星走到大家面前：“我们今天的目的地是蒙马特高地，那里有很多卖画的画家。所以今天的小游戏就是看谁能到达蒙马特高地，最快画出同伴的肖像。第一名可以赢得老佛爷百货的购物券哦。至于同伴，还是按照昨天的分配来，以后也是这样，方便清点人数。大家有问题吗？”

“没问题！我今天一定要拿到购物券！大叔你有信心吗？”叶秋秋摩拳擦掌。

然而赵即墨却突然走上前：“梅导，关于游戏部分我没有意见，可是机车座位，可以自由选择同伴吗？”

梅天星看了孟沅一眼，问赵即墨："怎么了？"

"因为出国前，小树她妈嘱咐过我照顾她，我想着跟她坐一辆车，方便照顾她。"说完，他看了一眼孟沅，又飞速撇开，脸上的表情十分不自然，孟沅的表情也有些奇怪。

其实今天一早姚千树就觉得两个人有些奇怪，好像在刻意躲避对方，能不对话就不对话。赵即墨的手臂上，似乎还有过敏症状没消完的痕迹。

不过此时姚千树也不想深究，只是一个劲点头，表示接受赵即墨的提议。

然而，梅天星却微微一笑："赵先生别担心，这种机车经过改良，其实是十分安全的，况且，原本的座位安排是我和小树、黄贺和刘明分别坐两辆三轮机车，如果小树跟你在一车的话，那我势必就得跟你们其中的一个一起坐，视频里拍到我的话，不太好哦。"

"梅导，"姚千树发出了连自己都觉得恶心的声音，"游玩视频其实只是需要拍一段而已，而且这机车颠簸，也不好一直拍吧？实在不行，我们就等开到中间的时候，再重新换回之前的队形嘛。"难得赵即墨主动跟她接近，就算是求梅天星很没有骨气，她也认了。

梅天星看了她一眼，道："那你俩坐一起，让孟小姐跟我坐吗？"

"梅导，我可以选那种机车吗？"孟沅指向三轮机车旁边的两轮重型机车，手臂上的枪炮玫瑰花臂文身跟她一样酷。

机车上的金发法国帅哥骑手冲她吹了个口哨，眨眨眼睛，一脸欢迎的样子。

"好吧……"梅天星感觉到赵即墨和孟沅之间应该是发生了什么，于是只好调整计划。

既然有人打破安排，夏夜雪也默默走到梅天星身边，对他道："梅导，我可以跟你坐吗？我想听你解说。"

听到夏夜雪的请求，梅天星愣了愣，用余光瞥了许林昊一眼，后者委屈巴巴的，却不敢说什么。梅天星无奈点头。

现在就剩许林昊、张清野和叶秋秋三个人没选机车了，许林昊看了叶秋秋一眼，颤巍巍地道："叶小姐，你还是跟张大哥坐，不会换吧？”他那一脸害怕的样子，已经出卖了他害怕跟张清野同坐一车的想法。

“梅导，我可以也选重机吗？”一向很少开口的张清野居然也主动要求了。这样一来，叶秋秋就自动跟许林昊一起坐了。

闻言，孟沅抬头看了张清野一眼。也是，他这个气质，骑重机也不奇怪。

“梅导，机车我可以自己开吗？我有机车驾照，保证不会出事。”孟沅说道。

“这个恐怕还是不行。”梅天星道。男人都不一定能开得好重机，让一个女人去开，又是人生地不熟，着实有些危险了。

“阿沅，你还是让骑手载你吧，今天这里好像有个骑行活动，人挺多的，你这样太危险了。”赵即墨也劝阻道。

他不说话还好，他一说，孟沅直接道：“就这样吧，出了事我自己负责，不怪任何人。”

夏夜雪有些奇怪，不知道前一晚还上演羞耻PLAY的两个人，怎么又突然闹了矛盾。不过她也没当面去问。

不等梅天星说话，孟沅直接将手放入了面前朝她伸出手的骑手手里，下一秒，她就把骑手直接拉了下来，她说道：“I prefer to ride by myself（我喜欢自己骑）。”

骑手“yo”了一声，对她更感兴趣：“Can I have you number（可以给我你的电话吗）？”

孟沅冲他回眸一笑，然后踩下油门，驶了出去。

梅天星叹了口气，坐上三轮机车：“那我们也赶紧上车吧。”

无意去了解即墨哥和阿沅姐为什么闹了别扭，此刻坐在机车挎斗里的姚千树开心得嘴角要咧到耳根去。因为不能被人发现，她只好低下头用力抿嘴，可是内心的喜悦实在太强烈，尽管抿住了嘴角，但勾起的弧度和眼角的笑意还是出卖了她。

梅天星的机车在她旁边，正好看到她的表情，不由得有些好笑。说起来，他好像很久没有看到这么纯粹的表情了。梅天星有些恍惚，想起了大学时代里见过的某个笑容，脸上的温柔瞬间消失殆尽。

姚千树并不知道旁边的梅天星在观察她，等到心情平复后，才开始抬头欣赏路边的风景。正好扫到梅天星，他冲她笑了笑，又看了一眼赵即墨，似乎在促狭她得偿所愿。

姚千树撇撇嘴，没有理他，转过头专心用余光偷看赵即墨。

他们的骑手跟在大部队后面，速度并不快，微风吹过赵即墨的发梢，让平日里走理性路线的理工男，也有了一丝浪漫的气息。

“Hello——salut（你好）——”骑手娴熟地载着他们走街串巷，时不时还跟路边的行人热情打招呼，气氛十分融洽。

赵即墨坐在机车后座，偏头向坐在车斗里的姚千树介绍一路经过的景点。

姚千树认真听着，时不时笑出声来。昨天她看到赵即墨向孟沅解说景点时，就暗自羡慕嫉妒得不行，今天终于如愿以偿。姚千树幸福得忍不住又要开始幻想自己跟赵即墨的孩子未来要叫什么名字了。

大家都能感觉到姚千树的好心情，在他们车后方自己驾着车的孟沅也感觉到了。回想起昨晚赵即墨一再拒绝她的主动，她突然有些分神，反应过来的时候，机车已经直直向赵即墨和姚千树的车子撞了上去。

“小心！”姚千树下意识从挎斗上站起来，抱住倒向自己的赵即墨。

一个巨大的惯性，将他们这辆机车撞到了旁边并行的梅天星和夏夜雪那辆机车上。

“咔！”姚千树清楚听到了自己脚扭到的声音，还没来得及感受自己的痛意，她立刻问抱在怀中的赵即墨：“即墨哥，你没事吧？”

赵即墨站定转身，也不顾过敏症了，扶住她，素来平静的脸上全是焦急：“小树，有伤到哪儿吗？”他边说边检查，“为什么不躲开？这样太危险了，以后不要这样做了。”

其他人也都跑了过来。

姚千树还是第一次见到如此严肃的梅天星，她还以为不管发生什么事，他都会保持运筹帷幄的淡定。而跟在他身后的孟沅则是脸色煞白：“对不起！我，我……”

夏夜雪心里跟明镜一样，肯定是孟沅吃醋了，她走过去：“让一下，给我来看看吧。”

赵即墨退了一步：“夏医生，我没什么事，先给小树看吧。”

趁着大家都围着姚千树的时候，他赶紧吃下一粒过敏药。梅天星捕捉到了这个细节，其实昨晚他就发现了赵即墨脸红得不对劲，他不清楚赵即墨在吃什么药，但眼下也不是追问的时候。

夏夜雪蹲在姚千树面前，她刚碰到姚千树的脚，姚千树就“嘶”地倒吸了一口冷气，她现在感觉到那股钻心的痛了。

“还好，只是扭伤，没有骨折，我去拿点湿巾给你擦一下，再涂点药。”夏夜雪说道，转身准备去机车上找湿巾。

已经围上来的许林昊赶紧道：“哎，我包里有，我包里有！”

他马上打开自己的背包翻找起来，然而，许是打开得太急，包里的东西也掉了出来，待看清掉在地上的东西后，叶秋秋立刻捂住眼睛，叫道：“哎呀，我才刚成年，许林昊你在法国不要乱来，别带坏我啊！”

——掉在地上的，赫然是一串银色包装的保险套。

除了孟沅，其他人脸上或多或少都有些鄙视和嫌弃的表情，许林昊迅速将保险套塞回自己包里，哭诉道：“不是我的！”他赶紧找到湿巾递给夏夜雪。

夏夜雪都不想接他的湿巾，还是梅天星接过来，替姚千树清洗擦药。

“小树姐，你也太勇敢了吧，居然直接从车上站起来去接人，我刚在后面看到那幕，都快要吓死了！”叶秋秋拍着自己的胸口道。

“你说你一个女孩子，逞这种英雄干吗？”夏夜雪一边替姚千树擦药，一边念叨，“我只带了一点治轻微扭伤的药出来，想要快点好的话，还是得去药店买些膏药贴上。”

“其实我还好，没什么事的。”姚千树忍痛笑道。她有些内疚地看了梅天星一眼，如果不是她关心则乱地站起来，阿沅姐撞上来的力度其实并不会伤到人。她这一下是打乱了梅天星的计划，不过她却不怎么开心，反而有点内疚。

梅天星却并没有责怪她的意思，只是眼神看向她的时候多了一分认真和担忧。

“要不我先送小树回去吧，顺便去买点药，你们继续玩。”赵即墨说道。

“我跟你们一起吧，我不去玩也行。”孟沅走到姚千树身边，扶着她。

“我是医生，我也跟着一起吧。”夏夜雪道。

她这样一说，许林昊也跟着说自己不去玩了。

叶秋秋见大家都不去，赶紧表示自己也可以不去。张清野虽然没说话，但已经收好了尤克里里，做好了回去的准备。

“好了好了，你们还是照原计划继续行程，即墨哥照顾我就行了。”姚千树不无私心地做好了安排。

“对，我照顾小树就行了，大家没必要都跟我们回去。”赵即墨道。

孟沅看了两人一眼，退了两步，没再坚持。

“也行。”梅天星点点头，送两人去坐回去的商务车。

姚千树扶着赵即墨，因为顾忌不要碰到他的皮肤，走得很慢，梅天星看了两人一眼，走到她面前蹲下，道：“我背你吧，你们这样走也慢。”

他自己也觉得有些可笑。一般来说，人会因为他人为保护自己受了伤而感动，可他此刻，却被奋不顾身保护赵即墨的姚千树弄得有些触动。在那样的危急时刻，人会凭本能躲避危险，她却硬是站起来去保护喜欢的人。在现在这个爱情速食又浅薄的社会，居然还有为爱奋不顾身的人?

此时，趴在梅天星背上的姚千树并不知道他暗流涌动的内心。她只是有些意外，没想到梅天星看上去瘦瘦的，趴在背上倒是能感觉到满满的肌肉的力量，十分有安全感。这让她想起了她第一次遇到赵即墨的情景。那时她因为搞砸了姑姑的婚姻大事，独自在外游荡，脚也不小心受了伤，最后还是被刚搬到她家隔壁的赵即墨背回了家。那是他第一次背她，后来还因此而全身都过敏起了红疹。

已经十五年前的事了，她还是能清楚地记得那种安心温暖的感觉。

姚千树看向赵即墨，赵即墨跟在他们身边慢慢走着，见她看过来，朝她微微一笑。

三人没走几步，遇到了一对在路边吵架的外国情侣，男的很帅，女的就比较平凡普通，吵得还挺激烈。

目送三人的巴黎团其他成员，自然也是看过了这一幕。

“夏医生，我跟你说，我学过唇语，我可以看懂他们在说什么。”许林昊凑到夏夜雪身边献殷勤。

夏夜雪怀疑地看了他一眼，默默往旁边移了一步。

“哎，你别不信啊，我跟你说，那个男的在说‘你不要再纠缠我了！我不喜欢你！’”许林昊一边翻译，一边学着那个男的甩手。

“女的说‘你怎么可以这样！我把我的积蓄都给了你，就是想跟你结婚，你怎么能这么狠心不要我？’”许林昊刚翻译完，那个男的就推了女的一把，女生被推倒在地，哭着不肯起来。

“渣男！”夏夜雪义愤填膺地走上前，扶起女生，冲男生说了一句：“You!Son of bitch（你这个王八蛋）！”

男人没料到夏夜雪会冲出来骂他，操着法语上前推了她一把，正好把她的墨镜推掉。夏夜雪看着眼前深目高鼻的异国帅哥，下一秒，直挺挺晕了过去。

“哎，夏医生！夏医生！”许林昊扶住她，然而因为体重惯性，他被夏夜雪一起压倒在地。

听到动静的梅天星，又背着姚千树走了回来。

“又怎么了……”梅天星放下姚千树。

“刚刚那个男人欺负女人，夏医生看不过去就上前理论了两句，谁知墨镜被打掉就晕过去了。梅导，怎么办？我按了夏医生的人中，她还是没醒。”许林昊蹲在地上，一脸焦急。

“不远处有家诊所，你们扶她过去看看吧。”梅天星对黄贺和刘明道。然而，夏夜雪的体重快是姚千树的两倍重，他们两个男人扶着她也走不动。

“算了算了，让我来背夏医生吧。”许林昊道。

“你还是别逞强了，干脆等我们去找副担架过来。”孟沅道。

“夏医生哪有那么重，我可以背她的！”许林昊执意要背她，梅天星只好让其他人一起帮忙，把夏夜雪扶到许林昊背上。

在大家怀疑的目光下，许林昊缓缓站起来，终于成功站定，他迈出脚，道：“看吧，我就说我能背小雪——”

话还没说完，他就“哎哟”了一声，身体也倾斜向一边，梅天星赶紧扶住两人。

“啊啊啊啊，我，我腰扭了——”在许林昊的哀号声中，夏夜雪悠然转醒，见到自己半趴半靠在许林昊的背上，她赶紧站起来：“刚刚我又晕过去了吗？”

梅天星看了许林昊一眼：“刚刚那对男女根本就不是情侣，人家是姐弟关系，弟弟要姐姐离开一直打她的渣男，姐姐不愿意，弟弟就推了她一把，问她是不是以后都能忍受这样被打的生活。许先生，麻烦你以后不要擅自创作剧本了。”

叶秋秋也在一边搭腔：“就是就是，如果不是你瞎翻译，小雪姐就不会去多管闲事，你自己也不会因为逞强背她而扭到腰，我们现在能不能好好玩耍都成问题了！”

孟沅不知在想什么，没有说话，张清野一向话少，沉默的气氛让气压更加低沉，许林昊按着腰，低头小声地说着“不好意思”。

夏夜雪终于忍不住：“你们不要怪他，要怪就怪我好了。如果不是我晕帅哥，他也不会因为我受伤。”

“不，小雪不是你的错，是我自己逞强——”许林昊急忙道，不小心牵动了腰肌，他又是一阵龇牙咧嘴。

“其实，你们以为我很想晕帅哥吗？”夏夜雪低着头，墨镜后的眼泪到底还是没忍住。这几年，她因为这个病，在医院没少被同事们暗地里嘲笑，她比谁都更想治好这个病，可那些心理医生的疗法，成效都不大，她只能继续被人嘲笑，原本以为已经适应了，可是看到许林昊因为她被众人埋怨，她突然有些生气，又有些委屈。

“我第一次相亲的对象就是个超级帅哥，那时我还不晕帅哥的。那个帅哥一见我就说喜欢我，对我好得不得了，本来我是不信的，毕竟他一看就跟我不是同一个世界的人。可是他坚持了大半年，每天早晚安，上下班接送的。家里亲戚也都劝我，我就接受了他。谁知，他第二天就骗走了我的钱消失了……从那以后，我就开始晕帅哥了。许林昊不是有心乱翻译的，是我代入了自己的故事，多管闲事惹的麻烦，你们别怪他了。”

她说完，大家都愣怔在地，叶秋秋最先反应过来，拉住夏夜雪的手：“对不起！小雪姐，我，我……”

夏夜雪拍拍她，示意她不必多说。

孟沅也拍了拍夏夜雪的肩膀，以示安慰。

许林昊本来是想抱夏夜雪的，可是被夏夜雪伸手挡住。

“今天就先这样，夏医生和许先生还有小树先回去，我带你们三个继续接下来的行程。”梅天星道。

“算了，我不去了，我陪小雪回去。”孟沅道。

“我也不去了。”叶秋秋赶紧道。张清野在一边点头附议。

见大家总算有了一点团队意识，梅天星欣慰道：“行，那我们就先送他们回去，然后我调整一下行程，带能行动的人去购物，替病号们清空购物清单，这样就不会影响整体的旅行了。”

“耶！我举双手双脚同意！”听到去购物，叶秋秋比谁都要开心。

作为一个理工直男，赵即墨对购物并没有什么兴趣，他本意是想留在酒店照顾姚千树的，然而，许林昊拿出了一沓A4纸清单，拜托他替自己去血拼，至于姚千树，由他照顾。

赵即墨想了想，居然同意了。

姚千树非常郁闷，决定去许林昊那里多挖点料出来，以弥补被他破坏的本该她跟即墨哥独享的下午。

许林昊趴在床上，见姚千树主动来串门，还挺感动，“小树姐，你说你来就来吧，还给我带药酒过来，你自己的腿不用吗？”

“没事，我已经让即墨哥帮我买新的药酒了，这瓶你先用着，你腰好点没？”姚千树一脸关切。

“好多了，小树姐，你今天可真帅，就冲你今天奋不顾身救赵大哥的样子，我就觉得，你这个朋友，我交定了！”

“行啊！”没想到许林昊这么容易搞定，姚千树眉开眼笑，“那是朋友的话，你是不是得跟我说点实话？”

“……你想知道什么啊？”许林昊警觉地看了她一眼。

“也没什么，就是看你这几天对夏医生很主动，你是不是喜欢她啊？”见许林昊不回答，她又道，“你说呀，如果是真的，我一定替你保密，然后悄悄帮你追到她。”

姚千树仿佛梅天星上身般，对自己的做媒能力充满谜之自信。

许林昊看着她，见她一脸真诚，终于点点头。

“我没想到，小雪吃了那么多苦，都怪我，怪我出现得太晚了……”许林昊的眼神又感伤，又温柔，好像陷入了回忆。

他是直男，那就好办了。“这怎么能怪你呢，又不是你骗了她的钱。”姚千树道，“对了，我问这个没什么别的意思哈，就是好奇，你到底是为什么喜欢小雪呢？”

“你不觉得她活得很真实、很坦荡吗？比起被各种事情烦恼着的我们，她那样简单的人生，反而更让人向往。”

姚千树回想起他的购物清单，撇撇嘴：“就你那一沓的购物清单，我看你也没多向往小雪的简单生活啊。”

“哎呀，人家大小也算个明星，擦在脸上的东西肯定是不能省的。你有什么要买的吗？我帮你参考一下。”

正愁不知道要买什么的姚千树，当然是却之不恭了。

在许林昊的种草推荐下，姚千树又追加了一页的清单给赵即墨。

购物团一直到晚上才回来，而姚千树和许林昊已经在酒店里吃了晚餐。

孟沅提着药酒来看姚千树的时候，叶秋秋也在房间给自己今天的战利品拍照，见到孟沅进来，她乖乖退了出去：“我去楼下逛逛，你们聊。”

“脚好些了没？”孟沅在姚千树床边坐下，打开药酒包装。

姚千树点点头：“阿沅姐，我没事的，你不用担心。”

孟沅打开药酒，替她擦了起来："今天是我不好，害苦你了。即墨本来要过来看你的，我让他晚点再来，因为我想跟你聊聊天。"

"哦，聊什么啊？"姚千树觉得气氛有些诡异，但也只能硬着头皮聊。

"小树，你喜欢即墨吧？"孟沅轻描淡写，却宛如扔了一颗氢弹。

"没有啊，我一直把即墨哥当哥哥呢。"姚千树脸上是一如既往的淡定。这个谎言她说了十五年，是她说得最逼真的谎言。

"你还想说谎到什么时候！"孟沅的声音骤然拔高，"今天的事，我离你最近，你脸上什么表情都逃不过我的眼睛，你对即墨担心害怕的眼神，根本就不是妹妹对哥哥的眼神！"

"我没有……阿沅姐，你真的误会了……"姚千树不明白她为何如此激动，声音不自觉低了下来。

"你知不知道，你这样说谎欺骗自己，欺骗别人，对大家都没有好处！你为什么不坦诚一点，说不定你真实面对自己，就会得到你想要的一切！"孟沅的声音又高了一度。她明白今晚是她失控，因为她一时间有些迷失，不知道是在骂姚千树，还是骂自己了。

本来，她以为自己可以跟赵即墨再续前缘，但他昨晚的拒绝以及今天的事情，让她突然意识到，照他的审美，他应该是喜欢姚千树吧。

她们这边闹出来的动静，让对面和隔壁的人都走了出来，赵即墨更是担心地想过去查看，却被梅天星拉住。

待弄清是孟沅和姚千树在对面房间争吵后，夏夜雪一脸了然。三角恋的戏码，在她看来，姚千树获胜的概率不大。不过……她之前不是说过不敢再喜欢白白瘦瘦高高的男生吗？怎么会喜欢赵即墨？

夏夜雪一边沉思，一边回了房间。

"你好好想想吧，早点做决定，不要等到以后后悔莫及。"说罢，孟沅离开了姚千树的房间。

赵即墨本想去姚千树那儿询问情况，却被梅天星支到了孟沅那里，他借口顺便一起聊明天的工作，去了姚千树房间。

"你们刚才聊什么？什么说谎啊？"梅天星关上房门，走到她面前问道。

姚千树被孟沅一顿劈头盖脸的教训弄得有些头晕，看到梅天星也没了好脸色："要不是你今天提供两种车型，说不定根本就不会发生这些破事！你说，你是不是故意的，就是想弄点意外出来，好让撮合对象患难见真情，更靠近彼此！"

梅天星哑然失笑："在你眼中，我是这么一个没有底线的人？"

姚千树冷哼一声："也差不多了。"

梅天星不理她的胡搅蛮缠，放缓语气道："我不信，你在说谎。"

"你爱信不信。"

"连孟沅都看出你撒谎了，说真的，你有没有想过，你撒谎，可能是一种心理病？"

"你才有病呢！你全家都有病！"

见她情绪如此激动，梅天星只好放弃关于撒谎的话题："……刚刚孟沅跟你说什么了？跟她与赵即墨今天的反常有关系吗？"

"我不清楚不知道！"姚千树打开床头的抽屉，将录有下午与许林昊谈话的录音笔扔给他，"这才是你想要的，赶紧走！"反正里面也没什么有价值的信息，正好给他让他走。

梅天星本来还想继续跟她说些什么，手机这时却响了起来："喂，我是……啊，您看到我的留言了，明天就过来吗？好……我等您……"

他边说边走了出去，姚千树隐约听到对面是个女声，声音似乎还有一丝莫名的熟悉。可是眼下，她思绪混乱，并不想再管其他事情了。

阿沅姐为什么要让她去告白？难道与今天即墨哥不跟她同坐机车有关系？难道，即墨哥不喜欢她了？！

叶秋秋回来的时候，姚千树已经睡去，她看了一眼床上的姚千树，把嘴边的话咽了下去。

之前孟沅过来，她之所以乖乖下楼，是因为她早就约了男友肖迪在酒店附近见面。

其实见面也没什么事，就是她下午给肖迪买了些衣服，想让他过来取而已，聊了一会儿后，她眼看时间不早，就打算回酒店，肖迪却抱着她不肯让她走，两人搂搂抱抱打情骂俏的，看在路过的张清野眼里，却以为她是被人骚扰，冲上来就抓住了肖迪。

“你谁啊？缠着秋秋做什么？”张清野吼道。

“我是她男朋友，你又是谁？”肖迪推了张清野一把，却并没有推动他。

“哎呀，肖迪哥，你别这样。”叶秋秋连忙拉住他。

见张清野一脸疑惑，叶秋秋知道秘密瞒不下去，只好把实情也跟他说了一遍，同时拜托他保密。

面对她的请求，张清野不置可否，只是在转身走的时候，说道：“你还是早点回酒店吧，晚了让人发现你不在，估计又得天翻地覆了。”

他这样说，相当于是答应，叶秋秋“嗯”了一声，兴奋道：“知道了！谢谢大叔！”

叶秋秋回到房间，本来是想告诉姚千树这件事的，可是见她睡着，只好打消念头，准备有机会再说。

AI QING / ZHIZUO REN

第六章 大梦十五年

因为姚千树和许林昊的伤，梅天星把今天的行程延后了一个小时，叶秋秋难得地睡了个懒觉，醒来的时候，姚千树已经不在房间。

她看了看手机，发现还有时间，翻个身又睡了过去。

而姚千树此时正艰难地悄悄跟在梅天星身后，看到他正在酒店旁边的咖啡店外，跟一个戴着法式头巾的女人见面。

他似乎是递了一张名片给女人，女人激动地抱住了他，然后拉着他走进咖啡店。

女朋友？富婆？约会？偷情？姚千树脑补了无数可能性。

虽然梅天星把集合时间延后了，但她还是在平常的时间里醒了过来，本来她是想去找梅天星对一下今天的行程，后者却没有回复她的消息，她开门准备去找他，就恰好看见他一个人轻手轻脚地下了楼。

“鬼鬼祟祟，肯定是偷情！”梅天星的情感状态一直是个谜，他对男生女生都没有区别，让姚千树一度怀疑他是不是对女性不感兴趣。姚千树躲在暗处，拼命想看清那个女人的样貌，而女人正好在这时扯开了头上的丝巾。

哟，还是个风情熟女，看不出梅天星的品位……这个女人怎么这么面熟——姑……姑姑？

姚千树不敢置信，愣了许久，待确定咖啡店里的人就是她十四年没看的姑姑时，也顾不上自己的脚伤，一瘸一拐地跑进了咖啡店。

“姑姑！”姚千树的声音打破了咖啡店的宁静，所有人都看向她。

而被她叫作姑姑的女人则站起来，双目含泪地朝她张开手臂。

十五年前，姚千树十岁，还是一个撒谎就会结巴的小女生。

因为不会撒谎，每次她偷懒出去玩，在父母询问时一定会被发现，不过姚千树总体上还是个无忧无虑的女生。然而，那年姑姑的婚事，却让她这个小女孩也跟着一起焦虑了起来。

她爷爷奶奶替姑姑找了一个媒人，去当地富豪家说媒，结果还真说成了，姚家上下都很开心，除了姑姑。因为她早已经有了心上人，可爷爷奶奶嫌那人是个穷小子，怎么都不同意，一定要找个条件好的，毕竟姚家也算是书香门第，跟生活优渥的富豪家，才算是门当户对。

姑姑被爷爷奶奶关了起来，靠着姚千树的传信，跟穷小子约好在一个夜晚一起逃走。姚千树的最后一个任务，就是偷到被爷爷奶奶藏起来的姑姑的身份证，然后在第二天去他们藏匿的地点交给姑姑。

姑姑是全家对她最温柔的人，从来没有苛责骂过她，姚千树发誓无论如何也一定要好好完成这个任务。

在有惊无险地偷到身份证，趁姚家乱成一团的时候，姚千树跑了出去。

才跑没两步，她就被一个好看的小哥哥叫住了。

小哥哥的眼睛里仿佛有星星，笑起来像是春天的风，他问姚千树：“小妹妹，你口袋里的，是你姑姑的身份证吗？”

姚千树慌张摇头：“我口袋里的，不是姑姑的身份证。”

小哥哥笑意更深：“小妹妹，你知道吗？当一个人说谎的时候，会下意识重复提问者的话。如果你真的没拿身份证，你只会回答‘不是’，而不会重复我的整句话。”

原来眼前这个看起来只有十五六岁的小哥哥，居然就是那个替姑姑去富豪家说媒的媒人。

就这样，姚千树被小哥哥抓了个现行，因为不会撒谎，在家人的逼问下，她把姑姑的藏身地点也说了出去。后来，姑姑被抓回来，跟富二代结婚，可是两人生活得并不幸福，三天两头吵架，婚姻只维持了一年就以离婚告终。

离婚后，姑姑就赌气出了国，跟家人鲜少联系。姚千树也不知道她现在在哪儿。这十五年来，她一直很内疚，内疚自己不会说谎，毁了姑姑的终身幸福。所以，她学会了说谎，而且说起来就像真话一样。她讨厌媒人，也是那个时候埋下的仇恨。

“姑姑，你怎么会在这里？”姚千树拉着姑姑的手，舍不得放开。

姑姑指着一边的梅天星道：“小梅联系到我时，我和你姑父正好在苏黎世，听到你在这儿，就过来了。”

这时，一个中年男子端着咖啡也走了过来。他冲姚千树打了个招呼，姚千树却是一脸疑惑。

“小树，不认识我了吗？我是让你帮忙传信的那个叔叔啊。”男子对她笑道。

新姑父居然是当年那个穷小子！姚千树立刻偏头看梅天星，询问他是什么情况。

“说起来，我还真得谢谢小梅，当年我离婚后就去了苏黎世。还是小梅资助了你姑父一张飞机票，让他去苏黎世找我的。”姑姑拍拍梅天星，又看向姚千树，“你的事情，小梅之前跟我说了，只是我之前不在苏黎世，一直没看到他的留言。这些年是姑姑自私了，一直没好好跟你们联系……小树，你千万不要再自责，也不要怪小梅，当年他也只是个初出茅庐、根本不懂爱情的小媒人而已。”

姚千树又震惊了，她仔细看了梅天星一眼，记忆里那个笑起来很好看人却很可恶的小哥哥，终于跟眼前的人重叠在一起了。

难怪她见他第一眼就觉得眼熟！

“你的账回去再算。”姚千树咬牙切齿地冲他低语了一句，转头看向姑姑，“姑姑，你和姑父这些年过得怎么样啊？为什么都不回来看我们！”

姑姑为难地笑了笑，并不回答，但姚千树很快反应过来，当年姑姑离婚的时候，爷爷就气得摔了饭碗，放话：“你要是敢离婚，我就当没你这个女儿！”但姑姑还是义无反顾地离了婚，还去了苏黎世留学，后来她好像也打过电话回来，但每次都被爷爷挂掉。

“姑姑，我们跟爷爷奶奶视频通话吧，他们现在肯定都想看到你！”姚千树拿出手机。她庆幸自己去年教会了奶奶怎么使用视频通话。

“不了……你爷爷现在还生我气呢。”姑姑嘴上这样说着，眼睛却看着她打开的微信群。

姚千树拨了视频通话，那边好一会儿才接通。

“小树呀……”奶奶叫了姚千树一声。

“奶奶！你快看我旁边是谁？！”姚千树将摄像头对准姑姑和姑父。

“……颖颖！潘子？”奶奶眯着的眼睛瞪大了，连忙推了推旁边的爷爷，“老头子，颖颖！快来说两句！”

爷爷看也没看，直接走到了房间里。

“颖颖！别理那个犟驴！你怎么跟小树遇到了？你跟潘子又是怎么回事？”奶奶赶紧凑到了镜头前。

“妈，你还记得那个小媒人吗？”姑姑把镜头对梅天星扫了一下，“是他联系的我，十四年前潘子过来找我，也是他帮的忙。本来我没脸联系他的，但他追过来，说不介意我嫁过人，要跟我重新开始，我们就在一起了……一直不敢跟你说，是怕你说漏嘴，惹爸生气……你跟爸的身体都好吗？”

“都好，都好……你们也要好好的……”奶奶边答边抹眼泪。

“奶奶，我们让姑姑和姑父回家好不好？”姚千树也忍不住哭了。

“哎，要回，一定要回，谁不让你姑回来，我就赶谁出去！”奶奶恨恨地对着爷爷的房间说道。

那个房间有面镜子，正好照到了爷爷，他悄悄抹眼泪的样子，也被大家看见了。

“爸，等您的外孙和外孙女放假，我们就一起回国去看您，好吗？”姑姑提高声调道。

“什么？我有外孙和外孙女了？”爷爷立刻走了出来，待意识到自己这样很没面子，又赶紧拉下脸，“家里又没养狼狗，谁吓着你们不回了。”

姑姑破涕为笑：“嗯，我们一放假就回去！”

一家人终于大和解，姑姑和姑父都一脸唏嘘，姑姑拍拍姚千树的手，道：“我和你姑父工作忙，这次也只是请了一天假赶过来。小梅说你们这次来巴黎也是工作的，姑姑就不打扰你们了，回头我们在爷爷奶奶家见。”

“好，姑姑，我送你们去火车站吧。”姚千树道。

四人于是一起去了火车站。路上，姑姑看了一眼姚千树和梅天星，露出一个意味深长的笑容，对姚千树道：“小树，你知道吗？其实你姑父刚找到我那会儿，我是不接受他的。”

“为什么啊？”

“唉，就是觉得配不上他了呗，所以我就骗他，我不喜欢他了，可是他不信，我在这边留学，他就在这里打黑工，我一直不知道，还以为他回去了。可是那年圣诞节，他办成圣诞老人出现在我家门前，我就后悔了，我不该骗他的，这样我们在一起的时间，就能多半年了。”姑姑边说边握住了姑父的手，两人的手十指紧紧交握在一起，“其实，我后来也不该骗你爷爷奶奶，如果我早跟他们说我跟潘子结婚了，还有子女，说不定，我们早就能回家了。”

所以，姑姑的故事，是要告诉她不能再撒谎了吗？不再欺骗大家她只把赵即墨当哥哥，也不再对父母说谎，自己之前在电视台的工作其实并不快乐，受了很多委屈？

“姚助理，回神了，快到酒店了。”回程的路上，梅天星冲姚千树说道。

姚千树终于想起来要问他："你是什么时候联系到我姑姑的？"

"在我两个月前刚认出你的时候，就在找你姑姑了。她之前不在瑞士，也是前两天回来才收到我的留言。"

"因为我说谎，你想治好我，就背地里做了这么多事？"姚千树还是有些不可置信。

"其实，帮你姑姑做媒那一年，我才十五岁。不过在古代，十五岁是束发之年，男子已经可以娶亲。"梅天星缓缓道，"你也知道，我生在媒人世家，我们的族规就是满了十五岁就得自己去促成一门亲事。当时，我是按照我们媒人自古传下来的'门当户对'的训诫去做的媒。后来，得知你姑姑离了婚，我很内疚，于是拿了自己的压岁钱给你姑父订了机票。"

"门当户对都是多少年前的老古董了，只有你们媒人还奉为圭臬。"姚千树没好气道。

"话也不能说太死，"梅天星笑了笑，"门当户对作为古代流传下来的经验，还是有道理的，因为双方在教育、社会地位、兴趣爱好和生活习惯等方面的水平越相近，就会越稳定。现代社会学家的研究也证明，文化背景、宗教信仰、价值观比较接近或者相似的男女，婚姻更和谐稳定。所以，世俗的看法认为，社会属性越相似的男女越容易结良缘。当然，古人还有句俗语，叫强扭的瓜不甜，所以，不管是门当户对，还是打破阶层，都得基于一个基础——心甘情愿。"

这套理论，他曾经在破坏她闺密郭宁的婚礼时，对那个机车女孩说过。难道，就是因为她姑姑的事情，他才对"门当户对"这个媒人流传下来的训诫产生了怀疑？才会去帮助那个机车女孩？

不过，姚千树并没有说出自己闺密的事情，免得让梅天星警觉她的复仇念头。

说话间，他们终于回到了酒店大堂，大家也都到了。

看到叶秋秋，姚千树微微一笑。这叶秋秋都有男朋友了，我看你梅天星要怎么撮合她心甘情愿地跟张清野在一起。

"今天呢，为了照顾小树和许先生，我把行程也调整了一下，我们上午坐游船游塞纳河，下午游览河中央的西岱岛，不再安排紧张的游戏环节，大家觉得怎么样？”梅天星道。

大家自然是没意见，不过叶秋秋却有些担心地看了张清野一眼，后者果然是一脸煞白。

“小雪姐，你有晕船药或者缓解紧张之类的药吗？”叶秋秋对夏夜雪道。

“有，你等等啊。”夏夜雪从随身携带的小药包里找出药，递给她。

随后，叶秋秋将药悄悄塞给了张清野。

“塞纳河是法国第二大河，它被法国人视为法兰西文明的母亲河。法国人将塞纳河北岸称作右岸，南岸称作左岸，两岸之间有30多座桥，每座桥都流传着非凡的历史故事。我们这次游览，会经过12座桥，到时大家可以观察一下哪些是我们以前看过的桥。”梅天星预订的游船有全透明的船窗，大家进入游船的餐厅，在最大的圆桌旁坐下。

主厨见到他们，跟他们打了个招呼，便开始准备他们的午餐。

“梅导，今天中午有几道菜？”夏夜雪一脸期待地问道。

梅天星看了她一眼，笑道：“十三道菜。”

“太好了，终于可以尝尝正宗的法式西餐了！”夏夜雪开心地拍着手。之前要么就是赶行程，要么是发生意外事故，这顿梅天星答应的有十三道菜的正宗法国餐她可是默默等待了许久。

坐在一边的许林昊看她高兴，自己也默默笑得很开心。此时大家的座位还是按梅天星之前分配的两人组靠着坐，十个人围着一张大圆桌，坐得密密实实。

姚千树的两边分别是赵即墨和梅天星，赵即墨旁边是孟沅，不过两人却鲜有交谈。

第一道开胃头盘菜很快就端了上来，是沙丁鱼沙拉。姚千树拍了一会儿大家享受美食的样子之后，也赶紧放下摄像机，大快朵颐起来。

“真想在巴黎住一辈子啊！”叶秋秋吃完了头盘，由衷感叹道。

姚千树看着叶秋秋，想起自己在她这个年纪正在外地上大学，第一次离家千里，有天因为想家，还矫情地躲在被子里偷偷哭了。但叶秋秋来到巴黎这几天，都是一脸兴奋和开心的样子，她不由得好奇问了一句："那你来巴黎住，你妈咋办？"

叶秋秋不以为然："人总会自己长大，独自生活的，不可能跟着父母一起生活，被管着过一辈子啊。"

闻言，张清野看了她一眼，苍白的脸上似乎有些落寞和惆怅。

"快看，比哈坎穆桥！《盗梦空间》里的那座桥！"在前面的桥只是远远露出一角时，姚千树就故意抬高声调道。

梅天星要即墨哥和阿沅姐发现他们的共同点是吧，她跟即墨哥也有啊，她知道赵即墨也是很喜欢《盗梦空间》的！

"小树你应该很喜欢《盗梦空间》吧？"一旁的孟沅说道，眼神飞速瞟了赵即墨一眼。

"对啊。"姚千树也看向赵即墨，谁知后者却只是冲她笑了笑，对桥并没有过多留意。

找共同点升温感情的计划失败，姚千树只好老老实实地吃饭看风景。倒是梅天星，默默看了姚千树一眼。

在他与初恋分手之前，他也非常喜欢那部电影，喜欢里面莱昂纳多对亡妻念念不忘的爱情。不过，那都是很久之前的事了。

"嗝——"吃饱喝足后，夏夜雪走到游船甲板上，惬意地打了个饱嗝。

在梅天星的指示下，姚千树撺掇许林昊去找夏夜雪解释前一天保险套的事情。同时，她又给夏夜雪发了微信，告诉她许林昊是直男。

夏夜雪刚看完微信，就看到许林昊站在了自己面前。

"夏医生，那个……"许林昊走上甲板，扶着腰，突然扭捏起来。一米八六的男孩子，羞涩起来，还是有点反差萌的。

然而戴着墨镜的夏夜雪看了许林昊一眼，欣赏不了他的萌："怎么了？"

"昨天……你们都误会我了，那串保险套是——"

"那是你的私事，你不用特意跟我解释。而且，我觉得很正常，说明你有良好的卫生习惯，不过，在巴黎这几天，我希望你还是不要乱来。”夏夜雪打断他道。

“不是，那个真不是我放的！”许林昊着急地掏出手机，“不信我给你看他跟我的微信聊天记录。”

他拿着手机给夏夜雪看的时候，其他人听到动静也悄悄偷听起来，除了张清野，他从上船起，就一副心事重重的样子。

“你看，就是这小子——”许林昊边点开对话框边道，然而他话音未落，那个他一时手快点开的对话框里却传来一阵女人销魂的呻吟声：“啊……啊啊——”

船舱里的大家脸上表情各异，都挺复杂。

叶秋秋立刻捂住耳朵大叫：“哎呀，人家才三岁，为什么要给我听这个！”

甲板上，夏夜雪脸都红了，一边退一边道：“你给我看这个干吗？！”

许林昊简直想一头撞死：“不是不是，这是他参演的文艺片片花，真的不是你想的那样——”

夏夜雪懒得听他多说，转身走进船舱，这时，张清野正好在吃叶秋秋给他的药，夏夜雪看了一眼，心里疑惑，那莫不是她刚才给叶秋秋的药？如果早知道叶秋秋是给张清野要的，她铁定是不会给的。

见其他人都一脸忍住笑的表情，夏夜雪郁闷地回到自己的座位假装欣赏风景。

这时，她的手机突然收到了国内朋友发来的一个链接：今天是她的忌日，而杀害她的人还在逍遥法外！

帖子讲的就是张清野的事情，发帖者似乎很了解张清野和他妻子的生活，不仅声泪俱下地控诉了张清野对妻子和家庭漠不关心，还把他描述成了一个害妻子溺亡后就四处逃亡的人。

夏夜雪连忙把这个链接发到了除张清野、梅天星、黄贺还有刘明之外的六人小群里。

梅天星见大家突然都安静了下来，用询问的眼神看了一眼姚千树，姚千树悄悄把帖子转发给他。

看完帖子，梅天星正准备说点什么，夏夜雪就把他拉进了小群，道："梅导，你可以让张清野退团吗？'星星'不会是这么罔顾隐患的企业吧？"

叶秋秋忍不住站起来："小雪姐，你干吗揪着这件事不放啊？人警察都说没证据了，难道网上那些人说的比警察的更可信啊？大叔这两天跟大家相处得也挺好啊，他何止是没危险，他还跳水去救人，之前你被黑人围住，他还要替你打架呢，你忘了吗？"

张清野这时终于知道大家私下在手机里讨论他的事情了，声音不大，却很坚定："我不会提前走的，我还没去阿洁最想去的地方。"

夏夜雪看向梅天星："梅导，你说句话吧，反正今天，要么他走，要么我走。"

"夏医生，你别这么激动，你要是不信，我让'星星'把之前做的背景调查传过来给你看好不好？"梅天星道。

见气氛这么僵，姚千树也终于帮腔道："其实我在知道这件事后也拜托了以前认识的记者去查这件事，她跟我说，当时警察没有在河边找到张清野的任何痕迹，跟他提供的当天不在B县的供词是一致的。"

夏夜雪冷哼一声："警察没找到，不代表他绝对没去过啊，河的上游找了吗？"

张清野的脸色越来越白，配上他奶奶灰的头发，整个人看起来分外沧桑。此时他仍然不反驳一句话。

孟沅和赵即墨今天是一反常态的沉默，不知道在想什么。许林昊则站在夏夜雪身边，紧张地看着张清野，怕他突然冲过来打人。

"啊！找到了！"叶秋秋突然跳起来，把手机递到夏夜雪面前，"之前我发朋友圈说过大叔的事情，有个朋友刚提醒我，说我一年前的一次街头直播里好像拍到了他！我找到了！是4月28日那天吧？你们看，步行街上的这个人是大叔吗？"

夏夜雪不可置信地凑过去看，看完后，一脸震惊地说不出话来。

梅天星也没想到证明张清野无罪的证据，居然在叶秋秋手里。他赶紧联系了国内的同事，让他们去警察局报备这件事。

证明了自己的清白，张清野并不喜悦兴奋，依然低头沉默着。夏夜雪有些尴尬，但她也不打算认错，借口去欣赏风景，又去了甲板，许林昊也默默跟在她身边。

“你是不是觉得我特别不可理喻？”夏夜雪对许林昊道。

“没有啊，我能理解的，你们医生在医院肯定遇到过很多很危险的人。”许林昊道。

夏夜雪笑了笑：“危险的人更多存在于你们看到的新闻报道里，而我经常碰到的都是对妻子不好的人。碰到妻子做手术住院，那些丈夫刚开始哭得要死要活，到最后干脆连钱都不来交了。如果张清野一开始对他老婆好，他老婆也不会死。”

许林昊点点头，一时之间也不知道该说什么。看来，今晚还是别提要跟张清野换回来一起住了。

等到终于下船，梅天星带着大家沿着新桥走上西岱岛。

“西岱岛位于塞纳河中央，是巴黎最中心、最古老的地方，法国文化和法兰西民族由此发源，现在依然是法国文化政治各界名流必居之地。岛上有著名的巴黎圣母院、圣礼拜堂和巴黎古监狱等景点。下午大家可以自由活动，在岛上逛一下，我们两个小时后再在这个地方集合。”梅天星刚说完，叶秋秋就冲大家招招手消失在了人流里。

这回不待梅天星提醒，张清野就自觉跟了过去。

而经过刚才船上的事，夏夜雪转身选了一条跟他们相反的路，许林昊自然是跟在她身后。

现在就剩下孟沅和赵即墨，孟沅不说话，似乎并不想自由活动，还跟在梅天星身后。

“孟小姐，你也知道我们这个团不是一般的旅游团，‘星星’找我负责这个团的时候，其实也有别的任务交给我。他们之前好像也找你谈过，想跟你们电视台洽谈一个新节目，所以委托了我要带你好好逛一下，解答一下有关拍摄场地的问题，不如我们边看边聊，至于小树，”梅天星偏头看向赵即墨，“就麻烦赵先生照看一下了。”

“好。”赵即墨轻轻点头答应。

姚千树疑惑地看着两人走远，她感觉自己一点也看不懂梅天星的套路了。难道他是自暴自弃放弃撮合这一对了？又或者……他看上了阿沅姐？！

这时，梅天星正好取下了帽子，跟孟沅聊得十分开心的样子。姚千树一脸震惊，觉得自己的猜想还是有点依据的，毕竟阿沅姐那么有个性，他没道理不喜欢……

“小树，小树？”赵即墨在她身边叫她。

姚千树连忙转头答应：“啊？即墨哥你说什么？”

“我说你的脚怎么样了，需不需要擦药？”

姚千树动了动自己的脚，道：“不用不用，其实已经好很多了。”

“那就好。”他点点头，重新看向塞纳河的河水，静静地，不知道是在发呆还是在烦恼跟孟沅有关的事情。

午后的阳光并不猛烈，晒在波光粼粼的水中，映在他英俊的面孔上，一张不解风情的脸仿佛也被渲染得温柔了几许。

姚千树想到他也许需要多拍一些景点的照片，于是站起来，道：“即墨哥，坐在这里太辜负良辰美景了，我们去附近逛逛吧。”

“你的脚——”

“没事的，我们走慢一点，我正好还可以拍一下你的视频，公司希望我拍得越多越好呢。”才不是为了公司，她还不是为了让即墨哥多拍点他的APP需要的景点照。

赵即墨微微勾唇：“你呀，对待工作倒是认真，跟你阿沅姐一样。”

姚千树脸上的笑容僵了僵，她立刻转身，朝孟沅他们离开的反方向道：“我们先去找小雪他们吧。”

赵即墨自然是不知道她弯弯绕绕的小心思，站起来，说了声“好”。

两人沿着西岱岛往东走，不一会儿，就看到了一座比周围建筑都要高的建筑。建筑前方是一扇巨大的门，四周布满了雕像，一层接着一层，石像越往里层越小。所有的柱子都挺拔修长，与上部尖尖的拱顶连成一片。

“小树，那个就是巴黎圣母院，”赵即墨看向前方，“它是天主教巴黎总教区的主教座堂，也是非常有代表意义的哥特式风格基督教教堂，是古老巴黎的象征。教堂从1163年开始建，一直到1345年才全部建成，历时180多年。”

“哇……难怪细节都做得这么极致……”姚千树叹道。

“是啊，我一直觉得，能用时间去雕琢的，都是珍贵的东西。”赵即墨一边拍照，一边道。

“那如果……”姚千树看向他，“如果有人花了很久的时间去喜欢另一个人，你说，她的感情珍贵吗？”

赵即墨不明所以，却还是点点头：“当然。”

“所以，她还是有可能打动那个人的，对不对？”姚千树紧张地追问。既然即墨哥之前不愿意跟阿沅姐同坐机车，阿沅姐又让她不要撒谎再欺骗自己和别人，是不是就代表，即墨哥也许喜欢上她了？

“……这就要问上帝了。”赵即墨看向教堂。

虽然他没有给出明确的回答，但姚千树确定，他和阿沅姐之间出了问题，可能她告白一把，真的就能得到即墨哥！

“小树，赵先生！”突然，许林昊的声音传了过来。

夏夜雪看到两人，也挥了挥手，赵即墨点点头，算是回应。

姚千树冲两人咧嘴一笑。

“怎么是你们俩过来？”夏夜雪走过来问道。

“阿沅姐和梅导在谈工作上的事，我们就自己随便逛逛了。”姚千树答道，一边扯着赵即墨的衣袖，避免两人出现在黄贺的镜头里。

“哦……对了，趁着现在人少点，你们可以去钟楼看看，刚才我们来的时候，可是排了好久的队呢。”夏夜雪道。

赵即墨点点头，准备过去，但姚千树却更关心两人的互动，于是问道：“那个钟，你们看到是什么感觉啊？”

“唉，”夏夜雪叹了口气，“以前吧，看《巴黎圣母院》时，我还挺心疼那个敲钟的卡西莫多的，觉得他可怜。但是今天过来看，不知道为什么，突然有些心酸了，不是我嘴毒，真的是感觉，长得丑的人都不配拥有爱情……我都要心疼我自己了……”

“哪有，”许林昊打断她，“我觉得小雪你长得一点儿也不丑。你在我眼里，跟教堂里的那些天使一样。”

“你是看到女的都觉得像天使吧。”夏夜雪并不领情。虽然她没被他的赞美打动，但看起来已经没有在船上时那么嫌弃他了。毕竟许林昊也帮了她那么多次，就算生活方式再不一样，她也能试着去理解接受了。

看着两人，姚千树突然有些理解梅天星安排这个景点的用意了，原来就是为了撮合夏夜雪和许林昊。美与丑，胖与瘦，说的就是他们俩嘛。

“小树，我们走吧。”赵即墨开口打断了她的神游。

姚千树点点头，与两人告了别，就跟着赵即墨往钟楼走去。

钟楼那口重达13吨的大钟，据说敲击时钟声洪亮，全城可闻。姚千树站在钟旁，默默祈祷自己告白顺利。不过，什么时候告白呢？她还没想好。

逛完钟楼后，姚千树和赵即墨走出教堂，继续往前走，一阵音乐声突然传来。

音乐声来自一个小广场，外面围着一群青年人和游客，赵即墨领着姚千树走到前排，看见了张清野的身影。

“咦，叶秋秋呢？”刘明也没在。姚千树疑惑地四下张望，她不会又不见了吧？

赵即墨也帮着一起寻找。

在人群后方，姚千树隐约看到了一个跟叶秋秋穿一样衣服的女生，女生似乎还拉着旁边男生的手在说话，看起来十分亲密。

这个叶秋秋，跟男朋友都私会到这里来了，也不怕自己的秘密被发现。

姚千树准备走过去，张清野却突然站在她面前，拉着她走向台中央，唱起了一首民谣：“曾梦想仗剑走天涯/看一看世界的繁华/年少的心总有些轻狂/如今已四海为家/曾让你心疼的姑娘/如今已悄然无踪影/爱情总让你渴望又感到烦恼/曾让你遍体鳞伤——”

姚千树瞪大眼睛看着他，感觉自己受了惊吓。

这张清野，什么时候这么主动大胆了？

围观的人估计是很少听到中文歌，开始鼓掌叫好，姚千树被拉在他身边，只能跟着尴尬傻笑。

张清野一边唱，一边看向叶秋秋的方向，等两人不见了，他才放下心来。

不顾众人反对，偷偷恋爱的日子，他和妻子结婚前也体验过，他愿意帮叶秋秋这个忙。

一曲唱完，收到暗号走回来的叶秋秋热情鼓掌："好！太棒了！"

刘明这时也走了过来，手还湿漉漉的，看来是上厕所去了。

"我刚出厕所，远远就看到你俩在台上唱歌了，是不是很好玩啊小树姐？你再跟我一起上去唱一首吧，我们唱《远走高飞》！"叶秋秋拉住姚千树道。

姚千树急忙甩开："不了不了，你们玩，你们玩。"

看她一脸后怕的样子，叶秋秋"哈哈"笑了两声，也不勉强她，自己跑上台玩去了。

姚千树看了一会儿叶秋秋和张清野一个唱歌一个弹尤克里里的样子，然后跟赵即墨继续往前走。

没走多远，两人就在前方看到了孟沅和梅天星。他们看起来聊得十分融洽，姚千树还是头一次看孟沅在巴黎笑得这么开心。

"这个梅导，倒是会逗女生开心，"姚千树往赵即墨身边凑了凑，"对了，即墨哥，阿沅姐跟她前男友是怎么回事，你清楚吗？"

赵即墨摇摇头，从他脸上看不出任何表情。看来，他们之间的问题也不是因为阿沅姐的前男友，那么，真的是即墨哥改变主意了吗？

梅天星这时也看到了他们，冲两人招了招手，朝他们走了过来。

四人会合之后，便一起往集合点走去，姚千树和赵即墨走中间，孟沅走在赵即墨身边。

阿沅姐这会儿怎么不避开即墨哥了？

姚千树思考着梅天星到底跟阿沅姐说了些什么，他之前说的商量工作的话肯定都是鬼话。之前"星星"副总方斌去找孟沅谈合作，就是醉翁之意不在酒，他们只是想让孟沅注意并注册APP，好拉她进巴黎游而已。

难道，梅天星是继续在撮合阿沅姐和即墨哥？

没等姚千树想明白，另外两对也前后脚走到了集合点。他们看起来心情都还不错，梅天星重新戴好帽子，带大家坐车回去。

因为今天的行程很轻松，回去的时间也早，孟沅提议梅天星带大家一起去酒店附近的酒吧玩。

“啊？这人生地不熟的，酒吧又乱，我们还是不要去了吧。”夏夜雪第一个反对。

许林昊其实是想去玩的，可是夏夜雪不愿意，他只好跟着点头。

赵即墨没表态，但大家都猜到他肯定是站在孟沅一边。

“我还没去过巴黎的酒吧呢！我投去一票！”叶秋秋举手道。

“那我也去吧。”张清野道。

“那就少数服从多数，我们就去吧。夏医生你放心，我会照顾好你们的。”梅天星道。

有他的保证，夏夜雪终于勉强点头。

“好耶！”叶秋秋开心到跳起来。

姚千树也很开心，也许即墨哥看到阿沅姐豪放喝酒跳舞的样子，就更加不喜欢她了吧？

“啊？你说什么？我听不见！”酒吧里，姚千树伸长了脖子，还是听不清夏夜雪在说什么。

“我说，阿沅至于贴那些男人那么近吗？”夏夜雪提高声音道。

舞池里，孟沅正在跟一个金发帅哥贴身热舞，身姿妖娆而魅惑。

叶秋秋也在一边乱蹦，张清野站在不远处，点头打着拍子，却没有下去一起跳。

剩下的其他人都在吧台喝酒。

姚千树喝了一口赵即墨替她点的水果炸弹，对夏夜雪道：“在酒吧跳舞就是这样的啦。”

夏夜雪不能接受地“啧”了一声，这时，孟沅走下来，把许林昊一起拉了上去：“我知道你想去跳舞，来来来，不要压抑自己。”

“哎、哎，我没有——”许林昊的反抗没什么力量，一会儿就被孟沅拉上了舞台。

大家看到他这个亚洲面孔，又是吹口哨又是嘘的，许林昊被激起了斗志，跟孟沅一起，绕着钢管旋转跳跃了起来。

“WOW！Fantastic boy（宝藏男孩）！”一群人开始起哄。

“是不是现在的男人都喜欢阿沅这样玩得开、放得开的女孩？”夏夜雪有些醉，讲话也开始失去分寸。她不知是在为自己还是为姚千树生气，这孟沅明明跟赵即墨好好的，干吗要拉许林昊上台？

梅天星笑而不语，夏夜雪见姚千树不说话，看向一边的赵即墨，赵即墨并没有回答，他急于躲避一直想贴近他的美女。

梅天星饶有兴趣地看着，孟沅也看到了这边的情况，走下台对赵即墨道：“你们一群人坐在这里干吗？来酒吧不蹦迪就算白来啦，走走走，我们蹦迪去。”

说罢，她一只手拉着赵即墨，一只手拉着一脸抗拒的夏夜雪。

“我不去，我不去！我不能跟这些男生太近……”夏夜雪扶着自己的墨镜，挣脱道。

赵即墨也急急挣脱了她。

“小雪，你不要这么扫兴啦，试一试，你肯定会喜欢的。”孟沅对夏夜雪道。

“我不喜欢！我不是你，跟什么男人都可以搂搂抱抱！”夏夜雪急道。

孟沅愣住，笑容慢慢僵硬：“你什么意思？”

夏夜雪低着头不说话，看着一边同样不说话的赵即墨，孟沅放开夏夜雪，重新走上舞台，她将许林昊拉下来，自己围着钢管跳了起来。

看客们更加兴奋，有好几个外国人还跳上舞台，跟孟沅跳了起来。然而跳着跳着，他们的手就不安分起来。

赵即墨看到这种情况，连忙上去帮忙隔开他们，然而那群外国人却一把将他推开。

孟沅看到赵即墨被推，立刻扇了其中一个男人一巴掌，那男人恼羞成怒，扯住了她的头发。

团里的男人见状，都冲了上去，与那群男人厮打在一起。酒吧的保安这时也赶了过来，调解了一番后，他们和那群男人都被赶出了酒吧。

出了酒吧，那群男人似乎还想挑衅，不过梅天星似乎是用法语说了一个好像叫“Julia”的名字，他们犹豫了一下，最终没有追上来。

“你说你，身无二两肉的，冲上去逞什么能啊？”夏夜雪一边替许林昊查看伤口，一边埋怨。许林昊低头认错，脸上却是一副开心的样子。

见孟沅冷着脸在一边不说话，夏夜雪酒气上头，忍不住对梅天星道：“梅导，我可以申请换房间吗？”

“为什么？”梅天星手一歪，创可贴就贴歪了。

夏夜雪看着孟沅，被她的面无表情吓退了一步，但还是开口道：“我、你……阿沅，你那天在房间跟赵即墨亲热的声音我都听到了！我不评价你的处世风格，但不好意思，我们还是不要做室友了……我劝你也反省一下，没有哪个男人能接受你这样的，赵先生后来避开你，你就应该要反省的……今晚如果不是你，我们团里的人也不会去打架受伤……”

在夏夜雪说第一句的时候，姚千树就呆住了。

而孟沅想起自己之前的分手原因，正是因为作风豪放，脸色更加冷若冰霜。

“不是这样的，”赵即墨开口道，“夏医生，那天，阿沅是把我当成了她前男友才会那样，我们之间没有发生任何事。我后来避开她，并不是我不喜欢那样的她，我只是怕她尴尬而已。”赵即墨看向孟沅，“阿沅是个开放、喜欢刺激的女生我不否认，可这并不代表就是错，会跳钢管舞的女孩也不代表就是淫荡，每个人都有权利按照自己喜欢的方式去生活，只要不打扰到别人。阿沅她……其实很好。”

孟沅看着赵即墨，一脸震惊。她从来不知道赵即墨居然是这样看她的，她一直以为，他不喜欢她这样的女生，所以才会在那晚推开她。原来，真的如梅天星所说，是她误会了。

夏夜雪愣愣地看着赵即墨，半晌之后，她打了一声酒嗝，身体随之软了下去。

“哎，小雪，小雪！”许林昊赶紧扶住。

因为赵即墨的一番话，他跟孟沅的关系也从尴尬恢复了正常，两人对视微笑说晚安的样子，看在姚千树眼里，特别不是滋味。不过，两人没发生关系，她似乎可以庆幸一下？可是，他又说阿沅姐很好，他到底什么意思？

姚千树只觉得头大，和叶秋秋回到房间后，她本想躺在床上装醉，逃掉今天跟梅天星的工作交流，却听到一边的叶秋秋在跟男友视频聊天。想到白天的事，姚千树坐起来，问叶秋秋是不是在跟男友私会。

“对啊，大叔在给我们望风，我就是听到他唱了我们约定的暗号，我才回去的。”叶秋秋答道。

“他也知道你的秘密了？什么时候知道的，你怎么不告诉我呢？”

“昨晚我本来想告诉你来着，可你睡着了，早上又不知道你去了哪儿，就没来得及跟你说。”

好吧，难怪叶秋秋跟张清野的关系一下子好那么多，原来是要一起守秘。不过，这下连张清野都知道叶秋秋有男朋友了，梅天星还能怎么撮合呢？

对了，为什么他还不通知她去交流工作，难道他也醉了？姚千树有些好奇，于是去了阳台查看。

阳台居然锁住了，黑夜里姚千树只看得见若有若无的火星和旁边的一个人影。

姚千树不确定那人是不是梅天星，于是给他弹了一个视频通话。

而阳台上，梅天星正对着手机跪拜，手机上是一张搜到的女娲娘娘图像，手机面前还摆着一个小香炉，插着三支点燃的烟，面前还摆着一碟肉和一碟桂圆红枣。

姚千树一个电话打来，变成了他在祭拜姚千树。

梅天星感觉自己要憋出一口血，连忙站起，发现肇事者正站在阳台外。

他走过去，打开阳台门。

姚千树见他一脸不开心，又往阳台上看了一眼，后退一步：“你在祭拜先人啊？”

“嗯。”

姚千树抱住双臂，连连后退：“既然你在忙，那我还是等你忙完再通知我吧。”

梅天星无奈道：“我拜完了，你过来吧。”

姚千树跟在他身后，好奇问道：“你祭拜谁呢？”他妈？

“今天是女娲娘娘的生日，我爷爷奶奶一定要我祭拜，借你手机给我。”

梅天星拿过姚千树的手机，拍下了他祭拜的桌面，发给了自己，然后他又发给了爷爷奶奶。

他应该是刚洗过澡，头发还没完全吹干，清新的香味顺着风吹到她鼻翼间，让她联想到夏天的青草香气。

“你们祭拜还要沐浴焚香的吗？媒人世家真有那么多讲究啊？不过，怎么你们是祭拜女娲，不是月老啊？”姚千树连连问道。

梅天星坐下来：“唐代以前，人们奉女娲为媒神，古人祭祀这位媒神的典礼十分隆重，猪、牛、羊三牲齐备，连天子也要亲往，而唐代以后人们就奉月老为媒神了。不同的媒人会有不同的祭拜对象，而我们家一直拜的是女娲。”

“那你觉得女娲灵不灵啊？拜她有用不？”有用的话，她也回去拜拜好了。

她一脸期待，谁知，梅天星却笑了：“三分天注定，七分靠人为，不然，你说我们媒人存在的意义是什么？”

姚千树悻悻道：“既然这样那你还祭拜什么？！”

“老人家信这些，不拜的话他们不安心呀。”

姚千树想起之前在国内医院碰见的可爱奶奶，不由得笑道：“你倒是孝敬老人。”

“好了，跟你说了这么多我们家的事情，关于工作你有什么要跟我说的吗？”

“我没什么额外发现，”姚千树还是不打算坦白叶秋秋的事，“对了，你今天到巴黎圣母院，是为小雪和许林昊安排的吧？那明天是要撮合哪一对？”

梅天星定定看了她一眼，姚千树无惧对视，最终是梅天星移开了目光：“你问到夏夜雪那个同桌叫什么名字，我就告诉你答案。”

问个名字，应该也不会多难。姚千树点点头。其实她也不需要他回答什么，毕竟有心去思考联系的话，她也能猜出来，只不过是不能提前做什么破坏准备而已。

反正，撮合夏夜雪和许林昊她没意见，至于另外两对，张清野和叶秋秋，他们肯定不会在一起，现在她要集中精神好好想想，怎么在梅天星不会察觉的情况下，破坏即墨哥和阿沅姐。

“对了，明天把你的跌打药膏带上吧，地下墓穴光线不好，以防有人扭到脚。”梅天星道。

“哦，”姚千树点头，“可是话说回来，这种景点一般旅行团也不会去吧，为什么我们要去那么恐怖的地方？”

“因为我们不是一般的旅行团呀。”梅天星朝她眨眨眼。

看来，他肯定是在地下墓穴有安排了。

AI QING / ZHIZUO REN

第七章 放羊的女孩

夏夜雪起床的时候，孟沅还没醒。

昨晚的事情夏夜雪并没有忘记，一时半会儿她也不知道要怎么面对孟沅，只好赶紧轻手轻脚地洗漱完毕，早早下了楼。

门被关上时，孟沅才睁开眼睛。她本来是想另开一间房的，可是夏夜雪被送回房间后就吐了，她站在门口刚犹豫了一会儿，许林昊就拜托她今晚不要换房间。

“行，你今晚因为我受了伤，我卖你一个面子。”孟沅答应下来。

其实喝醉的夏夜雪并不闹腾，只是孟沅怕她呕吐时被呕吐物呛住窒息，所以一整晚也没怎么睡好。

早上看到怎么也掩盖不住的黑眼圈，孟沅索性画了一个烟熏妆。

等她下楼的时候，大家都到了。夏夜雪看见她，低头有些尴尬地往许林昊身边退了一步。

孟沅冲许林昊打了个招呼，装作没有看见夏夜雪。

“今天要带大家去的地方比较惊险，孟小姐是为了应景画的烟熏妆吗？”梅天星笑道。

孟沅也笑着点点头，并不否认。

“我先跟大家说一下今天的游戏吧，我们等下要去的地下墓穴，全长两公里左右，大家会分成三对分别进入墓穴，谁用时最少，谁今天就可以吃到豪华大餐。”

“里面会很黑吗？”孟沅问道。

梅天星笑了笑：“不会，里面有电灯。”

“夏医生，你确定我们要第一个走墓穴吗？”许林昊看了一眼黑漆漆的墓穴入口，声音都在抖，“我昨天搜了下景点信息，据说当年法国决定开放墓穴参观时，曾先派出工作人员去整修，却不时传出人员失踪的消息。单人失踪也就算了，这里还曾发生过整团失踪的事件，所以最后才只开放了两公里给人参观……梅导，我……我们……可以放弃吗？”

“你要相信科学，世界上没有那些怪力乱神，大不了我走前面，你走后面。”夏夜雪道。因为墓穴有摄像头，所以摄影师们这次并不跟着去拍摄。

尽管有夏夜雪发话，许林昊还是败给了恐惧，眼看这一对就要黄掉，梅天星只好道：“那我也一起下去吧，我走最后，许先生走中间。”

“不过夏医生，”梅天星看向夏夜雪，“地下的光线不太好，你还要戴墨镜下去吗？”

“你不下去的话，我也许可以摘掉眼镜试试。”夏夜雪道。

梅天星笑了：“我走在队伍最后，你不会看到我。”

“先看看里面黑不黑再说吧。”夏夜雪先走下了入口处的螺旋楼梯。

许林昊和梅天星也慢慢往下走，其他人则留在地面监控室，看墓穴摄像头返回的图像。

“夏医生，你说你也去看过心理医生，他们之前给你的诊断方案是怎样的？”梅天星边走边道。

“他们说我这个就是心理性创伤后遗症，让我从哪里跌倒就从哪里起来，多去看看帅哥，晕着晕着，说不定就免疫好了。”夏夜雪道。

“怎么听着这么不靠谱呢？”许林昊一边说，一边观察四周的环境。

他们已经走过了阴森潮湿昏暗的地道，整个墓穴映入眼帘。墓穴有2到3米高，一边是石墙，另一边就是成堆的骨头，逝者的颅骨和胫骨被堆叠码放得整整齐齐。

梅天星看了她一眼，道：“那叫认知行为治疗，确实是一种治疗方式，不过，得有人在旁边看着才行。”

“是啊，你说我平时一个人去上班，然后给患者看病，怎么可能时刻有人看着我，唉！”夏夜雪叹气道。

“夏医生，我可以看着你呀，在巴黎这几天，我都会看着你，如果你愿意的话，我回去也会看着你——”许林昊话未说完，墓穴突然传来一声异响，他尖叫了一声，迅速抓住夏夜雪，躲在她身后。

原来是一根骨头掉落滚动的声音。

夏夜雪似笑非笑地看着他，他立刻放开了手，装作什么也没发生地四处查看起来：“夏医生，你还是摘掉眼镜吧，不然我怕你看不清地面摔倒了。”

“我同意，干脆夏医生就从这里试试那个免疫疗法吧。”梅天星道。

面对许林昊灼灼的眼神，夏夜雪挣扎了一番，深呼一口气，终于摘掉了眼镜，不过她并没有看梅天星，依旧看着前方。

许林昊兴奋地走在她身边，虽然她面对他不会晕，有点打击他的自信，不过夏夜雪能摘下眼镜，他还是很高兴的。

在夏夜雪的带领下，三人只花了半个小时，就走完了全程。

“小雪姐，里面恐怖吗？”叶秋秋一看到他们，就凑了上去。

“你们不是可以看到监控吗？也就是些白骨而已，除了某人自己吓自己，基本也没啥。”夏夜雪看了许林昊一眼。

“那就好！大叔，我们第二个下去吧！争取最快走完墓穴！”叶秋秋看向张清野。

张清野的脸色还是不太好，跟昨天一样苍白。不过他还是点了点头，跟在叶秋秋身后。

两人很快就走过楼梯和地道，来到了墓穴。

“看来当年死于天花和霍乱的法国人真的很多啊……”叶秋秋一边感慨，一边拿着手机拍照。

张清野自顾自地看着那些骨头，时不时驻足看墙上留下的一些文字，有法文也有英语，甚至还有中文。

“君埋泉下泥销骨，我寄人间雪满头……”张清野喃喃念着，拐到了一个摄像头和叶秋秋都看不到的地方。

“哎，大叔我们快到出口啦！”看到前方的亮光，叶秋秋兴奋地看了看手表，用时20分钟，妥妥第一名了！然而身后并没有人回答她，“……大叔？”叶秋秋回头去看，只有空无一人的墓穴和宛若呜咽的风声。

“大叔！”叶秋秋回头找了两步，这时，头顶的电灯开始忽闪忽明，她吓得当即大哭大叫起来。

听到耳机传来的声音，梅天星带着许林昊和夏夜雪又重新走回了墓穴去找人，至于其他没去过的人，则被他留在了地面，以免不熟悉路况出现更多意外。

走下去没一会儿，梅天星他们就在一个拐角处看到了对着一具骸骨驻足不前的张清野。

张清野似乎是陷入了另一个世界里，手上紧紧抱着尤克里里，双眼含泪。

梅天星还在犹豫要怎么让他回过神，叶秋秋就已经冲过来拉住了张清野：“大叔，你怎么了？”

张清野一开始没反应，待叶秋秋又推了他两下之后，才慢慢回过神，低头看了她一眼，眼神重新开始聚焦。

见大家看着他，他擦掉眼泪，扯出一个难看的笑容：“以前我忙着去外面唱歌拼事业，我妻子就在家里操持家务。那时我也赚不了什么钱，她没跟我结婚前最喜欢旅游了，可是我们结婚后，她就再也没出去旅游过。她说她最想来法国，可是，她再也没有机会来了……我……我……”

说着说着，他的笑容渐渐变得扭曲，眼泪流了下来。

“大叔，你别伤心了，嫂子跟这里孤零零的骸骨不一样，她肯定知道你一直思念着她，你的眼睛就是她的眼睛，你看到了巴黎的美景，就代表她也看到了。我们也别待在这儿了，赶紧出去看看别的风景吧。”叶秋秋红着眼睛安慰道。

“也许这个景点的意义，就是提醒我们珍惜和不要忘记吧，”梅天星走上前，将纸巾递给张清野，“有部电影的台词说得很好，死亡并不是终点，遗忘才是。如果你没有忘记，那么，她就一直陪在你身边，活在你的心里。”

梅天星的声音似乎有某种魔力，平稳又蕴含力量。张清野看着他，慢慢接过了他的纸巾。

张清野跟着大家往前走去，走在最后的夏夜雪却并不像其他人那样被触动，许林昊见状，问道：“小雪，你怎么了，不舒服吗？”

“说真的，”夏夜雪凑近他，“你真觉得张清野很放不下他老婆吗？”

“看样子好像是的……”

夏夜雪“嘁”了一声：“说不定是心里内疚，才那样吧。”

“哦……”见她很不相信男人的样子，许林昊也不敢再多说，“啊，对了小雪，你现在看大家好像都没有晕了耶！”

他一提醒，夏夜雪放眼朝走在前面的梅天星和赵即墨看去，发现果然是这样，“难道是这几天看大家都看习惯了，审美阈值提高了吗？”

“不过，为什么你看我不晕，难道我在你眼里不够帅吗？”许林昊摸着自己的脸，一脸忧伤。

可能是因为你不是帅，是娘吧。夏夜雪在心里默默回答。

见五人平安无恙地出来，地面上的人都松了一口气。

“梅导，待会儿我可以跟即墨哥和阿沅姐一起下去吗？万一发生刚才的事，也好有个照应。”姚千树见机问道。

她算是明白了，梅天星安排这个墓穴，就类似于国内男孩子带女生去鬼屋玩嘛，让女孩一害怕就抱住男生，增进感情。刚才张清野的事，正好给了她一个打破他的计划的借口。

梅天星看穿了她的心思，笑道："你一个女孩，下去只会添乱，要去，也是我去啊。"

"怎么会！我胆子超——大的，"姚千树看向孟沅，"阿沅姐，你相信我啊，让我一起下去，你绝对更安全！"

孟沅此时的脸色跟张清野的脸色一样苍白，看起来很是害怕的样子，面对姚千树的请求，她看了梅天星一眼，点点头。

"那我也一起下去吧。"梅天星道，"不过，小树你要跟我走在最后面，让监视器的一个画面里最好只拍到他们两个人，你也知道，这些视频我们是要拷回去加入到后期的宣传广告里的。"

"好吧。"能打破即墨哥和阿沅姐的二人世界就行，至于梅天星，他来就来吧。

赵即墨和孟沅走在前面，走得很慢。

姚千树跟两人保持着固定的小段距离，打算如果一有异动，她就冲上去抱住即墨哥，装作被吓到的样子大叫。

孟沅在进入墓穴后就异常安静，一只手还不知不觉攥到了赵即墨的衣服上。

见赵即墨似乎也想靠近孟沅，姚千树故意装作害怕道："即墨哥，你看这里的头骨，好恐怖啊，都长青苔了。"

"嗯，这里空气潮湿，又是露天摆放，长青苔是很正常的。"赵即墨十分认真地跟她科普，却并没有要等一下她的意思。

姚千树不气馁、不放弃，继续思考要找什么借口更靠近他一点，灯突然"啪"的一下全灭了。

"啊——"孟沅尖叫起来，姚千树也被惊得跟着一起尖叫，同时不忘朝前方赵即墨所在的地方扑了过去。

然而，前方并没有赵即墨，"啪！"姚千树重重摔倒在地。在她摔傻愣神的当儿，赵即墨的声音从旁边传来。

"阿沅，别怕。"

他的声音在尖叫声中显得微不足道，但姚千树却觉得那四个字像是千斤重锤，字字打在她的耳膜上。

灯很快重新亮起来，梅天星也从后面跑过来，将姚千树拉起："小树，你没事吧？"

姚千树摇摇头，往旁边看去，赵即墨正将孟沅揽在怀里，安慰她别怕。

孟沅整张脸都是惨白的，等到终于停止尖叫冷静下来，见到姚千树和梅天星都在看着她，她立刻推开赵即墨："吓死我了，我这辈子最怕黑。"

赵即墨一脸平静，看来是早就知道她怕黑了。见孟沅没事，他才看向姚千树："小树，你刚刚怎么摔倒了，有摔到哪儿吗？"

姚千树摇摇头。

"刚刚应该是电路跳闸了，我们赶紧继续往前走吧，孟小姐如果害怕的话，可以打开自己手机里的手电筒。"梅天星说道。

孟沅点点头，打开手电筒往前走去。

梅天星走在姚千树身边，递了一张湿巾给她，悄声道："有哪里疼吗？"

姚千树摇摇头，接过湿巾，低头擦手。其实墓穴的地面都是泥地，并不硬，所以刚才她并没有摔疼，真正疼的，是另一个地方。

原来，一切都是她想太多，自作多情，自以为是。

"大家现在应该都不想吃东西吧？我们去附近的卢森堡公园走走怎么样？"梅天星看见情绪都不太高的众人，提议道。

刚才的比赛是夏夜雪那一对赢了，不过夏夜雪从摄像头里看到了刚才墓穴的事，猜到姚千树情绪低落的原因，所以她也没再提游戏的事。

大家随梅天星走进卢森堡公园，听他走在前方讲解："卢森堡公园，这个名字可能会让你们觉得疑惑，为什么它不在卢森堡，却叫卢森堡公园？但其实，它本来也不是个公园，而是一座私人的皇家园林。目前公园里有一百多座雕像，有著名女性人物、神话人物、文化名人和动物，等等。你们知道吗？这里还有美国的自由女神像的原型雕像——"

他话音未落，不远处就有一个女生兴奋叫道：“哇，哈尼快看，自由女神像！”

姚千树循着声音看去，待看清发出声音的人，不由得倒退三步。

居然是……张熏仪。那个害她丢了电视台工作的三线女明星。

在张熏仪旁边的，应该就是她的那个富二代男朋友了。她也看到了姚千树和她手里的摄像机，她饶有兴趣地走过来：“哈喽，姚导，好久不见，你们是在拍东西吗？”

姚千树咬着唇，并不想跟她多说，只是面无表情地点点头。

孟沅自然也认识她，也知道她跟姚千树之间的恩怨。她快步上前，挡在姚千树面前，对张熏仪道：“是的，麻烦你回避一下，不要打扰到我们。”

“你是？”张熏仪能感觉到来者不善，上下打量着她。

“孟沅。”

“哦，我想起来了，就是前段时间，跟传媒大佬们合照的那个美女制片人嘛，久仰久仰。”张熏仪不怀好意地笑了。

“久仰倒不必，我可是比不上张小姐的好手段，靠上了一张长期饭票。”孟沅冷冷道。

“你！”张熏仪怒目圆瞪，但看对方人多势众，男女平均的，于是边笑边转身，“我长期饭票好歹也是真感情，比你们这种作假恋爱真人秀好多了。不过我要奉劝大家，要好好提防孟小姐的那位朋友，正所谓狐朋狗友嘛，让她一个从没谈过恋爱的人来拍这种东西就算了，你们要当心的是她说一套做一套，最后倒打一耙哦。”

她刚说完，姚千树的脸唰的一下就白了。

夏夜雪则一脸疑惑地问她：“小树，你之前不是跟我说你谈过一次恋爱吗，那个女的为什么说你没谈过？”

其他人面面相觑，叶秋秋已经默默拿起手机搜了起来。

“小树姐你之前是《终于等到你》的编导？”叶秋秋看着手机，不可置信。

她刚说完，其他人也拿着手机查了起来。

看到那些尘封的八卦新闻图，姚千树觉得有些站不稳，一只手适时托住了她，她抬头，是梅天星。

“大家不要相信网上那些造谣的帖子，之前张大哥的事情，你们应该也有体会吧。”他温声道。

“呃……梅导，我们还是先问清楚比较好吧，好歹我也是个明星。”许林昊捋了捋头发，“虽然我们跟‘星星’签了合同，可是也不清楚你们到底拍了我们些什么，特别是合同里还标明有非正常拍摄，我现在真的有些担忧呢。”

许林昊这样一说，其他人也有些担心起来。

“所以小树，你之前骗我你谈过一个男朋友，真的只是为了套我的话吗？”夏夜雪问道。

赵即墨和孟沅不清楚内情，但也知道姚千树确实是说谎了，她其实从未谈过恋爱，两人一时间也严肃地看向她。

原来，不管谎言说得多好，总是会揭穿的那一天，就像那个放羊的小孩一样。

被人谩骂人肉的那段日子在姚千树脑海里呼啸，她环顾着四周围住她的一群人，大叫一声，抱着头跑了出去。

“你们在这里等我，我去追她！”梅天星扔下话追了出去。

不知道跑了多久，直到脚上传来钻心的痛，姚千树才停下来，躲在小巷子里的一个垃圾桶旁边。

没过多久，一双黑色运动鞋出现在她面前。

“不就是没谈过恋爱嘛，至于不好意思到要逃走吗？我也没谈过啊。”梅天星在她面前蹲下来，用纸巾擦掉她脸上的眼泪。

姚千树打掉他的手：“我不想跟你嬉皮笑脸。”

“那我们就回去解释清楚。”梅天星站起来，将手递给她。

“哪有那么容易解释清楚！我又没有任何证据，说那些微信不是我而是欧明洋发给张熏仪的！而且，我确实是骗了小雪去套话！都怪你！都怪你！”姚千树站起来，边哭边捶他。

梅天星任由她发泄，脚不曾退过一步。

姚千树终于停了下来，因为手疼。

梅天星重新开口："你觉得，大家会相信你，还是相信那个他们都没见过的导演？至于套夏夜雪的话，那也得有动机才行啊，我们只是拍旅游视频而已，跟真人秀八竿子打不着边啊，他们要是不信，我们就把摄像机里的视频都给他们看。"

"啊？"许是哭累了，姚千树有些迟钝。

梅天星却以为她是在担心："你放心，那些视频都没剪辑，看不出我们最后的恋爱向风格。"

"不是……"姚千树终于回过神来，有些不好意思地低头。

梅天星却是想到了什么，从她身上拿下摄像机，检查里面的视频，果然有偷拍他跟她聊撮合计划时的视频。

"这个你现在得删掉哦，要是不放心，你就用手机拍一遍，以防我以后做得不对，你再拿出来。"

他说得这样大度和坦荡，姚千树都有些羞愧了。一直以来，他的那些撮合手段她看在眼里，并不龌龊，倒是她处心积虑捣乱，还偷录了证据，而她做这些事只是为了私情和报仇，对比下来，高下立见。

姚千树默默删掉之前偷录的视频，眼睛还是不敢看他："好了……我们现在回去吗？"

"你要是现在想跟我约一下会，也可以。"梅天星笑得桃花眼弯出盎然春意。

姚千树直接把他一推，推出了巷子，才刚走到巷子口，身前的人却怎么也推不动了，姚千树探出身子，看见他的视线停留在了马路对面的一对情侣身上。

那是一对亚裔情侣。女生身材高挑，皮肤白皙，完美的妆容衬得她容貌清新而美丽，她挽着的男人比她高大概一个头，一脸精英范，接了一个电话刚挂，另一个电话又打进来。

在女生无奈转头的时候，她终于也看到了对面的梅天星，短暂的愣怔过后，她冲他大方招手。

梅天星回过神来，露出模式化的温和笑容，主动走过去："好久不见，雅然。"

"对啊，没想到在这里见到你，"叫雅然的女生看向姚千树，"这位是？”

联系梅天星刚才的反常，姚千树大胆猜测，他跟眼前的女生肯定有情感纠葛，既然女生已经有新欢，那她也不能让自己老板掉面子！

一念及此，在梅天星刚要张口的瞬间，姚千树挽上他的手臂，笑道：“我是小星星的女朋友，你好。”这个外号叫出口，她自己也被恶心了一下。

梅天星脸上还是那抹仿佛刻在骨子里的笑容，只是眼神看向姚千树时，多了丝无奈和一点宠溺。

女生愣了愣，朝姚千树挥挥手，笑道：“你好，我叫周雅然，是阿星的……大学同学。这位是我男朋友，马磊。”

姚千树朝两人挥挥手。

叫马磊的男人冲他们点点头，貌若无意地看了梅天星一眼，又看了看表，对周雅然道：“我朋友快到了，你是跟我们一起吃饭，还是跟你老同学叙叙旧？”

周雅然看向他，笑得乖巧：“我跟你一起走吧。”她转头看向梅天星，“那阿星，我先走了哦。”

梅天星冲她点点头，两人走后，他们也转头往前走去。

姚千树还挽着他的手，一脸好奇地看着他：“梅总，你有什么想告诉我的吗？”

梅天星低头看她，笑道：“你是不是电视剧看多了？这种戏演起来反应倒是快。”

“那你说，我这戏演得好不好？有没有给你丢面儿？”

梅天星笑了笑：“你们是不是都觉得，分手后再重逢，一定要找到一个伴侣，最好是比前任更好的伴侣，才算是扬眉吐气？”

“所以你是承认你们之前在一起过咯？刚刚你还撒谎说你没谈过！”姚千树敏锐地抓到重点。

“那不是为了安慰你嘛……”梅天星耸耸肩，“她是我的大学同学，我们在一起过。”

“那为什么分——”姚千树最好奇的其实是这个问题。

谁知梅天星并没让她问完，他打断她：“过去的事情，翻出来讲也没什么意义。其实讲真的，爱情在人生中也没有太大意义。你要学会的是，把过去的人当成无关紧要的人，这样就不会在无意义的事情上浪费精力做戏了。”

“是是是，您教导得是！”姚千树一边点头，一边悄悄噘嘴。他肯定是被人甩了，大道理才一套一套的。说起来，他对恋爱、对女人如此冷漠，罪魁祸首难道就是这个周雅然？

两人走回卢森堡公园，赵即墨一脸担心地走上来：“小树你没事吧？不管发生什么事，都不要在国外乱跑，太危险了！”

孟沅也拉住她：“是啊，我也跟大家说了一下你们电视台欧明洋的事情，我相信那件事肯定有他的责任。不然，你跟大家详细说说？”

姚千树有些胆怯，但梅天星在她旁边道：“说吧，别怕。”

姚千树深吸一口气，终于一五一十地将这件事向外人诉出。

听完，大家都没说话，好半天，许林昊才说道：“那个欧导有那么坏吗？我之前跟他合作过，他看起来人很好啊。”

“他对着外人当然是扮好人了。”孟沅冷哼了一声。

姚千树看了一眼夏夜雪，走过去：“小雪，对不起！我之前是骗了你，但我发誓，我只是想帮你。如果你还是不信的话，我的摄像机，还有黄贺、刘明的摄像机，都可以打开给你们看，看到底有没有乱拍什么。”

夏夜雪退了一步：“不用了小树，我相信你，真的。”

“大家还是看看吧，我也希望看完之后，大家就把这件事翻篇，团里不要再有争吵了。”梅天星打开姚千树的摄像机，让黄贺、刘明也打开储存视频，让大家一一查看。

其实真的就是简单的游玩视频。

“小树，对不起啊！我刚才说的话你别介意，因为我也要对我的经纪公司负责……”许林昊一脸歉意。

姚千树摇摇头：“其实你们相信张熏仪的事情不是我的责任，我就很感激了。”

“好啦好啦，没事了，都是人之常情，可以理解的。不如我们现在提前去吃海鲜大餐吧，有句话说得对，有什么事情，是一顿饭不能解决的呢？”梅天星道。

“可以可以！刚刚我跟许林昊是第一名吧？我愿意把我的奖品美食分小树一半，当作赔罪！”夏夜雪道。

“我也愿意！”许林昊跟着说道。

旅行团终于恢复了之前的和谐。

梅天星给大家预订的餐厅，离卢森堡公园有一段距离，他们到餐厅时人还不多。

餐厅看起来有些其貌不扬，并没有华丽和高级的装饰，偏简单的家常风格，但餐厅的老板其实是法国最著名的牡蛎生产家庭之一。

一行人在预订好的露天座位坐下，不一会儿，服务员就端上来八大盘分量十足的生蚝和虾蟹，许林昊和夏夜雪面前，还各有一个超大红螯螯虾。

“这家餐厅每天都会从布列塔尼地区配送新鲜海鲜。这些带着大西洋清新冰冷海水的高级生蚝，最简单的吃法就是直接入口，在唇齿间留下一点海水的微咸和矿物质的刺激，嫩嫩滑滑，绝对会给你们带来不一样的口味体验……”

梅天星还没介绍完，夏夜雪就已经把自己面前的龙虾大卸八块了。果然是学医的人，特别会用刀。

而大部分人则看着摆在面前的五种样式各不相同的刀叉有些犯难。

梅天星一一解释：“这是蟹钳，用来剪开蟹的钳子；这是蟹针，可以勾出蟹钳里的肉；这是生蚝刀，圆润的刀口可以轻松划出生蚝肉；这是贝肉刀，用来划出贝壳类的肉，至于其他的刀叉，大家之前在西餐厅也都用过，我就不多说了。今天一天大家也没好好吃东西，今晚就多吃点吧。”

“好嘞！既然没有龙虾，那我要整个最大的蟹！”他话音刚落，叶秋秋就拿起了一只蟹。

夏夜雪笑了笑，分了一个龙虾钳子给她：“来来来，独乐乐不如众乐乐！”

随后，她又分了一只龙虾钳子给姚千树：“小树，这个代表我的歉意。”说罢，她最后又夹起一块肉给了孟沅：“阿沅，昨晚是我酒后失言，你不要跟我一般见识，要是你还生气，我就把整个龙虾都给你！”

孟沅看了她一眼，脸上没什么表情：“好啊。”

闻言，夏夜雪咬咬牙，正准备将整只龙虾递过去，孟沅“噗”地笑了：“我开玩笑呢，行了，我就不跟你争食了，怕你晚上睡觉把我当龙虾啃了。道歉我收下，龙虾你自己吃吧。”

“欸！”夏夜雪高高兴兴把龙虾放回来，朝许林昊看了一眼，“你看我干吗呀？快把你的龙虾分点给你们男同胞啊，你还真想我把自己的龙虾都分出去呢？”

“是是是！”许林昊忙不迭地照做。

等到大家都有龙虾吃的时候，叶秋秋突然“哎呀”了一声。

见大家都看着自己，叶秋秋有些窘迫，原来是她不太会用蟹钳，把龙虾钳子剪到桌底下去了。

坐在她身边的张清野见状，捡起钳子，娴熟地用那套工具将龙虾肉都剔出来，然后递给她。

“哇！想不到大叔你这么会用这些刀叉！老厉害了！”叶秋秋接过龙虾肉，“平时都是我妈帮我剔这些虾蟹，我都不会整那些刀叉。”

“看来你妈对你很好。”张清野道。

“好什么呀，天天不准我这样不准我那样，都快烦死了，可别说她了。”叶秋秋道。

张清野看着她，笑了笑，道：“行，那我教你用刀叉吧，以后管你的人不在你身边，你自己也可以吃这些。”

“好啊好啊！”叶秋秋看着他剪，不由得有些好奇，“大叔，我记得你之前说你是成都的，那边可没什么海鲜吧？你咋这么会使用这些工具？”

“哦，你嫂子不是喜欢旅游吗，她爱研究这些，这个也是她教我用的。”张清野平静道。

叶秋秋长长“哦”了一声，不敢再乱问。

两人的对话，被尽责的刘明默默拍了下来。作为另外两个摄影师之一的姚千树，她忙着吃面前的海鲜，梅天星不提醒她拍摄，她干脆装作忘记。毕竟民以食为天嘛，吃完再拍也没事，反正即墨哥和阿沅姐目前也没什么剧情线。

坐在姚千树对面的是夏夜雪和许林昊。

夏夜雪边吃边对许林昊道：“大明星，我看你这吃东西的样子，很不明星啊，就你这胃口，回去得运动很久吧？”

许林昊将剪好的蟹肉递给她，朝她灿烂一笑，露出洁白的牙齿：“没办法啊，我其实超爱吃东西的，毕竟以前就是因为胃口好，从小胖到大。”

“你还胖过啊？”想不到两人居然还有共同点，夏夜雪对他有些好奇起来。

许林昊点点头。

“那你是怎么瘦下来的？我一直想瘦来着，不过总是失败……”

许林昊想了想，看他的表情，感觉那是一段不太愉快的回忆，他道：“其实瘦下来也没什么好的，瘦下来想得到的东西，也还是离我很远。”

“哦……”想到他应该是有一段伤心事，夏夜雪没再追问下去。

“好啦，大家吃得开心的话，我们一起来碰个杯吧，喝完杯子里的酒，大家就把今天的不愉快都忘掉，好吗？”梅天星举杯站起来。

大家也都纷纷站起来：“好！”

姚千树将杯中酒一饮而尽，又看了一眼梅天星。她对自己复仇捣乱的计划，越发不确定了。

梅天星察觉到她的眼神，朝她微微一笑，忽如桃花开。

“今天的事，谢谢你了！”回到酒店的阳台上，姚千树冲梅天星诚心道谢，“还有那个视频，对不起……”

“所以，你偷录那个视频，是想给赵即墨看吗？”他脸上仍是淡淡温和的笑容。

“……嗯。”姚千树眼睛看向别处。

“那你觉得我目前有做什么过分的事情吗？”

“……没有。”岂止是没有，如果他不是赵即墨的媒人，应该是个蛮讨人喜欢的人吧。

“那就好，看来我暂时安全了？”

他的温柔和体贴让姚千树更加惭愧，她赶紧转移话题：“对了梅总，张清野和叶秋秋这一对，你打算怎么办啊？张清野那么忘不掉他妻子，看起来跟叶秋秋似乎不太可能了啊。”况且叶秋秋还有男友，姚千树觉得劝他早点放弃撮合这一对，才是为他好。

“逝者已逝，活着的人还是要继续生活呀。我相信，张清野的妻子也会希望他再恋爱结婚的。”

“哦……”姚千树在犹豫，要不要把叶秋秋有男友的事情告诉他。

这时，梅天星拿出明天的行程单，道：“行了，我们对一下明天的行程吧。”

姚千树看到行程单，突然想起了什么：“那个，今天墓穴的灯突然熄灭，是你做的吗？我记得灯灭的时候，你不在我身边，到灯亮的时候，你才跑过来。”

梅天星有些意外，没想到她居然发现了。

本来这个计划他也没打算瞒她，只是效果太好，让赵即墨现出了真心选择，他一时也不好再跟她解释这个计划，怕触到她的伤心事。现在她既然发现，他索性也不再隐瞒，点点头。

“那你安排这个景点，就跟那些带女孩子去鬼屋玩的男生是一个道理吗？让男方显示自己的男子气概，保护女生，好跟女生拉近关系？”

“差不多，”梅天星道，“你知道吗？当人处于惊险情况下时，会心跳加速，肌肉紧绷，肾上腺素上升。这些激荡的情绪跟爱上一个人的感觉差不多。如果在这个时候跟异性有接触，人们就会把这种情绪投射向对方，产生类似爱情的感觉。”

结果如他所愿，那三对撮合对象的关系都因此拉近了很多。

他果然是个操纵爱情的天才。

寻常男生只知皮毛，他们哪里知道，这一切都有科学和理论支撑。掌握理论的人，注定可以在现实中玩转理论。

“可是，你觉得利用这种激素产生的爱情，是真的爱情吗？”一想到当时赵即墨没有管她，而是直接抱住了孟沅，姚千树反问。

“其实我这样安排，也只是想让大家在惊险的环境下看清自己的真心而已。”梅天星耐心解释，“对了，我今天在墓穴看到赵即墨抱着孟沅的时候，手上泛起了一片红，他是怎么了？”

“有吗？我没注意到，等下去问问。”又是谎话先于大脑的思考脱口而出。姚千树有些懊丧，但事关赵即墨，这个谎言说了就说了吧。

“嗯。”梅天星点点头，脸上却闪过一丝失望。

AI QING / ZHIZUO REN

第八章 异性接触过敏症

转眼，这已经是他们来到巴黎的第六天。

因为前一天的行程过于刺激，所以今天的行程走放松浪漫路线，上午去参观卢浮宫，下午去巴黎歌剧院看歌剧，游戏环节也取消了。

卢浮宫内不能拍摄，姚千树和另外两个摄影师终于可以像大家一样，纯粹以游客的心情去参观闲逛。

孟沅走在赵即墨的另一边，她跟赵即墨的关系变得有些奇怪，不像是尴尬，也不像是在刻意回避，更像是那种想触碰又收回手的感觉。

其实对于昨天赵即墨没有坚定站在她身边，姚千树还是有些伤心的，而且在墓穴那时他又选择了孟沅，她到底，还要不要向赵即墨告白？

“卢浮宫是世界上最古老、最大、最著名的博物馆之一，是世界四大博物馆之首。我们来时的那个金字塔形玻璃入口，大家可以自豪一下，是华人建筑大师贝聿铭设计的。”梅天星站在前面解说，眼睛若有似无地看了姚千树一眼，“卢浮宫里收藏的艺术品超过了40万件，据说全部看完需要一年的时间，既然我们中没有从事艺术品行业的，大家就着重看下著名作品吧，如‘世界三宝’——断臂维纳斯雕像、《蒙娜丽莎》油画和胜利女神石雕，然后我们1点钟在这里集合。对了，那三个艺术品附近的人会很多，大家注意保管自己的财物，然后千万不要撞到艺术品，不然，你就只好留在这儿给卢浮宫打一辈子工了。”

“有这么好的事？我愿意一辈子住卢浮宫打工啊！梅导你说那三宝哪一个最贵，我去撞一下。”叶秋秋说道。

她一句话逗乐了大家，梅天星也笑了笑，确定大家都知道集合时间之后，就让大家去自由参观了。

叶秋秋一路脚步轻快地走马观花往前走，张清野就默默跟在她身后守着。夏夜雪说要先去看“三宝”，许林昊就陪着她直奔目的地。

至于赵即墨和孟沅这边，孟沅看了梅天星一眼：“我们就跟着梅导一起吧，即墨正好也可以跟梅导一起交流一下旅游和艺术方面的事，即墨你觉得怎么样？”

她难得主动跟他提建议，赵即墨自然是点头答应。

姚千树还在烦恼告白大计时，梅天星已经带着孟沅和赵即墨往前走了，她连忙跟上去。

“咦？前面好多人，《蒙娜丽莎》是不是在那儿？”孟沅开口道。

他们于是一起走了过去。不愧是世界名画，镇馆之宝，《蒙娜丽莎》不像其他展示的画，它的外面被玻璃罩特别保护了起来，还有将近一米的围栏让人无法靠近，画的面积也比其他的画小了很多，加上旁边一堆人举着相机各种角度地拍，姚千树跳了好几下，才稍微瞥到蒙娜丽莎的神秘微笑。

“小树，你别跳了，我拿相机给你拍，你回去放大看，别又扭到脚了。”赵即墨看着她说道。

“嗯。”姚千树点点头，觉得即墨哥还是很关心她、很在乎她的，正暗自开心时，余光却看到梅天星在似笑非笑看着她，不由得撇撇嘴，做了口形：“好笑吗？”

梅天星微笑着摇摇头。

四人慢慢向前走，在人头的缝隙中，总算是窥到了蒙娜丽莎的真貌。

后来的另外两宝，因为本身都是两到三米的雕像，又被置于石台之上，所以尽管人多，但也都能观看到全貌。

看完残缺的维纳斯以及胜利女神，姚千树除了感叹匠人巧夺天工的技艺，心里也莫名多了些告白的信心，就算告白没有好的结果，可是残缺的东西，也不见得不美好啊。她怕秘密憋了太久，再不说出来的话，也许就真的没有机会了。

看完“三宝”后，四人又随便逛了逛，也许在艺术的海洋里，时间走得快一些，不知不觉就到了集合时间。

四个人最先回到集合点，等了没一会儿，另外四个人也一起回来了，不知是因为他们越来越熟悉，有团体意识了，还是因为不太懂那些艺术品……

夏夜雪看到他们，立马走上前，一脸后怕道：“刚刚你们是不知道，秋秋走路没看路，差点摔到一个雕像下，幸好张大哥拉了她一把，不然，她就真的如愿以偿要在卢浮宫打工了！”

她边说还边拍着自己的胸脯，一副惊魂未定的样子。

叶秋秋依然是无知者无畏的样子，指着夏夜雪道：“还说我呢，这位姐姐，看到一幅贵妇像就感慨，说她这身材生在那个年代就是丰腴美人的代表，都快把我笑死了，我还以为我够幽默了，看来还是比不过小雪姐。”

看来大家果然是越来越熟，都可以互相开玩笑了。

“难道我说的不对吗？梅导，你说我说的是不是这个理儿？她们那小肚子上可都是肥肉呢！”夏夜雪对梅天星道。

梅天星微笑着拉着帽子还没来得及回答，许林昊就抢答道：“那是绝对的！小雪放现在也美！”

“啧啧啧，这份狗粮我不吃，梅导我们快出去吃午餐吧，我快受不了他们了。”叶秋秋道。

“什么狗粮啊，别乱说好不好？”夏夜雪嘟嘟囔囔地跟在他们身后。

梅天星带着大家走出卢浮宫，准备在去巴黎歌剧院的路上吃午餐，还没走到停车场，半路突然出现了一个瘦削的法国中年妇女，她拉住赵即墨的手，用法语说着些什么。

赵即墨这些年回避女人成了下意识动作，手一挥，就把女人甩到了街边，这时一辆车正好经过，刹车不及，擦着妇女的大腿停了下来。

梅天星赶紧扶起妇女，跟她用法语道歉和查看伤情，司机这时也下了车。

妇女的声音越来越大，交警这时也走了过来。

赵即墨走到他面前，用英语跟交警解释刚才的事情，他以为妇女是个乞讨者，被吓了一跳，推开她是下意识，并不是故意的。

交警听完，神情依然很严肃："That is not a gentleman supposed to do，sir（先生，这可不是绅士所为）。"

"我来解释吧。"梅天星走到警察面前。

赵即墨退到一边，其他人看着梅天星一会儿跟妇女交流，一会儿跟司机和交警交流，事情似乎十分棘手的样子。

"赵大哥，我真的不明白，你有那么看不起女人吗？"叶秋秋没忍住，"我第一次见你时，为什么缠着你，就是觉得你对我朋友不够尊重。亏我朋友还一直记着你，后来我知道你的名字告诉了她，她去打听了一下，说你曾经用女人就是要在家带孩子、只要处女之类的话去相过亲，我还不信，可是今天我亲眼所见，不信也信了！"

她一说完，夏夜雪也加入了声讨阵营："就算我是结婚狂，可如果我相亲对象说这种话，我也是绝对不愿意嫁的！"

孟沅有些不可置信："即墨，你真的说过那样的话？"

"我……不是那样的，我那只是拒绝别人的借口而已。"赵即墨一脸焦急。

"可你现在粗暴推开那个大姐是事实啊！"夏夜雪道。

见大家都在围攻赵即墨，姚千树急得跺脚道："你们都误会他了！即墨哥有异性接触过敏症，所以才会躲避女人，不信你们看，他的手现在就泛红有过敏反应！"

姚千树走过去，捋起赵即墨的衣袖。

他的小臂果然已经红了一片。

最震惊的还是孟沅，她后退一步：“即墨，你什么时候有这个过敏症的，为什么不告诉我？”

赵即墨苦笑：“我就是怕你这样，才没告诉你。”

交警也看到了他手上的红疹，跟梅天星交流一番后，确定是中年妇女为了乞讨先抓的人，她也没受伤，这才终于放他们离开。

“行了行了，不知者无罪，看来我们现在是越来越了解彼此了，大家赶紧‘握手言和’吧，司机在催我们了。”梅天星在虚空中做了个握手的手势。

大家这几天被团里的各种突发事件和众人稀奇古怪的病烦扰得有些心累，轻车熟路地跟赵即墨道完歉就默默上了车。倒是梅天星，最后朝妇女离去的方向又看了一眼。

坐在车上，姚千树却一直惴惴不安。

这下，赵即墨的秘密孟沅也知道了，估计她很快就会猜到，赵即墨不向她告白，是因为他的过敏症吧。

“对于赵即墨的过敏症，你有什么要跟我解释的吗？”梅天星给姚千树发去微信。

“这是他的私人隐私，他连阿沅姐都瞒了快十年，我又怎么可以告诉你？”姚千树回道。

这的确是个冠冕堂皇的理由。梅天星在不知道这件事之前，对这一对肯定是找不到突破口的。可是他现在知道了。

梅天星没有回话。

车子不一会儿就行驶到了歌剧院附近。

梅天星带着大家走进去：“巴黎歌剧院全名为加尼叶歌剧院，是以建筑师沙尔勒加尼叶的姓氏命名的，这是举世公认的第二帝国时期最成功的建筑杰作。大家也可以看到，建筑正面雄伟庄严、豪华壮丽，透过歌剧院广场及歌剧院大街，可以直视国王宫殿以及我们刚才去过的卢浮宫。”

“剧院以前是法国上流社会欣赏歌剧的场所，大家看到面前的大理石楼梯没？是不是非常闪亮？据说是被当时贵族仕女的衬裙擦过才这样光亮。”

他刚说完，叶秋秋就道：“那早知道，我也穿我的洛丽塔裙过来擦一下了。”

梅天星笑笑：“以后你再过来的话，可以试试，说不定会被人当成贵族少女。”

叶秋秋想了想，笑道：“不错不错，我下次要跟——要穿裙子过来试试。”

梅天星没注意她话里的停顿，继续道：“剧院不管是内部装饰还是外表建筑，都极尽华丽，光是这个演出大厅的悬挂式分枝吊灯，就差不多八吨重。”

梅天星给大家定的座位在观剧体验最好的第二层的“Royal Circle”（皇家半圆），不过今天他们要看的歌剧并不是《歌剧魅影》，梅天星的说法是这个歌剧太出名了，大家肯定在家里电脑上都看过，他给大家选的是一个西方人想象中的中国传奇故事Turandot（《图兰朵》）。

关于这个歌剧的资料，刚刚大家在剧院里都领了一份。这是意大利著名作曲家贾科莫·普契尼根据童话剧改编的三幕歌剧，是普契尼最伟大的作品之一，也是他一生中最后一部作品。

《图兰朵》讲述的是元朝时的一个公主图兰朵，图兰朵蒙古语意思为“温暖”，她为了报祖先被掳走之仇，下令如果有个男人可以猜出她的三个谜语，她就会嫁给他，如猜错便处死。三年下来，已经有多人丧生。

流亡的鞑靼王子卡拉夫，与父亲帖木儿和丫鬟柳儿在北京城重逢后，看到了因猜谜失败而遭处决的波斯王子和亲自监斩的图兰朵。卡拉夫王子被图兰朵公主的美貌所吸引，不顾父亲、柳儿和三位大臣的反对来应婚，答对了所有问题，原来这三道谜题的答案分别是希望、鲜血和图兰朵。但图兰朵拒绝认输，向父皇耍赖，不愿嫁给卡拉夫王子，于是王子自己出了一道谜题，只要公主在天亮前知道他的名字，卡拉夫不但不娶公主，还愿意被处死。

公主捉到了王子的父亲帖木儿和丫鬟柳儿，严刑逼供，柳儿自尽以示保守秘密。卡拉夫借此指责图兰朵的无情。天亮时，公主尚未知道王子之名，但王子的强吻融化了她冰一般冷漠的心，而王子也把真名告诉了公主。公主最后并没公布王子的真名，反而公告天下下嫁王子，王子的名字叫Amora，意思为爱。

相比爱而不得最后以悲剧收场的《歌剧魅影》，姚千树更喜欢今天的这个故事，勇敢追爱的人，最后会得到爱情，多好的寓意。她决定，一定要找个机会向赵即墨告白。

此时的舞台上，王子刚好把自己的名字告诉公主，两人相拥在一起，观众们都很感动。姚千树看向赵即墨，却看到他在递纸巾给孟沅，孟沅似乎是在被歌剧感动落泪了。

孟沅擦拭过眼泪，眼角却留下了纸屑，赵即墨伸手替她擦去，两人双眼对视，时间似乎静止了。姚千树感觉自己的心都快静止了。

姚千树不知自己是怎么看完歌剧的，怎么吃完晚饭，她失魂落魄地跟着大部队走回酒店。刚一进入大厅，就看到两个警察一脸严肃地在等着他们。

酒店侍应生看到他们立刻上前，将梅天星拉到一边，跟他用法语交流起来。

梅天星听完他的话也一脸慎重，他走到许林昊面前，让他跟自己一起去警察那儿接受问话。

许林昊不明所以地跟着他走过去，剩下的人面面相觑，一脸紧张。他们今天跟警察未免也太有缘了……

“啥情况啊？怎么警察都来了？”叶秋秋凑到姚千树面前。

姚千树摇摇头，表示不比他们了解更多。

“许林昊不会是国际逃犯吧……”叶秋秋小声道。

夏夜雪瞪大了眼睛，喃喃道：“不会吧，他看起来不像啊。”

她转头看向许林昊，只见许林昊在听完梅天星的翻译之后，打开了自己背包，开始翻找起来。

大家悬着一颗心看他翻找，暗自祈祷他不要再掏出什么奇怪的东西。

终于，许林昊似乎翻到了要找的东西，他拿出来，手上是一本护照。

警察拿着护照，对着他的脸看了好几次。外国人对亚洲人有脸盲症估计是真的，两人对着许林昊左看右看上看下看，看了几分钟，又询问了许林昊许久，最后，居然拿出了手铐，要把许林昊带走。

“梅导！你快跟他们说，我现在是因为拔了四颗牙，脸型变小了，护照上的人就是我啊！”许林昊吓得大喊。

梅天星走上前，语气诚恳又不失严肃地跟那两名警察交涉了许久，最后警察记下了他的证件才终于离开。

见许林昊安全了，其他人这才敢纷纷凑上前询问。

梅天星向他们解释，原来是许林昊的护照照片跟一个亚洲逃犯很像，警察追踪到了酒店，对比了一番，因为实在无法确定，想把许林昊带去警察局，最后梅天星报出了驻法大使的名字，警察才作罢。

“我的妈呀，这护照上的照片跟你真是同一个人？”叶秋秋拿着他的护照，一脸惊奇。

大家也纷纷凑上去看，许林昊护照上的照片，脸比现在大很多，还有些不自然的肿胀。

许林昊夺过护照，道：“哎呀，那时候我还没拔牙，也没化妆，照片的拍摄角度也有问题，总之这就是以前的我啦。”

“拔牙真的有那么神奇？你在哪儿弄的？我也去试试。”叶秋秋凑上去，认真道。

张清野难得开口道：“你的脸已经够小了，随随便便把牙拔掉，你到我这个年纪就该后悔了。”

叶秋秋没有回答，冲他扮了个鬼脸。

“好啦，今天也发生了很多事，大家就早点回房间洗澡休息吧。”梅天星说道。

众人点点头，朝电梯走去，夏夜雪则一脸若有所思地跟在大家身后，她的表情只有梅天星注意到了。

许林昊回到房间后，趁着黄贺去洗澡，打开了自己的钱包。

钱包最里面，藏着一张胖男孩的照片，男孩旁边是一个胖女孩，两人笑得无忧无虑，一脸青春气息。

“啊……累死了……”一回到房间，姚千树就躺到了床上，她打算等梅天星通知她再去阳台。叶秋秋回来坐下补了个妆就又出去了，不用说，肯定是去私会男友了。

想到白天在歌剧院的情景，姚千树在床上翻来覆去。她之前是打算告白来着，可是突然又想起梅天星跟她说过的不要倒追的理论，她开始纠结了。正不知该怎么办时，手机突然收到了一条微信。

不是梅天星发来的，是一个几乎从未联系过她的人发来的。

——是单明煦。孟沅的前男友。

孟沅在跟他交往时，有带他来跟她和赵即墨一起吃饭，饭后大家还互加了微信。他应该是看到她的朋友圈，知道了她和孟沅都在巴黎。

单明煦问姚千树他们现在住的酒店，他说后悔跟孟沅分手，希望姚千树帮他。

姚千树一个鲤鱼打挺坐了起来，她知道该怎么做了！

人不为己，天诛地灭。梅天星，对不起了！

此时，正在房间里跟赵即墨聊天的梅天星，打了一个喷嚏。

梅天星用纸巾擦了擦，继续道：“赵先生，我看得出，你很喜欢孟小姐，我希望你不是因为自己的过敏症，才一直躲避她。”

“可是这个病，确实是不能忽视的问题啊。”赵即墨苦笑道。

“你知道吗？其实比起导游，我更擅长的是心理治疗。”

“我也是去看过心理医生的，不过没什么用……”

“那你介意跟我说说，你是因为什么事情开始对异性过敏的吗？”

梅天星道。

过敏症的起因并不是什么不能说的秘密，赵即墨便一五一十地跟梅天星说了。

“我的导师以前治疗过一个心理性晕血症患者，方法是让他从每天接触一点红色开始，先是红色手机壳，再是红色杯子，慢慢治好了他的晕血症。你的过敏症也可以这样，一点点接触异性，从熟人开始，比如孟小姐，先触碰，再牵手，再……”梅天星笑了起来，没有继续说下去。

“这个以后再试吧……”赵即墨的耳朵都红了。

“那你记得试哦。希望我们今天看的歌剧，那个勇敢追爱的王子有给你带来一些勇气。”梅天星对他露出模式化的微笑。

赵即墨愣了愣，半晌，他郑重地点了点头。

梅天星满意地离开了房间，却不是去阳台，而是去了孟沅和夏夜雪的房间。

敲门之后，是夏夜雪来开的门：“夏医生，孟小姐在吗？”

“怎么了？”孟沅在房间里说道。

“孟小姐，我可以约你去阳台单独聊一下吗？”梅天星道。

“没事，你俩在房间聊吧，我正好想下去散散步。”夏夜雪走出房间。

“那好，不要走远，也不要去黑暗的地方。”梅天星嘱咐道。

看着夏夜雪坐上电梯，梅天星把这个消息告诉了许林昊。

“梅导，找我有何贵干？”孟沅见他迟迟不进来，于是走到门边，问道。

梅天星提起手中的葡萄酒，笑道：“为了感谢你在西岱岛上答应我的事，我来送礼。”

“不用啊，小树也是我的朋友。”孟沅看了他一眼，挤眉道，“你怎么这么关心她，喜欢她啊？”

梅天星笑了笑：“当然不是，我跟她的渊源，事成之后一定告诉你。”

“好吧，那这瓶酒就当是凭证了。”孟沅拿过他手里的酒。

“你今晚就要喝吗？”

“怎么？你送酒给我，还不让我喝？”

“没有没有，你喝，我回去让赵先生提前吃点过敏药，等下你醉了好来照顾你。”梅天星意有所指地笑了。

“去你的！”孟沅也笑了。“说真的，你说你以前也是学心理的，在你看来，即墨的病严重吗？”

“还可以救一下，如果你愿意帮忙的话。”

“哦？”

梅天星倾身对孟沅耳语了几句。刚说完，他就看到姚千树兴冲冲走出自己的房间，见到他站在孟沅房间外，愣了愣，又赶紧回了房间。

“那今晚就这样，你少喝点，晚安。”梅天星对孟沅挥了挥，直接去了阳台，同时通知姚千树过去。

酒店附近，夏夜雪正在毫无目的地闲逛。

许林昊护照上的照片，让她想起了那个胖同桌。一晃八年过去，不知道他现在在哪里，又在做些什么。

她惆怅地停下来，面前正好是一家婚纱店。

她想起同桌曾经跟她说过：“我还是更喜欢西方的婚俗，新郎要到最后一刻才能看见新娘的婚纱，他们会惊艳会感动会哭泣，那种感觉，比中国新人一起去挑婚纱、拍婚纱照，实在是好太多了。希望我以后的婚礼也会是那样。我会在最后一刻，才看见她穿婚纱的样子，看着她向我走来，把她的一生交到我手里，然后我会哭着对她说，我会照顾你一辈子。”

她听完拿书敲他的头：“同学，请问你几岁？想什么呢？！再说，你要结婚，首先得有个女朋友，OK？”

夏夜雪笑了笑，走进婚纱店。这家店虽然不大，但款式都很特别。

她拿起一条简洁的白色婚纱，用英语跟售货员沟通起来，许是沟通不太顺畅，销售员磕磕绊绊说了几句，见夏夜雪还是听不懂，终于有些不耐烦道："No your size（没有你的尺码）！"

这句夏夜雪总算是听懂了，她的笑容僵在脸上，正准备将婚纱还给售货员时，许林昊从门外走了进来。

他并没有马上跟夏夜雪打招呼，而是拿起那件婚纱"唰唰唰"就开始撕了起来。

售货员吓得目瞪口呆，以为来了个神经病，拿起电话就要报警，许林昊拿出信用卡拍在她面前："I'll buy it（我会买下它）！"

售货员拿过卡，迅速刷了起来，见卡可以刷，于是下了单，任由他折腾那件衣服。

"夏医生，我虽然是模特出身，但也略懂一点设计，你放心，你要是喜欢，我就可以让你穿上！"许林昊手上不停。

十分钟过去，在许林昊的加工下，婚纱增加了新的设计，夏夜雪真的穿上了。

许林昊一脸开心地看着拍手："你是我见过的最美的新娘！"

想起胖同桌曾说过的话，夏夜雪将婚纱脱了下来，道："婚纱还给你，我希望以后第一个看到我穿婚纱的男人，是我老公。"

许林昊不明白她怎么突然变了脸色，急忙追上去。

"Sir，your card（先生，你的卡）！"售货员举着他的卡道。

许林昊折回来拿着卡，抱着婚纱追了出去。

夏夜雪匆匆往酒店走去，路上遇到了背着琴闲逛的张清野，后者见到她，脸上闪过一丝紧张，不过夏夜雪一直也不怎么待见他，干脆装作没看见，径直走回酒店。

许林昊追过来，冲张清野打了声招呼，又继续向前追去。

张清野看到两人走远的身影，松了口气，他偏头看向不远处巷子里的叶秋秋和肖迪，稍微走远了一些。

其实他并不愿意管别人的闲事，可偏偏他又是这群人里，知道叶秋秋最多事情的人。一个小女孩，为了爱情偷偷摸摸好不容易才来到异国奔现，他能帮着望风就帮一下好了。

不多时，叶秋秋就走出了巷子，往酒店走去，她并不知道张清野在不远处替自己望风。正当张清野也准备回去时，肖迪也走了出来，背对着他往另一个方向走。

肖迪正在打电话，没注意到身后的张清野，口里用法语说了句“舍丹姆”。

张清野听到后，愣了愣。这三个字梅天星之前教过他们，是“我爱你”的意思。

他看向刚走进酒店的叶秋秋，她正在跟服务生打招呼，并没有接电话。

难道是他听错了吗？

思考了半晌，张清野还是没理出什么头绪，他决定确定之后再提醒叶秋秋。

酒店的阳台上，梅天星和姚千树并不清楚楼下发生的一切。

“姚助理刚刚是要去找孟沅吧？怎么见到我又走回去了，是要说什么不能让我听到的事情吗？”梅天星笑问道。

其实白天他就察觉到了姚千树的不对劲，所以对于赵即墨和孟沅这一对他决定自己全程跟进，以免她再瞒着他什么信息。

“没什么，就是说些女孩子间的悄悄话，不是工作需要套话嘛，你在的话，不好说。”

“哦？”梅天星走近她，“你确定你会把你们之间的录音交给我？”

他的眼神像是洞穿了一切，姚千树索性不再掩饰，说道：“就算我有所隐瞒又怎样？我觉得阿沅姐和即墨哥就是不合适呀，难道你为了自己的APP去撮合他们就合理吗？我没去戳穿你已经够给你面子了，难道你真觉得，我可以心大到帮着你撮合他们俩？”

梅天星有些无奈：“难道你没发现，我从来没有让你做过有关赵即墨和孟沅的任务吗？还不是刚才你自己先提的……”

好像是这样……其实刚刚她去找孟沅，只是想跟孟沅聊单明煦的事，帮单明煦探探口风，刚才反咬一口，不过是为了掩盖这件事罢了。

也不知道单明煦什么时候到巴黎……

“对了，我们明天去上次没去成的蒙马特高地，还要继续画画的游戏吗？”

“要啊，”梅天星看了她一眼，“怎么，你又要搞破坏？”

“喂，我什么时候搞过破坏了！”姚千树捶他的肩，却被他握住，“女侠别捶了，昨天被你捶过的地方还在隐隐作痛呢。”

他这样一说，姚千树面上一红，立刻收回了手。

AI QING / ZHIZUO REN

第九章 沿途与你私奔般逃跑

“各位，在带大家去圣心大教堂之前，我想带大家去蒙马特高地上的另一个地方——爱墙，虽然这个景点不算太豪华，但来都来了，大家想不想去看看？”梅天星带着大家走上蒙马特高地，转头问道。

“那就去看看呗。”叶秋秋道。

今天的行程是继续游览上次机车游被打断的景点，不过因为是坐车直接到了高地，时间又充裕，梅天星才加了这个景点进来。

听名字大家还以为是个很地标性的景点，但走近爱墙的时候，大家才发现爱墙所处的地方其实不显眼，墙前是一排绿树，旁边还有一个儿童乐园。这个街头小公园在巴黎的各种公园对比下，显得十分普通。

不过，相比起教室黑板，这面大它十倍的深蓝色瓷砖墙上，写满了三百多种语言的“我爱你”，看起来还是蔚为壮观的。

姚千树在墙的最左侧，看到了竖排的中文“我爱你”三个字，她看了赵即墨一眼，他正在拍照，孟沅站在离他稍远一点的地方。

姚千树正犹豫着要不要借机跟赵即墨说些什么的时候，梅天星开口道："大家可以看到，爱墙上方有个穿深蓝色吊带裙的美女，她旁边有三行法语小字，意思是'爱情是没有条理的，让我们去爱吧'。不过，之前的图像和话可不是这样的，大家也可以看到旁边那块涂抹过的痕迹，她以前的格言是'保持理智，勿要强求'，可能是这句话太真实，让很多人不自在所以才被换掉。但说实话，两句格言我更喜欢原先的那句，毕竟咱们老祖宗可是老早就说过，强扭的瓜不甜，不知道你们更喜欢哪一句？"

许林昊和叶秋秋异口同声说道："喜欢新的这句，爱可以冲破一切阻碍！""还是喜欢新的这句。"孟沅也点点头。

而赵即墨和夏夜雪，则表示更喜欢原先的格言。

夏夜雪说出自己的选择的时候，还看了一眼许林昊，眼里闪过一丝纠结。保持理智的话，这个人是她绝对不会沾染的类型，可为什么她给自己打了那么多预防针还是会动摇呢？是因为他护照上的照片像那个人？还是他一直以来锲而不舍的追随，终于打破了她的理智？

肯定是因为他有时的感觉太像那个人了，她要先问清楚才行。

"张大哥，你呢，你喜欢哪一句？"见张清野一直沉默，梅天星问道。

张清野低着头，等了一会儿，就在大家以为他不会回答的时候，他才低声道："照我以前的性格，肯定会选不顾一切去爱，可是经历了后来的事情……如果能替我的妻子做选择的话，我希望她在跟我在一起前，能听家人的劝告，放弃我这个浪子，保持理智，也许就不会那么早离世了……"

他如此伤感的一段话，让本来更喜欢新格言的姚千树也迟疑了，如果预料到以后会悲伤，会不会现在保持理智才是最好的选择？

夏夜雪暗自撇撇嘴，不被他的"做戏"打动。

"我相信你的妻子在面对这个选择时，即使知道未来会发生的事情，也还是会选择去爱你。"梅天星说道，重新看向爱墙，"你们看到没？这个墙上除了'我爱你'，还有很多不同形状的红色块，用来比喻破碎的心，创作者想表达的是，爱最终能够重新组合这些破碎的心。所以，不管大家喜欢哪一句话，只要遵从自己的心意就好。如果最后还是会心碎，我希望大家能勇敢一点，想一想曾经得到的爱或者是身边的爱，或许可以慰藉你的心。”

梅天星的这番话让张清野似乎回忆起了什么，他的嘴角终于有了一丝笑容。

“好啦好啦，梅导，我们去大教堂吧！”叶秋秋提议道，“是不是我们的小游戏就在那里开始啊？”

“是的，今天的游戏还是跟原先安排的一样，为同伴画像，哪一对画得最快最像，就可以赢得一张心愿卡，可以满足‘星星’可实现范围内的一个心愿，在今天有效。”梅天星边说边带着大家往更高处的圣心大教堂走去。

“这个奖励也太吸引人了吧！大叔，你画画厉害吗？”叶秋秋立刻扯着张清野问了起来。

张清野为难地摇头，叶秋秋毫不气馁：“没事！我们好好画，搏一搏，说不定就赢了！”

“相信在远处大家就看出来了，圣心堂跟巴黎圣母院的风格截然不同。它的洁白大圆顶有罗马式与拜占庭式相结合的风格，很有中东情调。这里还是埃菲尔铁塔之后，巴黎的第二个制高点，之前大家没能登上埃菲尔铁塔俯瞰巴黎，现在这里正好可以弥补大家的遗憾。”

伴随着梅天星的解说，大家终于爬完了圣心大教堂面前百来级的台阶，个个气喘吁吁。

而在宽阔的台阶上，有许多艺人在演奏着各种乐器，教堂边还有很多梅天星所说的年轻画家在此写生。

“我们先一起进教堂看看，然后再开始游戏吧，毕竟教堂里面可是供奉着耶稣的圣心，一定要去参观的。”梅天星带着大家穿过教堂正面的拱形大门，走进教堂内。

教堂里面有许多浮雕和壁画，还有世界上最高的马赛克拼图画以及令人叹为观止的玻璃彩窗，姚千树跟着大家一起走到教堂中心最高的大圆顶，入目是极其开阔的巴黎风景，耳边时不时还传来吉他或者是月琴之类的乐器声，心灵瞬间放松下来。

等大家都拍完照，梅天星才带着大家走到画家聚集的小丘广场，开始游戏。

在叶秋秋的笔下，张清野是个带二次元风格的帅大叔，而在后者小学生水平般的笔下，叶秋秋则是个抽象的小女孩。

孟沅笔下的赵即墨倒是抓住了神韵，简单的几个笔画，就将他沉默内敛的气质勾勒了出来，看来平时看剧组分镜还是有些收获的。相比之下，赵即墨的绘画速度就慢了许多，不过看得出线条感觉不错，在他还在慢慢认真一笔一画地描绘孟沅时，隔壁许林昊和夏夜雪宣告画稿完成。

大家围过来，不由自主地竖起大拇指。

夏夜雪是学医的，自然对画人体驾轻就熟；许林昊是模特出身，经常看模特服装草图，两人的搭配，完全碾轧另外两组。

“恭喜你们俩，今天的冠军实至名归。”梅天星将心愿卡递给夏夜雪，“你们想好要什么心愿了吗？”

“夏医生，你来想吧，我都同意。”许林昊对夏夜雪道。

夏夜雪想了想，道：“我听说这里的酒吧挺出名的，不然，今天梅导你带我们去逛下这边的酒吧吧，当然，不要上次那种喧闹的就行。”

孟沅以为夏夜雪是知道她喜欢喝酒才提的提议，阻拦道：“小雪，你为什么还要去酒吧啊？不会是为了让我开心吧？我不用你这样啊。”

夏夜雪摇摇头：“也不是啊，是我自己想体验。”

其实她是想借机灌醉许林昊，从他嘴里套出点信息。

“好吧，既然冠军发话，那我就使命必达了。”梅天星笑道，开始打电话张罗起来。

梅天星最后找的酒吧不算很大，只有十张桌子和一个很小的舞台，也很清静，上面的歌手跟客人看起来很熟的样子，唱得轻松又随意，好像在自己家里一样。

大家分成了三桌，梅天星和姚千树、赵即墨、孟沅在一桌，另外两对在一桌，黄贺和刘明摆好摄像机，在另一桌拍他们，三桌算是靠在一起。

梅天星给大家点了几瓶啤酒和小吃，中途又用法语接了几个电话。

虽然以前他的电话也很繁忙，特别是晚上回到酒店以后，但此刻姚千树还是很好奇他为什么还要跟法国人交流，毕竟酒吧都已经定好了，而且他还跑到酒吧外面去接电话，十分神秘的样子。

在梅天星接第二个电话的时候，姚千树就借口去厕所，跟去偷听。

虽然听不懂，但姚千树还是敏锐地捕捉到了，他说了两遍酒吧的名字“pigall”。难道是还有人要来？

看到梅天星要挂电话，姚千树赶紧回到自己座位。

孟沅还在默默喝酒，看到她回来，对她道：“小树，来，我们一起喝点儿。”

“你们少喝点吧，小树喝醉了可是会控制不住自己的。”赵即墨道。

他不说还好，这样一说，反而激起了姚千树的胜负心。她坐下来，自己倒了一杯啤酒，要跟孟沅干杯。

孟沅笑了笑，跟她碰杯，喝了一口后，说道：“小树，你今年25了吧？”

姚千树点点头，有些疑惑地看向她：“怎么了？”

“我就是好奇，为什么你还没谈过恋爱？有喜欢的人吗？”

“就是还没遇上喜欢的人啊。”姚千树讪笑两声。

“在聊什么呢？”梅天星打完电话，走了回来。

“就是想给小树介绍个男朋友，对了，梅导你有女友没？”孟沅问道。

梅天星笑了笑，道：“你是在帮她问，还是在帮你自己问呢？”

孟沅也笑了：“难道还有区别？”

“如果是帮她问呢，我就私下告诉她，如果是帮你自己问呢，”梅天星喝了一口啤酒，“那就等你私下约我的时候，我再告诉你。”

他话音刚落，赵即墨就默默喝完了自己杯中的啤酒。

孟沅笑着摆摆手：“算了算了，梅导就别跟我开玩笑了。”

这时，一个短发服务生端着梅天星刚点的酒走上前，不小心碰了赵即墨一下，他低沉地道了一句歉就走了。

姚千树觉得他的声音有些奇怪，抬头看他时，却只看到他离开的背影。

隔壁桌的叶秋秋和张清野依次去了厕所，夏夜雪正好可以借机套许林昊的话，于是她冲许林昊摇了摇面前的骰子盒，道："我们来玩摇骰子吧？输的人喝酒，或者玩'敢不敢'。玩吗？"

许林昊自然是不会拒绝她，点点头，开心地跟她玩起来。

第一局，夏夜雪旗开得胜，她立刻问道："你之前说过你以前很胖，我不信，你敢不敢给我看看你之前的照片？"

许林昊果然不敢："那些丑照就算了吧，我喝酒，喝酒。"

夏夜雪不气馁，继续摇，第二把居然又是她赢，她道："我还是刚才那个要求，如果你不给我看，只要我赢，我就会一直提重复的要求。"

许林昊为难地想了想，突然眉开眼笑："夏医生，你这么好奇我的过去啊？"

"对啊，所以你敢不敢给我看？"

"其实……"许林昊捏了捏额头，"真没什么好看的，你一定想知道的话，那天你不是见过我的护照吗？那个照片脸就很肿，跟我以前差不多，你就照着那个照片，往年轻10岁去想就行了。"

"年轻10岁？"夏夜雪反问道，"那你现在几岁？"

"……23岁，怎么了？"

夏夜雪暗自呢喃："不可能啊……"她同桌与她同岁，所以那时还没瘦下来的许林昊，真的只是跟她同桌神似而已。

"不可能什么？"

她抬头看他："没什么，行吧，我们继续玩。"

也许是心愿已了，夏夜雪的斗志也没了，之后的骰子都是她输得多，面对许林昊提的敢不敢喜欢他之类的要求，夏夜雪统统给予一个回应——喝酒。

她忘了自己前几天才醉过，记忆飘回了高考之后的那顿散伙饭上，因为那个没有出现的同桌，她第一次喝醉。她来巴黎后，也梦见过他。

说来也奇怪，在国内时，她已经很久没有梦到那个人了，可是不知道为什么，这几天经常会梦到他，梦到他去食堂买了鸡腿，笑着悄悄塞给她的样子。

“嗝——”夏夜雪打了一个长长的酒嗝，嘴巴一扁，声音也带了点哭腔，“许林昊！你知道吗？我被骗钱后，又相亲了二十几次，次次都被对方嫌弃我胖！我胖怎么了？吃你们家大米了吗？凭什么嫌弃我胖！我讨厌那些只看外表的人！你……你长得好看又怎么样？我长得丑的，也照样拒绝你长得好看的！”

“我……我没嫌弃你啊……”许林昊被她的指责弄得迷茫而无措。

“呜呜呜——你就是嫌弃我！不然为什么不告而别！”夏夜雪越说越委屈，干脆放声哭了起来。

隔壁桌的人见状，都跑来安慰。只是他们都不知道她在怪谁不告而别，除了姚千树和梅天星。

“小雪，别哭了，你告诉我那个人叫什么名字，我帮你去骂她！”姚千树抱住她。说起来，套名字还是梅天星交给她的任务来着，只是这两天意外丛生，她都没心情去打探，正好现在是个机会。

“他……他叫——”

许林昊一脸紧张地看着她。

然而，夏夜雪还没说完，头一歪就醉了过去。

“小雪！小雪！”许林昊上前扶住她。

“我去买点解酒药吧。”梅天星说完，转身正准备出门，却发现似乎许久都没看到叶秋秋和张清野了。

“之前叶小姐一直在低头玩手机喝酒，后来她拿着手机去了厕所，不知道过了多久，张大哥也去了厕所，后来，小雪就喝醉了，我也不知道他们去了多久……”许林昊道。

其实叶秋秋和张清野一前一后去厕所，梅天星也看到了，只是他心里在想别的事，一时也没注意两人许久没回来。

梅天星和姚千树一起去厕所找人，然而男女厕所都没有两人的身影。

“他们应该偷偷跑出去玩了吧，我打个电话问问。”姚千树拿出手机，打给了叶秋秋。她估计叶秋秋又是跟男友私会去了。

然而，叶秋秋的电话却是无法接通的状态。

“这大晚上的，不会遇到上次酒吧那种危险吧？”孟沅说道。

蒙马特高地所在的第十八区，治安并不太好，这一带混混和难民经常出没。

梅天星面色一凛，立刻掏出手机打张清野电话。

许久，张清野才接通。

“喂，你在哪儿？”梅天星问道。

“啊，梅导，我……我在——”

“你跟叶秋秋都不在厕所，到底去哪儿了？”

张清野那边似乎在犹豫，梅天星加重了语气：“这一带晚上很危险，特别是你们两个不了解情况的外国人，快点告诉我你们在哪儿？”

张清野意识到事态严重，当即也不再替叶秋秋隐瞒，说道：“秋秋应该是去见她男朋友了，我也是发现她不在厕所，才找出来的，我现在在酒吧往下的那条路，可是一直没看到他们两个人。”

大家这才得知叶秋秋居然有男朋友，而且男朋友还在巴黎，但眼下找人要紧，大家也顾不上多问。

“这样吧，我们可以分两头找，我也算了解这里，我可以带一个人去找，许先生和夏医生就留在酒吧，以防叶小姐自己回来。”赵即墨立即给出解决方案。

“那——”姚千树正想说自己跟即墨哥一组，把孟沅让给梅天星，就听梅天星道：“那小树就跟我一组吧。”

姚千树转头瞪了他一眼，但此时，她也想不到拒绝的理由，于是两队人就这么分好了，赵即墨和孟沅往酒吧往上的路找，姚千树和梅天星往酒吧往下的路找。

两队人分开之后，梅天星又打了一次电话，还是用法语说的，叽里咕噜不知道说了什么，姚千树想跟近一点听时，梅天星就挂了电话。随后，两人就看见了前方焦急等在原地的张清野。

张清野见到两人，脸上有些内疚，走上前道："抱歉，我一直瞒着秋秋的事情，其实她这次来巴黎，就是为了见她男友的，她说她母亲不同意他们在一起，怕被你们知道后告诉她母亲，所以这几天才会选择悄悄跟她男友私下见面。"

梅天星看了姚千树一眼，沉声道："这件事以后再说，我们先找到人。"

张清野点点头，喊着叶秋秋的名字寻找起来。

三人很快走到一个分岔路口，梅天星没有犹豫："走右边这条。"

张清野不疑有他，立刻跟了上去，姚千树却对他的毫不犹豫感到不对劲。

正准备问他为什么要选这条路时，她就听到了几个男女的声音，好像其中有叶秋秋！

三人赶紧跑过去，在一个没有路灯的小巷子里，终于看见了与四个黑人和白人纠缠在一起的叶秋秋和她男朋友肖迪。

叶秋秋看到他们，跟见到亲人一样，立刻哭喊起来："大叔！救命！"

张清野作势就要冲过去，梅天星拉住他，淡定走过去，用法语跟那四个人交流了起来。

看着他镇定的样子，姚千树的脑子灵光一闪，笑了。难怪他这么笃定叶秋秋他们在这条路上，这四个外国人其实就是他安排的吧。

估计他是想借他们来一出英雄救美，让旅行团里的三位男士都可以表现一下，可是叶秋秋落单了，他只好就顺水推舟让给张清野表现了。至于叶秋秋身边那个遇到危险就吓得瑟瑟发抖，不敢保护自己女友的肖迪，算是他的意外收获，歪打正着了吧。就肖迪这表现，明天叶秋秋会跟他分手都说不定。

四个外国人果然没有跟梅天星交流成功，一言不合就指着他骂了起来，其中一个人还开始攻击他，梅天星敏锐躲开，眼见那个人的拳头就要朝叶秋秋挥去，张清野连忙取下背上的尤克里里，跑过去冲那人重重一砸，趁他愣住时，拉走了叶秋秋。

叶秋秋震惊地看着那把出现裂缝的琴，还没开口，就被张清野推开：“你们快去找救兵！”

话音未落，那群人就开始打他和梅天星。

看着那铆足了力气的拳头，姚千树啧了一声，暗叹这些群演卖力。

叶秋秋和肖迪一起跑过来，叶秋秋拉着姚千树道：“小树姐，我们先回去叫人。”

姚千树推开她的手：“你们先去，我留下来帮他们。”

笑话，她可是要留下来看好戏的。看戏就要看完，这才算给面子。

叶秋秋有些疑惑，但见她一脸坚定，也没时间多想，急忙跟着肖迪跑出去叫人。

两人刚跑出巷子，梅天星和张清野也逃了过来，梅天星看到她还站在原地，一脸震惊：“你为什么不跑啊！”

姚千树笑了笑，没说话，跟着两人一起跑。

很快跑到刚才的分岔路口：“你往那边！”梅天星让张清野往酒吧的路跑，他拉着姚千树往下继续跑。

“Arr ê tez！B　tard（给我站住！浑蛋）！”四个外国人在他们身后穷追不舍。

果然是群演，知道功成身退，都不分头去追张清野，倒是全部来追他们。

梅天星还是跑得飞快，口里催道：“姚千树，你快点啊！”

姚千树张口刚想说别演了，却被自己的口水呛到，不由得咳嗽起来。

眼看后面一个黑人就要抓到她的头发，梅天星一个揽肩，将她揽到自己身边，又踢翻了街边的垃圾桶阻止他。

巷子里还有一些游客和当地男女，当地人对这种小打小闹似乎见怪不怪，相反，天性浪漫的他们还以为面前上演的是一出英雄救美的戏码，有几个金发男子甚至还吹起了口哨，似乎是让梅天星加油的意思。

而游客们听到当地人的哨子声，感觉问题不大，也褪去了紧张的神情，有人甚至还鼓起了掌，为梅天星加油打气……

梅天星无暇顾及旁边的情况，拉着姚千树像一阵风似的越过他们，那四个外国人也没有放弃追赶。

如果这个场景是真的，倒是挺紧张刺激又浪漫的，可是……

姚千树瞄了一眼正拉着自己一脸面色凝重的梅天星，终于忍不住道："行了，别演了，张大哥他们都回去了，可以让你找的群演别追我们了吗？"

梅天星蹙眉，很快就明白是她误会了，拉着她继续疾奔："姚千树，我找的不是这批人，你要是再不跑快点，我真没把握能把你救下来了！"

"什么？！"姚千树瞪大眼睛，瞬间犹如加满汽油的跑车，一个大跨步，扯着梅天星跑了起来。

"哎哎哎，你看路啊——"

两人的速度提升了不止一个档次，街边酒吧的灯红酒绿在他们眼中被迅速掠成残影。

追他们的四个外国人终于被甩远了一些，但此起彼伏的叫骂声回荡在巷子里，听在姚千树的耳中，每一声都让她心惊肉跳。

姚千树慌不择路地拉着梅天星拐到一个没人的巷子，巷子里停了一辆越野车，看起来并不好躲藏，眼看那群黑人就要追上来，姚千树急得跺脚："怎么办啊？！"

梅天星看着眼前的车，低声道："挤到下面去！"

姚千树"啊"到一半，就被梅天星推到了车下，几秒之后，他也挤了进来。

为了避免被发现，梅天星抱住她，尽量缩小体积。

四个外国人两两从越野车的左右两边跑过，骂骂咧咧地继续往前追。

因为刚刚的剧烈奔跑，姚千树和梅天星的心跳声在狭小黑暗的空间里，显得异常清晰。

姚千树从未跟一个异性如此靠近过，她闻到梅天星身上淡淡的檀木香水味和雄性汗味，感觉自己的心跳似乎更快了。

“我们……什么时候出去啊？”她压低声音问道。

“嘘——”梅天星边嘘边更靠近了她一些。

两秒之后，梅天星似乎也感受到了姚千树的异样情绪，他低头看到她羽扇般的睫毛，还有肉嘟嘟丰盈的嘴唇，忍不住无声笑了。

梅天星本来想逗她，但转念想到她原先是想跟赵即墨一组去找人，于是放弃了这个念头。他单手撑住地面，准备出去，这时突然有人走了过来。

听声音是一男一女，似乎还是爱到浓处的情侣，两人靠在车门上热火朝天地吻了起来，恋人间的呢喃抚摩声以及口齿相接的吞咽声，断断续续传来。

这种情况发生在巴黎并不奇怪，姚千树之前就在这条街见过好几次，当时她还一脸羞涩地非礼勿视，只是此刻，她想无视也无视不了了……

随着气氛越来越尴尬，姚千树简直想钻到地下两万尺去，最可气的还是眼前的梅天星，居然还一脸玩味毫无廉耻心地看着她，也不知道为什么，这么黑的车底下，他的眼睛居然还如此亮晶晶的！

姚千树忍不住想爬出车底，两个情侣这时突然拉开了车门，在车里纠缠翻滚……

这下子，姚千树再也不敢出去了。

车子开始有节奏地上下震动，底盘往下压的时候，偶尔还会擦到她的头发。不知是刚才的剧烈奔跑，还是此刻紧张的心情影响了心跳，姚千树手上那块梅天星给她的智能手表，开始发出心跳过快的嘀嘀提示音，车上的人似乎也听到了，停下了动作，似乎在询问对方，甚至拉开了车门。

梅天星赶紧将她的手表取下，声音终于停止，车门也被重新拉上，震动也重新恢复了……

姚千树发誓，这绝对是她这辈子最尴尬的时刻。

她低头闭眼，不敢跟梅天星对视，也不敢看他的表情，只是在心中默默数数，希望车上那对能够速战速决。然而，那一对，偏偏十分持久……

等着等着，在运动和紧张后的突然放松之下，姚千树居然睡着了。

许久之后，梅天星叫了叫她的名字，见她还是没反应，赶紧摇了摇她："姚千树，你没事吧？醒醒！"

"啊，"姚千树迷迷糊糊，"怎么了？"

见她没事，梅天星松了口气："你好好睁开眼睛看看，不就知道怎么回事了。"

姚千树闻言，揉了揉眼睛，看到天空之上群星闪耀，不由得惊叹道："哇，星星好美啊！"

梅天星又好气又好笑："我是让你看看，我们身上的车子开走了……"

"啊！"姚千树终于反应过来，两人此刻还是紧靠着躺在地上的姿势，她的头下居然还枕着梅天星的手臂，她脸上一红，赶紧爬起来。

她一动，梅天星忍不住叫了一声，用另一只手使劲揉着自己的手，似乎是麻了。

姚千树没想到他手麻还忍了这么久，想伸手拉他起来，这时，远处传来了赵即墨呼喊她的声音。姚千树瞬间展颜，她的即墨哥赶来救她了！

姚千树正准备回应，孟沅呼喊梅天星的声音紧接着也一起传了过来。她顿了顿，怎么忘了，赵即墨是跟孟沅在一起的。

梅天星带着姚千树跟他们会合，除了赵即墨和孟沅，张清野和叶秋秋也在，还有她的男朋友肖迪。

赵即墨朝姚千树走过去，想关心询问的时候，叶秋秋跑了上前，拉住姚千树，左看右看："小树姐，你们没受伤吧？对不起，都怪我，都怪我！"

姚千树拉住她停下，道："我没事。"

她仔细看了肖迪一眼，男生低着头，眼睛看向别处。不知是不是这几天跟张清野相处久了，姚千树觉得如果两个人要选的话，她更愿意选看起来可靠一些的张清野。

见到大家都在打量自己，肖迪终于开口道：“今晚对不住大家了，改天我请大家吃饭赔罪。”

说罢，他就拉着叶秋秋走到一边，低声说了些什么。

叶秋秋又走回来，对梅天星道：“梅导，你可以借一点车费给我吗？我们的手机钱包都被那几个外国人抢走了……”

梅天星拿了十欧元出来，叶秋秋为难地笑道：“梅导，可以多借一点吗？他这周的伙食费也没了……”

“看他一身名牌的，应该是个富二代吧，钱包丢了，家里应该还有钱啊。”孟沅道。

叶秋秋尴尬地笑了笑，没有回答。等她拿着梅天星给的一百欧给了肖迪，送他上车后，她才跟他们解释：“其实肖迪哥是个很上进的富二代，我来了巴黎才知道，他出国留学的生活费都是自己打工赚的，你们别看我一直在购物，其实我是想当代购，跟他一起赚钱。如果我妈还是反对我们在一起，我这样也能赚到钱，跟他一起在法国生活。”

梅天星的神情有些严肃：“他赚钱，就是靠借高利贷赚钱吗？他自己被人找上门不算，还要把你牵扯进来，你跟他不是约会不见的，是被这些人拖走的吧。”

“肖迪哥是被他们骗了，他也不想的，总之，你的钱我们会尽快还你的。”叶秋秋低着头，一副不想再说的样子。

梅天星叹了口气：“时候不早了，我们回去吧。”

大家沉默着回了酒吧，张清野走在最后，低头抱着损坏的尤克里里。

接到许林昊和夏夜雪后，大家又相顾无言地回了酒店。

才刚进酒店大厅，叶秋秋就大大“哇”了一声，众人朝大厅看去，只见酒店一楼大厅摆了一面玫瑰花墙，一个着一身笔挺西装的亚裔男子捧着一束玫瑰正在焦急地左顾右盼，看到他们后，他微笑着走了过来。

孟沅后退一步，捂住嘴巴。

“单明煦……”姚千树看了一眼一脸冷峻的赵即墨，有些开心又有些忐忑，该来的还是来了……

“亲爱的，你离开以后，我才意识到，你在我心中早已不可取代。是我不好，没能理解你，你原谅我一次，好吗？”单明煦将花递到孟沅面前。

AI
QING
ZHIZUO
REN

第十章 我们的秘密

叶秋秋被眼前的浪漫震撼，两眼羡慕得直发光。而醉得昏昏沉沉的夏夜雪，也被眼前的景象震得恢复了一丝意识，手向前伸着，口中呢喃道：“好多花啊，好漂亮啊……我要新娘的捧花……”

扶着她的许林昊握住她的手，轻声安抚：“好，等下就给你。”

而作为当事人，孟沅看着眼前的鲜花，却并没有接过来，她表情有些复杂：“阿煦，我不会为任何人改变我的生活方式，即使这一次我们和好，但下一次你敢保证，你再看到我跟别的投资人亲亲热热地谈项目，你不会生气吗？”

单明煦头摇得飞快，一脸诚恳地看着她。

孟沅还是没有接他的花：“你让我想想吧。我今天有点累，先回去休息了。”

孟沅率先走向电梯，单明煦也跟了过来，见大家看着他，他讪讪笑道：“我的酒店也定在这里。”

六楼到了以后，单明煦也走出电梯，他住在走廊最末的房间。走向房间时，他还回头朝姚千树笑了笑，姚千树不敢看他，立刻走向阳台。

梅天星已经等在那儿了。

“孟沅前男友能找过来，我可以怀疑是你告诉他地址的吗？”梅天星转身问道，声音里没有愠怒，仍然是温和的。

“对……对不起……单明煦跟我说得很诚恳，我一时心软，就把地址给他了……”

“好，这笔账可以不算，可是，叶秋秋有男朋友的事情你早就知道了吧。所以她一开始不见的时候，你才那么淡定。”梅天星继续道。

“我……”姚千树语塞了。

梅天星定定看了她一眼，却突然笑了：“你怎么不撒谎否认了？”

她也不知道怎么回事，在他面前，她似乎慢慢不再下意识撒谎了。

“要不你把我撤走吧，让杜白过来。”

面前的人许久不说话，姚千树忍不住抬头看他，却发现他在偷笑。

“算了，你这样也算赢得了叶秋秋的信任。这么讲义气，我怎么能怪你？”

他的语气在夜色里莫名染上了一丝温柔的气息。本以为要面对一场疾风暴雨的姚千树，没想到事情就这么轻描淡写地被他翻篇了。

“那接下来你打算怎么办？”叶秋秋有男友、孟沅前男友出现、夏夜雪忘不掉同桌，眼看稍微有些进展的撮合对象们，似乎都陷入了死胡同。

梅天星却没有她那么忧虑，微微一笑：“许林昊对内脏过敏，明天，你帮我把他的过敏症试出来吧。还有那个同桌的名字，继续努力。”

“其他人呢？”

“我自有安排，对了，今晚你是怎么知道我安排了别的人，你听得懂法语？”梅天星好奇道。

“第一，你在确定去酒吧之后又打了好几个法语电话，还提到了我们去的酒吧名字，而当晚也没有谁要过来；第二，在那个分岔路口，你那么笃定人在另一边，我就肯定是你安排了人，只是我有点不明白，为什么你安排的人变成了那四个放高利贷的外国人？”

梅天星拍了拍手掌："观察力不错，不过你可以再想想，为什么我这么笃定人在右边？"

姚千树皱眉沉思，几秒后拍了下大腿："因为你找的帮手在左边那条路，而他们告诉你，那条路并没有看到叶秋秋他们！"

梅天星露出一个"孺子可教"的笑容："时间也不早了，你早点回去休息吧。"

"嗯。"

看着姚千树离开后，梅天星拿出手机，用法语又打了好几通电话。

打完电话后，他没回自己房间，而是去了张清野的房间。

张清野正对着损坏的尤克里里失神，同住的刘明看到梅天星，起身道："梅导，你们就在这儿聊吧，我洗澡去。"

梅天星点点头，在张清野面前的椅子上坐下。

等刘明打开淋浴头之后，梅天星凑近他道："之前是你悄悄拿走了肖迪的钱包吧？"

没想到居然会被人发现，张清野回过神，从口袋里拿出钱包："我不是小偷，只是之前听到了肖迪好像在跟另一个女生打电话，用法语说喜欢她，所以，我想找到点实际证据，再去提醒秋秋。"

"那你找到了吗？"梅天星道。

张清野点点头，打开钱包，钱包照片夹里放着的是肖迪和叶秋秋的照片，但这张照片下面，还有一张肖迪和另一个中国女生抱在一起的照片。

梅天星摩挲着那张照片，说道："张大哥，这件事你还是不要直接跟叶小姐说，免得吃力不讨好，交给我来安排吧。"

张清野点点头。

将照片和钱包还给张清野，梅天星终于回了自己房间。

赵即墨还在办公，忙自己APP的程序，梅天星坐在他对面，道："今天没有过敏反应吧？"

"为什么这么问？"赵即墨偏头看了他一眼。

"因为今天有个女服务员碰到你了。"

“啊？什么时候的事？”赵即墨紧张地查看自己的手臂。

“在蒙马特高地酒吧的时候，她是短发，我让她刻意扮男人来送酒。”

赵即墨想了起来，是有这么一个服务员碰到过他。

不等赵即墨说话，梅天星继续道：“我在做试验，事实证明，你的过敏症果然并非病理性的，而是心理性的，所以是可以用脱敏疗法慢慢治好的，你真的可以试试我之前跟你说过的疗法。现在孟小姐前男友都追过来了，你再不做出行动和改变，当心她被人抢走哦。”

“我……看情况再说吧。”说完，赵即墨躲进了卫生间。

第二天一早，大家在酒店吃完早餐，在一楼大厅集合准备出发时，单明煦也下了楼，看样子似乎是想跟他们一起走。

梅天星走到他面前，露出一贯的春风般的微笑：“不好意思先生，您不能跟我们一起旅游，出了事我们不好负责。”

“我不需要你们负责啊，我自己跟车跟在你们后面就行。”

“我是说，”梅天星还保持着微笑，“我怕你给我们带来麻烦，你负不了责。”

单明煦薄唇紧抿，一脸不快，梅天星依然慢慢悠悠道：“我不是阻碍您，而是孟小姐参与我们的旅行团时签了协议，要配合拍宣传用的视频，您如果跟着我们的话，会入镜还是小事，主要是会影响她的情绪，导致我们的拍摄也受到影响。”

孟沅走过去，道：“阿煦，今天你就自己安排活动吧，我们的事情晚点再说。”

单明煦深深看了她一眼，终于点头，让他们先走。

“昨晚大家都过得比较惊险刺激，所以今天我们去一个文艺放松的地方——玛莱区，”梅天星最后走上车，说道，“然后我们今天的游戏是，看哪一对能最先到达我定的目的地，第一名可以获得巴黎艺术家Tina的雕塑作品阿佛洛狄忒雕像哦。”

他说完，连平时最爱捧场的叶秋秋都没有声音，梅天星尴尬地笑了笑：“大家是不是没休息好？那就在车上休息一会儿吧。”

其实他也清楚大家不回答是因为各有所烦，所以便让大家安安静静坐了半小时车。

车子在市政厅大门口停下，梅天星等大家都下了车，拍了拍手掌提起大家的精神："今天的游戏，我按大家的喜好选了路程相近的三个景点，叶小姐和张大哥喜欢艺术，那就一定不能错过蓬皮杜中心；许先生和夏医生都看过《巴黎圣母院》，那就去维克多·雨果之家看看吧；至于孟小姐和赵先生，你们想多了解巴黎，那就去卡纳瓦雷美术馆吧，它别名叫巴黎历史博物馆。以上三个景点，大家可以步行也可以搭乘公共交通工具，你们自行选择，最后由摄影师汇报到达时间给我，现在就开始吧！"

"好……"大家有气无力地应了一声，接过梅天星发给他们的地图开始研究起来。

这时，叶秋秋突然走了过来，对梅天星小声道："梅导，你知道这附近哪里有修琴的店吗？"

"修琴？"梅天星反问了一句，然后快速反应过来，她是在为张清野问，于是他在地图上指了个点。

其他人看好地图后，就陆续出发了。姚千树跟在今天有些沉默的赵即墨和孟沅身边，正准备一起走，却被梅天星拉住，他又冲负责拍叶秋秋那一对的刘明道："刘摄像，你今天跟小树换一下吧，你拍展馆那些更有经验。"

闻言，姚千树瞪了他一眼，梅天星附在她耳边道："换吧，等下有好戏看。"

好吧，如果没有，他绝对会为刚才的话付出代价。

两人跟在叶秋秋和张清野身后，只见叶秋秋拿着地图一个人走在前面，张清野抱着损坏的琴，不知道她要去哪儿，也不想问，只是低头跟着，一副不在意的样子。

姚千树瞄到梅天星手里做了标记的地图，悄声问道："他们是不是走错路了？"

梅天星"嘘"了一声，示意她跟着就好。

叶秋秋手里拿着个手机翻译软件，正在磕磕巴巴地找人问路，她的英语发音也不是很标准，姚千树和梅天星就看着两人七绕八绕，半个小时后，才终于在一个快被爬山虎覆盖的小琴店门前停了下来。

看到琴店，张清野和姚千树都是一震。

琴店店主是个四五十岁的长着络腮胡的大叔，叶秋秋让张清野取下他的尤克里里给店主看看，张清野已经知道她想干吗，面无表情的脸上有种老父亲般的感动。

“大叔，你这么宝贝这把琴，我知道它肯定跟嫂子有关系，你放心，不管花多少钱，我今天一定让老板给你修好！”

张清野冲她点点头，把琴拿出来，递给老板。

老板检查了一下，对两人摇了摇头。

叶秋秋又拿出翻译软件，跟老板沟通起来。

老板还是一直在摇头，张清野终于开口，指着他贴在琴背面的一张女人的照片，告诉叶秋秋：“这是阿洁的照片……这么多年，我一直背着这把琴，不仅仅因为琴是阿洁送给我的，还因为这把琴早已成了她的化身。我每天跟琴一起去卖唱，一起同床共枕，每到一个景点都和琴合照，就好像她从未离开过一样。其实……修不好琴也没事，能恢复一下外观我也很感激。”

叶秋秋听完他和琴的故事，眼泪哗哗地掉，靠着翻译软件，她又磕磕巴巴地把这个故事转述给老板听，老板不知是被她的眼泪打动，还是被这个故事打动了，终于同意帮她修琴。

老板当场拆开琴身检查，却发现有一把古铜色的钥匙被紧紧粘在琴面背后。

张清野愣了愣，似是想起了什么，颤抖着双手把钥匙取了下来。

他妻子死后，他清理遗物时发现妻子留下的一个铁盒，他用尽办法都打不开，但又不想损坏盒子和锁，于是就任由盒子守着它的秘密。他没想到，有一天钥匙会以琴损坏的代价，出现在他面前。

张清野紧紧攥住钥匙，两天后他就回国了，他终于可以知道那个铁盒里到底有什么了。

得知他们两天后的晚上就要回国，老板表示会尽快帮他们修好琴，让他们回国当天的下午来取。

张清野跟着叶秋秋走出琴店，不时扭着自己的肩膀。这几年来，他早已习惯了到哪儿都背着那把尤克里里，现在背上突然什么也没有了，他觉得全身都不自在。

叶秋秋将自己的背包递给他，道："大叔，你就别在我面前扭来扭去了，这背包给你顶一顶，别再觉得我不会替人着想，不懂事啦！"

张清野接过她的背包，认真地对她说了句"谢谢你"。之前每次旅行团的游戏，叶秋秋都很积极参与，总想赢一次，然而这次她却完全不管游戏，只为帮他修琴。

张清野摸了摸口袋里的钱包，也不管梅天星昨晚的叮嘱，把钱包拿出来，递给叶秋秋："秋秋，这是你男朋友的钱包，你自己看看吧。"

"咦？你捡到的？"叶秋秋接过来，顺手打开，后半句话被里面肖迪和另一个女生的合照惊了回去。

姚千树把镜头拉近，也看到了那张照片。这就是梅天星说的好戏？

见叶秋秋呆呆的不说话，张清野急忙道："……秋秋，你也别太伤心了，早点发现他这个人靠不住，比以后发现好。"

"谁说肖迪哥靠不住了！"叶秋秋突然大声道，"你不要仅仅凭着一张照片就否定他，说不定他有什么原因和苦衷呢？我辛辛苦苦帮你找琴店，你就是这样感谢我的吗？"

"……"张清野一时不太能接受这个比他小了18岁的女生的逻辑，低着头站在她面前，任她骂着。

"既然叶小姐相信你的男朋友，那照片的事情，你晚点回去可以问他，不如现在先把游戏完成，大家现在都还没到目的地，你们还是有机会赢的。"梅天星上前劝道。

张清野有些后悔自己没听梅天星的劝告，此时只一个劲地点头，只想逃离吃力不讨好的境地。

叶秋秋没说话，张清野赶紧拿过她手里的地图，道："我们现在离那个什么蓬皮杜中心也很近了，加油赶一赶吧，你不是一直想赢一次吗？"

叶秋秋咬住嘴唇不说话，看得出她还在因为那张照片心神不宁，张清野只好先走了两步，再定住回头等她。

就这样一步一等的，他们终于走到了蓬皮杜中心附近。

四人走在广场上就能看到那座现代艺术博物馆。它一反传统的建筑风格，把所有的柱子、楼梯以及各种从不为人所见的水电等管道都建在室外。

此刻，广场上正好有乐队在表演，姚千树本想趁着旁边的声音去问梅天星，他指的好戏是不是指叶秋秋发现肖迪劈腿，梅天星的手机这时却恰好振动起来。

他用法语跟那边沟通了几句，然后走上前对叶秋秋道："你们赶快去大门那儿拍个打卡照吧，第一名近在眼前了！"

听到他的话，叶秋秋总算恢复了一丝斗志，眼睛锁定大门的位置后，就朝那儿拔腿奔跑起来。

其他人也跟着她跑，然而就在快要靠近大门的时候，跑在最前面的叶秋秋突然停了下来。其他人不明所以地停下，然后就看到，肖迪正揽着一个女生有说有笑地走了出来。

那个女生赫然就是合照上的那个女生。

肖迪见到他们，也愣住了，女生还搞不清状况地看着他。

叶秋秋没有哭闹，走上前扇了肖迪一巴掌，转身就走。

肖迪没有追上来，而是忙着跟身边的女生解释。

"梅导，我陪秋秋先回酒店吧，今天的行程我们就不参加了。"张清野边追边道。

"那我送你们去地铁站，有事你再打我电话。"梅天星也跟在一边跑着。

把两人送进地铁站后，姚千树站在地铁口，看向梅天星："梅总，你说秋秋不会有事吧？毕竟是为爱走巴黎呢。"

"放心吧，她和肖迪本来就没什么现实的感情基础，缓两天应该就可以恢复了。"梅天星一脸淡定。

"哦……那我们现在去哪儿？"

梅天星看了眼站在他面前额头有些微汗的女生，拿过她的摄像机，笑道："刚才跑得辛苦了，老板奖励你吃雪糕，想吃什么口味的？"

他这突然的体贴让姚千树有些疑虑：“你干吗突然对我这么好？做了对不起我的事？”

“瞧你说的，说得好像我以前对你很差一样，一支雪糕而已，买不了吃亏，买不了上当。”

“那好吧，我要一支跟你一样口味的雪糕。”

“好。”梅天星唇角的笑意像水纹般渐渐扩大，姚千树看着他，突然觉得自己的心跳好像漏了一拍。

什么情况，这不科学！

梅天星排队买来了网红雪糕，姚千树尝了一口，忍不住赞了一声“好吃”！梅天星看着她享受的样子，也忍不住笑了起来。

不远处，赵即墨看到两人相处得如此融洽，打消了走过去的念头。

他是独自找过来的，脸上还有一个被单明煦打过的红印。

单明煦找过来之前，他和孟沅正在一边聊天一边往目的地走。

“即墨，你说，我要复合吗？”孟沅问。

他其实很想说网上看到的一句话：分分合合，最后总是会分的。但是他看了一眼似乎很烦恼的孟沅，突然又不忍心了，只道：“不管你做什么选择，产生什么样的结果，都不用担心，只要我在，我就会拉你起来，永远不会让你迷失方向。”

赵即墨很少会说出这样的话，孟沅定定地看着他，良久，她低头沉思起来。

十分钟后，两人就走到了卡纳瓦雷美术馆。

刘明把代表第一名的小红旗发给他们时，两人还没意识到，居然就这么轻松地赢了比赛。

孟沅开心地跟赵即墨击了个掌：“即墨，这可都是你带路的功劳呀。”

“也靠你信任我。”赵即墨想收回手，却发现孟沅抓住了他的手，“阿沅？”

“梅导跟我说了，你的过敏症是可以用脱敏疗法慢慢治好的，你别急着收回手呀，看看你能坚持到几秒？”

赵即墨看了她一眼，紧张的手臂终于松弛下来，朝她点头一笑。

孟沅也笑了，然而下一秒，她还没意识到单明煦从哪里冒出来的，就看到赵即墨被他打了一拳。

赵即墨猝不及防，被打得趔趄后退了几步，待看清眼前的男子，他只是冷下了脸，并没有还手。

孟沅一把拉住单明煦："够了！你还要丢脸丢到国外来吗？"

单明煦冷笑一声："孟沅，你行啊，借着团体旅行的名头，跟旧相识过二人世界，谈情说爱。"

孟沅有些愠怒，但并没有当街跟他吵，而是偏头对赵即墨道："即墨，麻烦你回避一下，我要跟阿煦好好聊聊。"

赵即墨点点头，交代刘明在不远处守着孟沅后，自己折返向姚千树离开的方向走去。

他并不是一定要找到姚千树，只是这个时候，他突然有些想念这个妹妹，她在身边的话，他可能会多一点力量。尽管那个像跟屁虫一样，总喜欢跟在自己后面的女孩，给他带来的更多是聒噪和麻烦，但就是这种热闹的感觉，会让他觉得他此刻不是一个人。

因为他此刻很害怕，害怕孟沅会选择回去，回到那个人身边。

然而，看到跟梅天星在一起吃雪糕笑得一脸开心的姚千树，他没有再向前，而是转身，飞速离开了他们的视线。

赵即墨去了本来打算游戏完成后要带孟沅去的咖啡店Ob-La-Di。

其实玛莱区各种小众而具有特色的咖啡馆琳琅满目，选择很多，他并不热衷去Ob-La-Di这种网红店打卡，但他做的旅游APP一定要做这一块的体验，再者这家店的店名他还算喜欢，所以尽管一个人，他也还是找了过去。

Ob-La-Di源自Beatles的名曲Ob-La-Di，Ob-La-Da，在约鲁巴语里的意思是"life goes on"（生活在继续）。咖啡店位于玛莱区北边巷内，算是巴黎网红店界的扛把子，从普通游客到时尚博主、影视明星都经常到这里来打卡。

赵即墨走进去的时候，店内的氛围也如同店名的曲调一般欢乐轻松。店的面积不大，只有两张小圆桌和面墙的一排单人座，但店主巧妙借用镜面装饰，让视野开阔不少，而那活泼俏皮的蓝色地砖也是所有客人最爱拍的打卡照。

店内客人还没坐满，赵即墨在面墙的单人座坐下，点了一份AFFOGATO，在他心事重重地吃甜点时，店内一个画着烟熏眼妆、涂着暗红色唇膏的哥特风法国美女一直在饶有兴致地看着他，见他一直没发现自己，美女干脆坐到了他身边，用英语对他道："Hey。"

赵即墨看了一圈，才确定她是在对自己说话，于是拘谨地也"hey"了一声。

"Are All Asian boys as cute as you（是不是所有的亚洲男孩都像你一样可爱）？"美女问道。

赵即墨看了她一眼，没有回答，只是站起来，尴尬地冲她点了点头，然后径直走了出去。

美女笑起来，只当他是没听懂自己的话，根本想不到，他完全只是在拒绝她的搭讪而已。

赵即墨走回集合地点，发现姚千树和梅天星已经回来了，孟沅和刘明也在，单明煦不见踪影。

"你没有过敏吧？"孟沅问道。

"没有。"他摇摇头，默默抚上其实还是有些过敏的手臂，不敢开口问她后来发生了什么事。

"那真是太好了！"孟沅眼圈有些发红，应该是刚才哭过了，其他没什么异常，赵即墨心想单明煦应该不至于打女人。

"即墨哥，你的脸怎么了？"姚千树看到了他脸上的红色印记。

赵即墨冲她笑了笑："我没事，就是刚刚不小心撞到了玻璃门。"

"我看赵先生是看到美女了才撞的吧？"梅天星打趣道。

赵即墨又笑了笑，并不解释，"对了，"他看了看四周，"怎么没看到叶小姐和张大哥？"

"呃，我们之前在蓬皮杜中心碰到肖迪跟另外一个女孩在一起，张大哥陪秋秋先回酒店了……"姚千树答道。

“那秋秋没事吧？”孟沅问道。

“有张大哥陪着，应该还好吧。”

“大家就先别担心了，我晚上给叶小姐带点礼品回去，她应该会开心一点。”梅天星看向大家，“之前许先生打电话给我，说他和夏医生因为偏离了路线，现在还在前往雨果之家的路上，我带大家一起过去跟他们会合怎么样？你们也正好可以欣赏一下沿途的景点。”

大家点点头，跟在他身后。

沿途正好经过那家叫Ob-La-Di的咖啡店，赵即墨怕遇见那个奇怪的美女，故意走到最后，孟沅也跟着他一起走到最后，几次欲言又止，最后什么都没说。

姚千树时不时回头看两人一眼，总觉得两人有情况，难道孟沅是要借机告诉他，她对单明煦的答复？

就在姚千树胡思乱想的时候，梅天星突然拉下帽子，低头看着手中的地图。

而那个哥特风的美女此时正好走出咖啡店，赵即墨走在最后，她没看见，两人就这样擦肩而过。等到经过了这个美女，梅天星才回头朝她望了一眼，露出一抹有些苦涩的微笑。

此时，夏夜雪和许林昊刚好走到雨果之家，两人一开始就认定，绝对比不过做旅游APP的赵即墨那一组，干脆放弃了比赛，看见沿路好吃的，开始敞开了吃。

就这么一路吃到了雨果之家，得知梅天星他们还在半路，两人找了家摩洛哥美食店，坐下来等他们。

其他人走进餐厅，入眼就是吃撑了的许林昊，和他旁边看起来仍然胃口大开的夏夜雪。

许林昊看到他们，露出一个如释重负的表情，一脸开心地站起来朝他们走过来，他可能想跑过来，奈何实在太撑，他正好捧着肚子走过来。

“咦？叶小姐和张大哥呢？”许林昊疑惑道。

梅天星坐下来跟他简单解释了一下，还没说到一半，闻到八卦气息的夏夜雪就凑了过来。

“唉，我就说现在渣男很多，要睁大眼睛好好找，她那个男朋友，一听就不靠谱！”夏夜雪念叨起来。昨晚她喝醉了酒，许林昊在酒吧照顾她，两人都错过了那场精彩好戏，事后也没人告诉他们，还是现在，他们才知道24小时之内发生了这么多事。

“哎呀，那你们快点吃饭，吃完我们早点回去看秋秋。”夏夜雪催促道。

“好。”梅天星笑着看了姚千树一眼，后者立刻会意，故意点了一把撒了独特香料的混合肉串，那个肉串里，就有许林昊不能吃的牛肝。

夏夜雪分不清什么肉，等到肉串上来，她闻到肉香忍不住就来了两串，自己吃不完硬是塞了一串给许林昊。

许林昊盛情难却，只得苦笑着把那串肉吃了下去。

姚千树紧张地看他吃下去，跟梅天星对视了一眼。

吃到一半时，夏夜雪突然“啊”了一声，其他人纷纷回头看，只见许林昊全身通红，夏夜雪跑到许林昊面前，夺掉他手里的肉串，询问他怎么了。

许林昊自己还没意识到，等她来问，才摸摸自己的脸，感觉到发烫后，正想回答，身体却突然一软，缓缓往旁边倒去。

夏夜雪连忙扶住他，其他人也来帮忙。

姚千树道：“看起来像是过敏，夏医生怎么看？”

夏夜雪一把拿过许林昊放在椅子上的背包，拉开拉链，开始翻找起来：“先看看他包里有没有什么药。”

许林昊的背包里装满了各种奇奇怪怪的东西，什么防晒霜、粉底液、美白丸、薏仁水、葡萄籽、过敏药、肠胃药、消炎药、感冒药，真是爱美养生的典范了……

这么多药，身为医生的夏夜雪当然是首选过敏药，只是万事都要谨慎，在发现背包中的一本病历本后，她将递出去的过敏药又收了回来。

病历本有些旧，医生的字迹也是龙飞凤舞，让人怀疑到底是不是中国字，不过夏夜雪自然是看得懂的，在确认他是对动物牛肝过敏之后，她才喂许林昊吃下过敏药。

牛肝……中国很少有这个菜，所以，对它过敏的人也很少，但偏偏，夏夜雪就认识一个对牛肝过敏的人。

她摘下墨镜，不可置信般地查看病历本首页的名字，在看清之后突然愣住了。她终于知道自己为什么看到他不晕了，原来，她的眼睛早就先她的大脑一步，认出了他。

站在一边的姚千树，也看清了病历本上的名字。

在许林昊吃了药恢复意识之后，梅天星和赵即墨扶着他，跟大家一起回了酒店。

将许林昊送回房间后，夏夜雪留了下来，让其他人先去看看叶秋秋怎么样了。于是大家便提着打包回来的摩洛哥食物，一起走到叶秋秋房间门口。

门敲了两遍，门铃也响了两遍，房间没有任何响动。

“他们不会是喝太多酒，醉晕了吧？”姚千树瞪大眼睛，想掏出自己的房卡，却听得嘀嗒一声门开了。

张清野扶着头，满身酒气地站在门边，看到他们，点点头，让他们进来。

四人走了进去，看到叶秋秋还在床上昏睡，地上是一堆的啤酒瓶，也不知两人喝了多少。

“张大哥，秋秋她……情绪还好吗？”姚千树问道。

张清野揉揉头发：“你们女孩子的心思，我也不太清楚……正好小树回来了，要不你等她醒了，再跟她聊聊吧，我先回去了。”

“也行。”梅天星说道，将打包的晚饭递给张清野。

眼看张清野要离开，早已醒来的叶秋秋，装作被吵醒的样子，揉着头转了个身：“嗨，你们都来了啊？”

“秋秋，你醒了，饿不饿，要不要起来吃饭？”姚千树问道。

“好，我正好饿了。我没事啦，你们都散了吧，别担心我了，肖迪那个傻男人，哪值得姐姐我为他伤心掉眼泪，大叔都说了，街上男人个个都比他好，真的，你们都去洗澡休息吧，我跟大叔一起去阳台吃饭。”说罢，叶秋秋站起来，拿过张清野手里的饭盒率先走了出去。

在大家还没回来之前，张清野一直在陪她喝啤酒。两人直接你一罐我一罐地喝着，喝到一半，她才终于忍不住哭了起来。

“我妈一直反对我跟肖迪在一起，如果让她知道，我巴巴地跑到法国来，还倒贴钱给他，亲眼看到男朋友劈腿，她估计会一边笑我自讨苦吃，一边更加严格地看管我，呜呜呜……我的人生就像个笑话一样！

“大叔你知道吗？我妈从小就喜欢管着我，穿什么衣服、跟什么朋友玩，都得经过她的同意。我高中一毕业就做直播了，有时还24小时不停地播，什么吃播睡播我都做过，就是想早点经济独立，好让我妈不要再管着我。可是，她说怕我乱花钱，几乎管着我所有的收入。我为什么爱买买买？其实就是压力太大。真的……我不是大家以为的那种拜金购物狂，那些买来的我用不着的东西，后来我都转卖出去了……我真觉得自己没做什么坏事，咋这么命苦呢……”叶秋秋边哭边喝酒。

张清野喝了一口酒，思考了半天，才道：“其实人生的得失并不是眼下就可以定论的，也许以后你就会明白，这些事情还有其他的答案和收获。其实，这些年我一直被人怀疑，我的收获就是对自己的反省和对阿洁的铭记。你这么努力和懂事，就算偶尔遇人不淑，但这也会变成你人生的养分。你已经完全拥有了独立的人生，可以对自己负责了，不用害怕，你的好日子就在前面呢。”

原来，也是有人理解她的。

也不知道喝了多少，她哭哭啼啼地睡倒在了床上。

张清野坐在床下，轻轻哼起了歌：“斑马，斑马，你不要睡着啦，再给我看看受伤的尾巴……斑马，斑马，你回到了你的家，可我浪费着我寒冷的年华……”

她似是想到什么，突然又爬起来问他：“大叔，我害你砸坏了尤克里里，你……有没有讨厌我？”

“不关你的事，是我自己砸的琴。”张清野又喝了一口酒，长出一口气道，“而且没有昨晚的事，我可能也看不到那把钥匙……”

听到他这样说，叶秋秋终于放心睡去。

被门铃吵醒的时候，张清野半坐在床下的地毯上，靠着床头和床沿昏睡，一只手还被她抓在手里。

叶秋秋突然有种从未有过的安全感和幸福感，干脆无视门铃，继续装睡，只想跟这个大叔多待一会儿。

然而，张清野最后还是被吵醒了，扒开她的手去开门的时候，她还觉得有些空落落的。

此刻，张清野在她对面，大口地吃着其他人打包回来的食物，叶秋秋突然忍不住联想，如果有一天，她亲手做菜给他吃，是什么感觉呢？

见叶秋秋精神还行，姚千树放下心来，准备回去洗澡，突然她又想起，今天好像一天都没看到单明煦，于是对孟沅道：“对了，阿沅姐，那个单明煦……”

赵即墨也紧张地看着她。

孟沅笑了笑，道：“你就别操心他了，他已经走了。”

“啊？！”姚千树一脸震惊，“什么情况？”

“你没有接受他的复合要求，所以他就走了？”赵即墨问道。

“对啊。”孟沅朝他明媚一笑，“我先去洗澡了，小树，梅导，你们做完工作也早点休息吧。”

姚千树点点头，冲两人挥挥手就回了自己房间，梅天星也跟着走了进来。

“干吗用这种眼神看我，他们在阳台吃饭，你让我到哪儿跟你讨论工作？”面对姚千树防备的眼神，梅天星一脸无辜。

“好好好，我们就在这讨论吧，”姚千树摊开手，“明天是巴黎游的倒数第二天了，梅总有什么最高指示？”

“之前你也看到了，许林昊病历本上的真名叫毕易，而我让国内的人查了，夏夜雪高中时的同桌就叫毕易。”

“啊……”姚千树震惊地退了一步。那许林昊之前一直追着夏夜雪，就说得通了。

“现在这三对都没什么阻碍了，明天的酒庄之行，你的任务就是到时多灌他们酒，套他们说出心里话，好戳破最后一层纸。”

见姚千树没有说话，梅天星又改了口：“或者你灌另外两对就行，赵即墨和孟沅你就别管了。”

姚千树还是不说话。

梅天星叹了口气，拍拍她的肩膀：“英文里有句话说，There is plenty of fish in the sea，大海里还有很多其他的鱼，意思跟我们中国的‘天涯何处无芳草’差不多，如果，他们真的走到了一起，那你就放下吧，就像张清野说的，满街都是好男人呢。”

姚千树觉得有些苦涩，但却没有想象中那么痛苦。

“好啦，别难过了，实在不开心的话，明天我们去酒庄，你可以正大光明地喝醉。不用担心出事，因为我会照顾好你。”他笑起来时，桃花眼会弯成一个很温柔的弧度，眼睛里像是飘浮着一整个宇宙的星星。

姚千树忍不住盯着他，看得有些失神。

“喂，你没事吧？”梅天星伸出手，在她眼前晃了晃。

“啊，”姚千树尴尬地转过脸，坐到沙发上，努力没话找话，“我就是在惊奇，这不到十天的时间，你的撮合计划居然就快成功了……”

因为有意想转移她的注意力，梅天星也乐于赐教：“那你想不想听听这背后的撮合理论？”

“好啊……”虽然学会了可能也没用了，但听听也无妨。

“根据传统的八字五行分析，赵即墨和孟沅的相配度不算太高。但赵即墨属龙，是木命，孟沅属马，是土命，土能生木，马女旺夫。这种配对方式是需要更多自由与变化的一对。不过……接下来我要说的，你可要替我保密。”梅天星将沙发拉近她。

“保密保密，一定保密！”姚千树拍胸脯保证。

梅天星没有介意她的浮夸动作，继续道：“其实这话由我来说，有点大逆不道，因为，我并不觉得这个古老的学说很严谨，毕竟它更多的是以先天条件来算的，想要全面分析的话，还要结合后天的分析。不过，市面上流行的那些什么星座学、ABO理论、血型性格学、四色性格类型说、九型人格说等，有些侧重后天，有些侧重先天，在我眼里，也都不是科学严谨的人群分类，所以由它们衍生的类型配对，也存在一定以偏概全的漏洞。”

“可是，星座学很流行啊。”跟大部分人一样，她对星座理论深信不疑，她是双鱼座，赵即墨是处女座，孟沅是狮子座，星座学告诉她，双鱼座跟处女座更相配。

“那你是用什么学说来分类的？”姚千树问道。

梅天星拿出手机，点开“星星”APP。

“喂喂喂，这里就我俩，你就不用给自己的产品打广告了吧！”

梅天星无奈道：“我是要告诉你，‘星星’里的测试，依据的性格类型学和心理学，就是我一直以来更信赖的学说。性格类型学说是心理学家按照一定原则对性格所做的分类，主要侧重后天性格分析，细分了72种性格的人，他们的恋爱攻略方法也各有不同。”

“天，72种！也太细致了吧！”光是12种星座她都记不清。

梅天星露出一个“那是当然”的表情：“我们回到刚刚的话题，结合八字五行，再根据‘星星’的测试，赵即墨理性有余，感性不足，而孟沅当然就是感性居多，想要促成两人的话，得让赵即墨变得浪漫和外向一些。所以，我才安排了猜电影小游戏和机车游，至于单明煦……”

梅天星看了她一眼：“其实人都是一样的，他是什么原因分手，肯定还是会因为同一个原因分手，所以孟沅才会拒绝他。最后，赵即墨和孟沅能在一起，还有一个有力的共同点，就是他们对事业都有进取之心。所以，在我的助力下，他们一定会走到一起。”

他说得有理有据，古代经验和现代理论结合，姚千树都听呆了，居然都没被他的最后一句话影响心情，她好奇地问道：“那小雪和许林昊那一对呢？”

“因为许林昊篡改了年龄，所以我之前给两人做的八字五行分析都是不对的，不过用心理学去分析就还好。说起来，当时我会选夏夜雪，就是因为我在许林昊的‘星星’用户资料上，发现跟他匹配度最高的人是夏夜雪，两人居然有99%，仔细比对后，我们还发现夏夜雪前一天分享过的东西，他第二天也会发布，看起来，就像是她的迷弟一样，但奇怪的是，两人并不认识，从各个方面来看，两人也属于不会有交集的圈子。

“当然我们现在都知道是为什么了。结合他们的资料就会发现，他们性格十分接近，只要为两人创造交流环境，让他们深入了解彼此，我其实并不需要做什么。总之呢，撮合这两人又有话题度，又能成人之美，所以巴黎游我才选了这两个人。”

姚千树点点头：“那秋秋和张大哥呢？”

“这一对的话，根据八字五行分析，两人其实是不太相配的，属牛男与属龙女的搭配会有比较多的问题，双方都会表现出个性独特、倔强的一面，不同的思想信念，难以相容。我会撮合他们两个，是因为叶秋秋填在‘星星’里的资料显示，她更需要一个年长的包容性强的伴侣，而张清野则需要一个能带着他勇敢打破内心束缚和规则的人，这样他才能得到快乐。他们两人正好彼此需要。”

姚千树却有不同意见：“其实这对还是算你运气好，如果不是被秋秋亲眼看到肖迪劈腿，她跟张大哥估计还是没戏吧。”

梅天星不以为然：“我们媒人撮合，从来不依赖运气。从我第一眼看到肖迪起，我就知道他们不会长久。”

“哦？”

“肖迪的面相是薄面，薄唇，鼻梁细窄，眉毛淡短，这是典型的薄情郎面相。”

姚千树瞪大眼睛：“你们这媒人门槛也太高了吧？不仅懂心理懂算命，还懂看面相？那……”她凑过去，“那梅大师，你看看我面相怎么样？”

梅天星看了她一眼，笑道：“你啊，是有福气的娃娃脸面相，以后的生活总体不会差。”

“真的吗？！”姚千树开心地摸着自己的脸。

“嗯，面相厚重，就是有福气，塌山根、有轻微内眦赘皮的大眼睛加上丰厚的脸颊，就会像娃娃脸——”

“好啊，你就是在说我脸大是不是？！”姚千树站起来，作势要打他，谁知被地毯绊了一下，直接摔倒在了他身上。

梅天星眼快手疾伸手接住了她，一只手握着她的右手，另一只手扶住了她的腰。

姚千树还是第一次如此近距离看他，他的唇线分明，鼻梁笔挺，四目相对时，她感觉自己快要被他漂亮的眼睛吸进去了。

“砰、砰、砰”，姚千树感觉自己的耳膜边，心在擂鼓，震耳欲聋。

AI
QING /
ZHIZUO
REN

第十一章
撮合计划告急

这时，突然响起了急促的敲门声。

姚千树赶紧推开梅天星，走去开门，一打开，发现是许林昊。

“小树，我没打扰到你们吧？”许林昊看了眼坐在屋内的梅天星。

“没打扰没打扰，我们又没干什么，你能打扰什么？”姚千树心虚地摆手。

“我难道没打扰你们讨论工作吗？还是你们没在讨论工作，而是在谈心？”许林昊冲她挤眼睛。

“啊啊，我就是说，即使……即使我们在讨论工作，你也可以随时过来咨询我们，不用顾忌会打扰我们！”

见她越解释越像掩饰，梅天星无奈走过来：“许先生，怎么了？”

“哦……我就是想问下，我之前过敏那会儿，夏医生替我找药时……有发现我背包里的病历本吗？”他脸上闪过一丝紧张。

梅天星看了他一眼：“嗯，她好像是对着你的病历本研究了一会儿。”

“这样啊……”许林昊下意识倒退了一步，对他挤出一丝笑容，“那谢谢梅导！我先回去了。”

看着他匆忙离开的背影，姚千树看向梅天星：“为什么要现在告诉他啊？小雪好像对毕易还挺有怨言的。”

“他们俩之间的窗户纸总是要捅破的，晚捅不如早捅。”梅天星道。

“好吧。”姚千树顺从地点点头。

倒数第二天的酒庄之行如期而至，大家坐在开往酒庄的车上，途经一片片种满绿色农作物的田地，心情也莫名轻松起来。

梅天星在车上为大家讲解：“法国是葡萄的发源地，考古发现的最早的葡萄籽化石就出自法国南部的波尔多地区，距今已有三千多年的历史。我们今天要去的地方是香槟区兰斯市的玛姆酒庄，香槟的法语是Champagne，有快乐和欢笑的意思。玛姆酒庄是香槟区著名酒庄，也是2015年被列入联合国教科文组织世界文化遗产名录的酒庄之一，相信大家今天一定能喝个痛快。”

听到“喝个痛快”，叶秋秋悄悄看了一眼坐在自己身边的张清野。今天，要趁着喝酒，跟大叔表白自己的心意吗？

这时，她的手机又振动起来，是肖迪打来的，她直接挂掉了。

叶秋秋前面坐的是夏夜雪，她身边的许林昊要替她打开矿泉水瓶，却被她一把夺过：“不用了，我这种人哪有荣幸让明星给我开瓶盖，我自己来。”

“夏医生，你不要这样……”许林昊弱弱地说着，却不敢把瓶子抢过来。

夏夜雪火气这么大，是因为早上两人在一楼等其他人下楼时，新入住的房客不认识他们，边偷看边八卦他们：“哎哟，你们看看那一对，女的那么肥、那么矮，男的又高又帅，是不是有点像哪个小明星啊，啧啧啧，那个女的肯定是包养他的富婆！”

姚千树是后来才到的，并不清楚这个小插曲，她看了一眼梅天星，眼神传递的信息是“你看她知道真相情况反而更糟糕了”，梅天星却还是一脸运筹帷幄的笑容。

姚千树身边，孟沅跟赵即墨倒是越发暧昧。

“咦，那地上盖的白粉末是什么？”孟沅问赵即墨。

“是白石灰。因为香槟区的气候是法国所有葡萄种植区最严寒的，所以这一区的葡萄种植园地都由一层厚厚的白石灰覆盖，借此使得土地更热……”赵即墨耐心回答，最后冲她温柔一笑。

姚千树适时把这一幕拍了下来，之前的苦涩情绪早已经变成了淡淡的怅然，好像她现在也可以接受他们在一起了。

不知怎的，她的思绪却不由自主地又飘到了昨晚她差点摔倒在梅天星身上的场景。

不行不行，感觉到自己的脸在飞速变红发烫，姚千树赶紧甩甩头，认真拍摄。

两个小时后，车子终于抵达玛姆酒庄，大家陆续下了车。

姚千树最后走下车，她看向远处的葡萄地，四月底的葡萄树叶并不茂盛，但放眼望去，也是满眼绿意盎然，春风吹来，带着一丝植物的香味，姚千树忍不住对着葡萄园拍了起来。

“小心！”旁边有人发出惊叫，她还没来得及反应，就被一股力量扑倒。

“嘶！”梅天星在她耳边发出一声低吟。旁边许林昊也“啊”了一声。

姚千树这才看到，梅天星和许林昊背上都压着一个长长的木制楼梯，看起来像是修缮屋顶用的，其他人正齐心协力把楼梯扶起来。

梅天星的手被擦伤了少许，而许林昊是为了护住夏夜雪，脸被擦伤了。

“夏医生，你怎么样？”他扶起夏夜雪，仿佛没发现自己一直宝贝的脸蛋挂彩了。

“我没事，我帮你……们处理一下伤口吧。”夏夜雪看了许林昊一眼，在心疼之色要流露出来之前，她急忙撇开了头。

“你没事吧？”姚千树站起来，焦急地拉过梅天星的手查看。他的右手蹭破皮的地方，渗出一些血丝。

“一点小伤口，这么紧张干吗？”梅天星有些好笑，“你没被车撞到才是万幸。”

这个人，真的是温柔体贴到骨子里了。

完蛋了。

姚千树听到自己大脑里来来回回飘荡着这三个字。

“没事的，消毒包扎一下就行，梅导，你这只手这两天就不要碰水了。”夏夜雪从自己包里拿了药过来，替他喷药包扎。

酒庄的负责人对着梅天星一直鞠躬抱歉，最后决定一人送一瓶红酒，算是赔罪。

“这也算是因祸得福了。”包扎好后，梅天星对大家笑道，“等下我帮大家多选一些好喝的香槟，反正今天要在兰斯这边过夜，明天就要回国了，今晚我们就不醉不归，怎么样？”

“好！不醉不归！”叶秋秋大声响应。

“那就跟我走吧。”梅天星带着大家往酒庄走去。

玛姆酒庄的大厅十分大气奢华，在参观正式开始后，大家先在投影室里观看了香槟区种植的葡萄类型，以及玛姆酒庄的历史视频讲解。

姚千树才知道，市面上除了用白葡萄霞多丽做的金色香槟，还有用红葡萄黑比诺和莫尼耶比诺做的粉红香槟。

“梅导，等会儿我们可不可以试一下粉红香槟啊？”姚千树小声对身边的梅天星道。

“可以。”他轻声答道，声线里有莫名的磁性和温柔。

看完视频后，大家在工作人员的带领下，走下玛姆香槟的酒窖。酒窖在地下17米左右，因为这个深度的空气湿度、温度都是最适宜葡萄发酵的。玛姆庄园的酒窖相当大，分为若干小室，由甬道连同，整个甬道的长度将近20公里。

姚千树走在甬道里觉得有些冷，梅天星将自己的衣服脱下给她披上。

姚千树披着他的衣服，把脸躲在摄像机后，隐藏自己偷笑的嘴角。

“这里……应该不会突然停电吧？”孟沅小声问梅天星。

梅天星猜到她是联想到了之前的墓穴停电，赶紧摇头。

“阿沅，我开了手机电筒，你放心。”赵即墨对她说道。

孟沅看了他一眼，笑着点点头。

最后，大家穿过了无数个巨大的装满了葡萄发酵汁的橡木桶后，回到了地上的品酒室。

“酒庄观赏完了，我们今天的游戏题目也出来了。鉴于昨天有人因为实力过于悬殊消极对待比赛，”梅天星看了夏夜雪一眼，后者立刻装作在看风景，“所以，我今天不考大家品酒猜酒了，而是考刚才出现过的葡萄品种，全猜对的人，可以得到酒庄顶级红带香槟两瓶。”

关于香槟的分级，刚才在投影室里，姚千树也大致了解了一些。红带香槟就是有红绶带的香槟，红绶带是拿破仑时代用来表彰卓著功勋的荣耀象征。

爱喝酒的孟沅自然是对这个奖品虎视眈眈，一边的赵即墨也认真备战，然而，当三幅葡萄的图片出现在投影墙上时，张清野第一个飞快说完了三种葡萄的品种。

大家还没听过他用这么快的语速说话，都目瞪口呆地看着他。

张清野有些不好意思：“秋秋一直想赢一次比赛，昨天她为了帮我找修琴店，所以才耽误了比赛，我就想着，一定要替她实现一次愿望。”

“谢谢你！大叔……”叶秋秋看着他，小声嗫嚅着，“明明是我自己中途逃回了酒店……”

张清野笑了笑，从梅天星手里接过奖品，递给她。

“好啦，既然游戏环节结束，那我们就安心品酒吧，”梅天星让大家坐下来，“我给大家挑了玛姆红带年份系列香槟和粉红香槟。”

这两种酒都价格不菲。年份系列香槟是以单一年份收成的优质葡萄所酿制，它的珍贵不在调配技术，而是不好的年份根本就无法生产年份香槟，而粉红香槟，是比年份香槟更罕见的香槟，通常是在香槟中混合红酒制成，因此在风味和口感上有点带红酒的重量感，色彩呈现梦幻般的粉红透光。

品酒师已经小心地替大家提前倒好了酒，让它们与空气充分接触，以便将在酒窖保存时所吸收的气味散发干净。

餐桌上，除了酒，还有烤羊排和沙拉，作为大家的午餐一起享用。

姚千树拿着一杯粉红香槟，边摇晃边喝，一脸暗喜。这可是梅天星在她的要求下开的酒呢。

“小树，你少喝点。”坐在一边的赵即墨怕她喝醉，偏头嘱咐。

“没事，梅导都说了，我们今天可以喝醉！”姚千树一脸开心。

赵即墨看了她一眼，欲言又止。

“即墨哥，你要说什么就说呀。”难道是多年前的那次喝醉，她做了什么她不知道的不好的事？

“……晚点再跟你说，总之你少喝点，不然醉了我就不跟你说了。”他难得这么神秘，姚千树立刻点头。

“粉红香槟好喝，还是年份香槟好喝？”梅天星凑近她问道。他和许林昊因为受伤，都不能喝太多酒，以防伤口发炎。

“……粉红香槟吧。”姚千树低头答道。她其实不懂品酒，品不出其中的差别。

“你这个笨蛋，那个红带年份香槟贵多了，要喝的话，就多喝点年份香槟。”梅天星笑道。

“我不喝了，再喝就醉了。”姚千树站起来，开始拍摄。

赵即墨和孟沅并没什么好拍的，就是岁月静好地在品酒聊天吃饭，叶秋秋和张清野也是在开心地干杯喝酒吃饭，只有夏夜雪和许林昊，两人只是各怀心事地在喝酒，菜也吃得很少，那个架势，都不是在品酒，而是像喝啤酒一样，照这样喝下去，估计两人很快就会醉。

“好啦，我们中午就少喝点酒，晚上回到酒店，再不醉不归啊。”在梅天星的提醒下，夏夜雪和许林昊终于停止了灌酒。

品完酒后，梅天星带大家往路上见到的葡萄种植园走去。

许是因为刚才喝得有点多，夏夜雪觉得有些头晕，在一处草地上坐了下来，默默看大家参观。梅天星走在最前面，跟大家在解说着什么，姚千树趁大家不注意，偷偷拍了一张他的照片，然后继续跟在赵即墨和孟沅身后。

“小树，这边的视频素材应该拍够了吧？你可以陪我去散散步吗？”赵即墨对姚千树道。

这不像是赵即墨会做的事。姚千树有些奇怪，看了一眼走在前面的孟沅，她正蹲下来看地面的白石灰，没注意到这边，于是她跟着赵即墨往另一个方向走去。

她很好奇赵即墨要跟她说什么，然而赵即墨只是一直往前走，并不说话，眼看离大部队越来越远，姚千树急了：“即墨哥，你是真的要我陪你散步啊？那我们别走太远了。”

赵即墨停下来，却没有转身，声音随着风传到她的耳朵：“小树，你还记得吗？你18岁生日那年，也是喝了酒邀请我去散步。”

“记得啊，”姚千树有些脸红，“那时我喝醉了，害你背我回家，最后还过敏了。”

“那你还记得你在我背上对我说了些什么吗？”

“我……有说些什么吗？”姚千树忐忑起来。

赵即墨微微一笑，在她面前蹲下来：“上来。”

“啊？”姚千树后退一步，“不要吧，等下你又全身过敏。”

“梅导之前有给我设计一个脱敏疗程，过敏症有好转，你要试试吗？”

“真的吗？”姚千树看了四周一眼，见没人看过来，于是爬上他的背。

姚千树紧张地盯着他的后脖子，发现果然没有起红疹：“即墨哥，你现在真的不过敏了！”

其实背部还是有发热的感觉，但赵即墨依旧背着她稳稳地向前走：“七年前，我背上的小女孩跟我说，她喜欢我，让我去了国外也不能喜欢别的女生，我当时其实答应了她，可是后来我没有做到，我以为她忘了，所以就当没发生过。对不起啊，小树！”

他的话，像是突然解开了记忆的封印，轰的一声，姚千树突然全都想了起来。

“原来，那不是梦啊……”姚千树喃喃着，却没有意想中的窘迫，反而有种解脱的感觉，“那个时候的我是不是让你很为难？即墨哥，你不用跟我抱歉啦，其实，我现在发现你跟阿沅姐才是最合适的，我以前对你的暗恋，也许更像是一种习惯性迷恋和依赖吧……”

“我也觉得。”赵即墨笑了笑，把她放下来，双手扶住她的肩，“其实，我觉得你跟梅导也很合适啊。”

姚千树转身道：“好端端的，提他干吗啦？！”

“其实，是他昨晚拜托我跟你说清楚的，好让你放下对我的执念。”

“他为什么要拜托你？”

“因为……我跟他说，我想跟阿沅告白，他怕你伤心，让我先跟你说清楚。”

“……哦……他真的很多管闲事。”姚千树小声道。

赵即墨似乎有些忐忑：“那你，支持我去告白吗？”

“嗯！”姚千树朝他微笑，眼圈却不可抑止地红了，“即墨哥有想好怎么告白吗？一定要很浪漫才行啊。”

“那你有什么好点子吗？”赵即墨笑着看她，眼睛也有些红。

姚千树回想起梅天星之前对她说过的分析，敏锐地抓住了“浪漫”和“感性”两个关键词，思索一番后，在他耳边耳语了一番。

赵即墨听完，点点头，冲她比了个大拇指。

两人往回走去，赵即墨走在前面，姚千树走在后面，默默拿出手机，把之前存在手机里的录音删掉了。那是她偷录下来的，梅天星跟她交代的撮合任务，之前她删的只是摄像机里的视频，而他不知道，她其实还偷偷用录音笔录了一份。

做完这件事，她正好看到梅天星居然跟许林昊在一起散步，她猜梅天星应该是在跟他了解情况，于是也没有叫他们。

姚千树和赵即墨回到了葡萄园附近，孟沅正坐在草地上陪夏夜雪聊天，张清野没了尤克里里，对自拍也没兴趣，干脆替叶秋秋拍起照来，变着各种造型的叶秋秋笑得格外灿烂。

孟沅看到姚千树和赵即墨一起走回来，说道：“我说怎么没看到你们，原来是偷偷一起散步去了啊。”

这话怎么听都感觉是在吃醋啊，姚千树心中好笑，却故意不解释，只是笑了笑。这样，晚上赵即墨的告白，才会有意外之喜嘛。

赵即墨当然是听不懂孟沅的言下之意，还蠢萌地点了点头。

孟沅没有理他，站起来，冲夏夜雪伸出手："小雪，你好点没？好点了我们就先回去吧。"

夏夜雪拉住她的手，站了起来，这时，梅天星和许林昊也一起走了回来，大家便一起回了酒庄。

梅天星从酒庄带了两瓶红带年份香槟和两瓶粉红香槟回酒店，准备晚上大家再一起喝。他们今晚住的酒店位于兰斯市区，离酒庄半个小时车程左右。

离晚饭还有些时间，梅天星打算带大家去市区的兰斯大教堂参观，然而夏夜雪说有点头晕，要在房间休息，她不去的话，许林昊自然也不去了。赵即墨也罕见地说要处理点工作，抽不出时间去，最后，梅天星就带着剩下的四个人去了教堂。

"兰斯大教堂在法国历史上的地位举足轻重，重要程度不亚于巴黎圣母院。因为这里曾经是法国第一位国王接受洗礼的地方，而从1027年开始，一直到法国大革命，这里也是几乎每位法国国王举行加冕仪式的地方。"

伴着梅天星的解说，大家走到了教堂前的开阔广场上。

由于兰斯城里并没有高大的建筑，所以教堂有种拔地而起的气势，高大而雄伟，远远看去就已经十分震撼。走近看时，可以看到飞拱柱烘托的教堂顶部，密集而细长的大小尖塔重重叠叠，浑厚繁复的石头层层递进，直上云霄，绵无尽头。

这几天看了许多建筑，姚千树也有些摸清了门道，对梅天星道："梅导，这座教堂也是哥特式风格吧？"

"对，哥特式建筑的特色就是尖形拱门、肋状拱顶与飞拱，只要记住这个特点，你就不会认错。"梅天星道。

"哇，小树姐，你也太厉害了吧！要是你在巴黎再多转悠两天，可不得成一个建筑大师啊！"叶秋秋说道。

“你们东北人是不是都喜欢这么夸张啊？”虽然嘴里这么说，姚千树心里还是很受用的。

“我可半点儿没夸张呢，不信你问梅导，”叶秋秋看向梅天星，“梅导，小树姐是不是特别聪明，学习能力特别强？”

梅天星看了姚千树一眼，她正瞪着眼睛威胁似的看着他，他笑了笑，点点头。

姚千树莫名觉得有点甜，转头看向别处，偷偷笑起来。

“梅导，我可以自己逛一逛吗？”孟沅问道。

梅天星想了想，点头表示没问题：“不过，大家不要走远了，一个小时后我们在门口集合。”

“好的。”

孟沅独自向北部钟楼走去，叶秋秋则拉着张清野向西门走去，姚千树和梅天星留在教堂里，细细欣赏里面的花窗和梁柱。

“赵即墨留在酒店不是忙工作吧？”

“你跟许林昊聊得怎样？”

两人同时开口问道。姚千树狡黠地看着他，示意他先说。

梅天星无奈笑道：“许林昊当年不告而别是因为他听到夏夜雪跟别人说只喜欢帅哥，于是高考之后，他考到了很远的城市，拼命减肥健身，可是他肠胃不太好，体形也经常反弹，身体留下很多问题，所以一直也没有跟夏夜雪联系。后来，他好不容易从朋友那儿得知夏夜雪的消息，于是跟着她注册了‘星星’，还没想好要怎么告白时就被选进了这个活动。夏夜雪一直没发现他的真实身份，直到看到他的病历本。他在想，夏夜雪故意回避他，是不是就是不愿接受他。”

“妈呀，这曲曲折折的，跟拍电影似的……”姚千树叹道，“小雪为什么要拒绝这么好的许林昊啊！是我的话——”

“立刻就接受了？”梅天星挑眉。

“没有！我这是替夏夜雪选择好不好？！”姚千树不满道。

梅天星瞥了她一眼，继续道：“我让许林昊不要轻易放弃，直接去跟夏夜雪说清楚，因为，当你为一件事疑惑不安时，最好的办法就是直接面对。”

“他答应了？”

“是啊，好啦，我回答完你的问题，你是不是也要回答我的问题了？他不是在忙工作吧？”

“嗯，他是没有在忙工作，你猜对了。”

“那他在忙什么？”

姚千树双手食指交叉，封住自己的口：“已经回答了你的问题，接下来不能说了，秘密！”

梅天星笑了笑，懒懒道：“他在准备告白惊喜？所以你真的放下了？”

姚千树看向面前的雕像，语气有些惆怅：“你都分析了，他们俩在一起挺合适，又是互相喜欢，我放下不是最好的选择吗？如果他们能在一起，应该也是一段让人羡慕的爱情吧……”

“爱情？”梅天星似乎是发出了一声嘲笑，“你知道吗？这座教堂见证了无数法国帝王的加冕与皇室的婚礼，可是，它从来不敢说自己见证了爱情。爱情这种东西啊，太虚无缥缈了，你不纠结是对的。”

“喂，你作为一个媒人，说出这种话，不太好吧……”

梅天星看了她一眼，若无其事地笑了笑，仿佛刚才的嘲讽都是她的幻觉：“好啦，我们去偷拍一下叶秋秋那一对吧。”

“……好的。”姚千树打开摄像机，跟在他身后。

唉，他一定是被那个前女友伤得太深了，才会说那种话。他该不会是，一直忘不掉前女友吧？

姚千树胡思乱想着，一不留神，撞到了梅天星后背上。

“你干吗突然停下啊？”姚千树从他身后走出来，看到叶秋秋和张清野正在前面。

张清野双眼微红，脸上是压抑的激动和感动，看得出他是想抱一下叶秋秋的，但碍于男女有别，于是只是拍了拍她肩膀。

梅天星的手机振动了一下，是方斌发来了一个微博链接。

点开是一个有名的律师发出的警告函，声明他已经成为张清野的委托律师，鉴于可靠证据已经备案，网上关于张清野的一切不实谣言，他都会保持追责权利。

“这是你做的吗？”姚千树看完问他。

梅天星摇摇头：“应该是叶秋秋做的。”

“她？！”姚千树看向叶秋秋，一脸不可置信。

“张清野自己肯定是不会做这种事的，他宁愿被人污蔑都不开口解释，现在会做这件事的人，除了叶秋秋，我想不到别人。”

“你说，今晚会不会也是他们的告白之夜？”姚千树问道。

梅天星没有回答。

一行人从葡萄园回到酒店。一进酒店大厅，他们就看到了坐在咖啡区的许林昊，一脸不安的样子。看到他们，他立刻走过来：“你们终于回来了！”

“怎么了？”梅天星道。

“我给夏医生发消息，她一直没回我，我怕她出事，想敲门，又怕她只是睡着了吵到她……”

梅天星走向电梯：“那我去敲门问问吧，正好也要准备吃晚饭了，大家先回自己房间休息一下，二十分钟后，我们二楼餐厅见。”

许林昊跟着梅天星一起去敲门，其他人也跟在后面。门铃响了两声，夏夜雪就打开了门，看样子是早就醒了。

“你们回来了啊？都在我门口干吗？”夏夜雪问道。

“哦，许先生担心你有事，又怕你只是在睡觉，怕敲门吵醒了你，所以有些坐立不安，我们就一起过来看看。”梅天星道。

夏夜雪看了许林昊一眼，又对梅天星笑道：“我是一直在睡觉，刚醒。对了，这个点儿，要吃晚饭了吧？”

对吃还感兴趣的话，那应该是没什么大问题，梅天星点点头：“二十分钟后，我们二楼集合。”

等大家都回了房间，姚千树悄悄敲开了赵即墨的房门。

“即墨哥，你做好了吗？”姚千树问道。

赵即墨点点头，将东西发给她先看。

看完，姚千树伸出大拇指：“即墨哥，你太厉害了，这波绝对稳了！”

门铃这时突然响起，赵即墨走去开门，发现是孟沅。

“你工作做好没？”她问道，看到姚千树，笑了笑，“小树也在啊。”

“嗯，我们已经聊完了，你们聊，你们聊。”姚千树赶紧溜之大吉。

十分钟后，姚千树跟梅天星一起先到了二楼，赵即墨已经在那儿了，正在跟餐厅服务员交流。

梅天星低头看了她一眼：“你让他在餐厅告白啊？怎么不选在下午的教堂，多么应景？”

“我也想啊，可是他就没时间——”姚千树捂着自己的嘴。

梅天星知道她不会再说，便也没有再问。

赵即墨看到他们，走了过来，暗暗向姚千树比了个“OK”的手势。姚千树点点头。

其实她一开始也是跟梅天星一样的想法，只是她想着，赵即墨作为一个程序员，肯定还是结合自己的职业来做一个特色告白更有纪念意义，于是为了特色和个性，赵即墨只好抽了一下午的时间为告白做准备。错过教堂之行没关系，如果告白成功的话，他以后有大把时间可以跟孟沅再去一次。

其他人这时陆陆续续也到了二楼。

现在时间还早，餐厅只有零星几桌客人，空气中回响着大提琴的声音，一个侍应生站在他们的桌旁，专门为他们倒酒。

姚千树坐在赵即墨旁边，比他还紧张，他们的告白计划约定在甜点端上来后。

然而，好不容易等到甜点上来，大家都快吃完了，赵即墨还是岿然不动，姚千树悄悄扯了好久他的衣服，他置若罔闻。

梅天星察觉到两人之间的小动作，举杯道：“来，明晚我们就要回国了，这是我们在法国最后一次开怀畅饮，我们一起碰个杯吧！大家今天一定要尽兴，不要留什么遗憾哦。”

“嗯！”“好！”“Cheers（干杯）！”“干杯！”

大家站起来碰了杯，坐下之后，赵即墨依然没有行动。仔细一看，姚千树才发现，他拿着杯子的手在微微发抖。

好了，姚千树明白他为什么一直单身到现在了。不过她也是没想到，一向沉稳木讷的赵即墨，也有这么萌的一面，这一刻，他不再是那个高高在上的男神，而是她需要帮助的邻居哥哥。

正当她悄悄拿过他的手机，准备替他操作的时候，张清野突然站了起来，向卫生间走去，看样子似乎不太舒服。

“我过去瞅瞅哈。”叶秋秋跟了过去。

张清野虽然平时也爱喝酒，但酒量并不大，今天一连喝了许多葡萄酒，就有些晕了，叶秋秋跟在他身后，见他走进卫生间，站在门外，暗暗给自己打气。

到底是喝酒壮了胆，她决定等张清野出来，就向他告白。

张清野似乎是在里面吐，她犹豫再三，准备冲进去查看的时候，张清野的手机响了起来，他立刻止了呕吐，接通了电话：“……爸，怎么你们还没睡？”

巴黎的晚上八点，国内已经是凌晨两点。

“什么！囡囡没事吧？”张清野语气充满焦急，他立刻挂掉电话，给那边发过去一个视频通话请求。

那边接通之后，手机画面里出现了一个小女孩，她睡在病床上，病恹恹地对着张清野叫了一声“爸爸”。

叶秋秋如遭雷劈，立刻将偷看的头收了回来。她从来不知道，张清野还有个女儿。

在她震惊呆立的时候，巴黎游的微信群里，赵即墨发了一个小程序，她还没来得及看，就见张清野已经拿着手机跑了出来，他看到她也来不及讶异，而是向梅天星跑了过去。

“梅导，我可以立刻回国吗？我女儿生病住院了！”他一脸着急。

梅天星安抚了他一会儿，问清缘由后，有些为难道：“张大哥，其实我们明天就可以回去了，机票定好了也不好改，您女儿现在在医院也有人照顾，您真的不急于这一时赶回去。”

“可我女儿突然流鼻血晕倒住院难道不严重吗？万一是白血病怎么办！”张清野推开他，上楼准备收拾东西。

其他人估计也是觉得梅天星太不近人情，饭没吃完，也都纷纷上楼了，连最爱吃饭的夏夜雪都没留下。

“梅总，你要不再考虑一下让张大哥先走呗，他一直担心女儿的话，你强留他下来，也做不了什么事。”姚千树弱弱劝道。

梅天星看了她一眼，没说话。

“我……我先去看看张大哥。”说罢，姚千树也跑了上去。另外两个摄影师也跟着她一起跑了上去。

张清野一回到房间，就开始收拾东西，许林昊也帮着一起收拾。许是因为牵挂女儿的病情，他的行李不是这样漏了就是那样忘了，整个人好似无头苍蝇，在房间乱转。

“啊，我给囡囡买的那本童话书呢？刘摄像你看见没？”张清野问同住的刘明。

刘明帮着在一边找，张清野也一边找一边自言自语：“囡囡最喜欢听我讲故事，可是我大半年没回去给她讲故事了，她会不会认不出我来了……”

他脸上的担心和失神，让大家也都自发帮他找了起来。

夏夜雪一直站在门外，看着大家都忽略了最根本的问题，她终于忍不住走进来：“张先生，你家女儿有病历表和诊断表吗？给我看看。”

“对对对，夏医生正好是儿科医生啊，怎么忘了这茬儿了？！”许林昊停下来说道。

张清野看着她，像是终于回过神一般，赶紧给国内的亲戚打去电话。

“发来了！夏医生你帮忙看看吧，谢谢你了！”收到图片后，张清野立刻递给夏夜雪。

夏夜雪点开图片，仔细看了几遍，狐疑说道：“诊断表上说你女儿没有大碍，只是鼻孔毛细血管破裂而已，晕倒则是因为贫血。”

“啊？大叔，你亲戚为什么骗你啊？”叶秋秋道。

张清野沉默着，良久，他眼圈似有泪光：“我懂了……因为大家认为是我害死了阿洁，所以囡囡一直是她外公外婆在照顾。我也一直不敢回去看她，只是每个月按时打钱回去。囡囡外公外婆都是好人，他们骗我，是想让我回去吧……”

“原来是这样……好在现在真相大白，大家也都不怪你了，大叔，你就不要生活在自责中了。”叶秋秋眼圈也红了。

这群人里，最震撼的自然是夏夜雪了。她对男人防备心最重，所以才一直不待见张清野，可是经过今晚的事，她彻底原谅了这个隐忍的男人。

“估计你岳父母也是不知道你在巴黎才骗你的。既然没事，那我们今晚就散了吧，让张大哥也好好休息一下。”孟沅道。

“嗯……”见已经没事，姚千树赶紧重新提起今晚的重点，“对了，刚刚即墨哥你给我们发了个什么程序啊？”

赵即墨似乎并不想她在这个时候提这个，但阻止已来不及，大家已经点开手机看了起来。

房间里突然充斥着周杰伦的《告白气球》，这是孟沅在朋友圈分享过的一首歌。赵即墨发的程序是一个旅行背景的小游戏，让大家选出每一时期去过的地方，测试你是什么类型的旅行家。

一共有十个选择题，每个人做完后都是不同的答案。

姚千树的测试结果是：你是赵即墨眼里最可爱的旅行家。她看了一眼旁边的孟沅，只见她一脸没反应过来的表情，于是姚千树抢过她的手机，只见孟沅页面上显示的是：你是赵即墨心里最爱的旅行家。而她选中的地方，也都开始冒出很多心形符号，在英国地图那里还有一个对话框：这是赵即墨对你一见钟情的地方。感谢你见义勇为，像女侠一样从天而降，感谢你出现在他的生命里。

姚千树大声念道：“你是赵即墨心里最爱的旅行家！哇，即墨哥，你这是在向阿沅姐告白吗？”

话毕，大家都纷纷围过来传阅手机，脸上都是羡慕和开心的表情。

孟沅还是有些没反应过来。

作为赵即墨将近十年的老友，她从未预料过会有赵即墨主动向她告白的一天。

其实在英国做交换生的时候，她就很喜欢赵即墨了。

受家里开明的西化教育的影响，以前的孟沅见到喜欢的男生，从来都是主动告白的那个，被男生拒绝后，她也会很快走出阴影，继续乐观生活。

认识赵即墨源于一次拔刀相助，那时他正在被一群英国同学欺负，她靠着手上的文身和烟，成功吓退那些学生。之后，两人成为异国互相扶持的朋友。她喜欢他，觉得他也喜欢自己，不过这些年，她也积累了一些经验和教训，感觉中国男生还是希望他们主动一点，所以她想把告白的机会留给赵即墨。

可是在一次玩真心话大冒险的时候，赵即墨被一个暗恋他的女生提问，问是否会喜欢交往过很多男友的女生，赵即墨的回答是，他觉得女生会不够长情，他会考虑一下。

所以，她觉得他不会喜欢自己，最终决定放弃这段感情，接受别人。

她本以为他保守，她开放，两人再也不会有可能了，可没想到他们会一起被选中巴黎游。到巴黎才发现，两人在国内鲜少交流的时间里，赵即墨居然跟她有那么多的共同爱好。所以，她才会在来巴黎的第二天，借醉酒主动去亲他试探，只是她没想到会被直接拒绝。

在机车意外时，她看出来姚千树也喜欢他，她觉得赵即墨也许也喜欢姚千树，所以干脆就开始躲他。

后来，梅天星在西岱岛上劝她，不要退让成全，赵即墨又对夏夜雪说他从来没有介意过她的开放，他觉得她很好，还在地下墓穴保护她，所以没有出息的，她又动摇了。

在猜到赵即墨也许是因为异性过敏症才拒绝她后，她是想主动告白的，却又遇上单明煦来求复合，意外一个接一个，事情拖到现在，她没想到自己居然等到了赵即墨的主动告白。

但她更没想到是，他居然藏得这么好。他居然喜欢了她这么久，久到她都不敢相信。

眼下，姚千树一脸祝福，那她接受他，应该也不会影响三人的关系吧？

见孟沅没反应，赵即墨脸上的一丝紧张，变成了十分紧张：

“对……对不起！阿沅，要是吓到你了，我……我撤回那条消息。”

“给了人家的东西，再撤回，也太不礼貌了吧？”孟沅慢慢勾起嘴角，灯光下的红唇明艳不可方物。

“那……那……”赵即墨词穷了。

“那就恭喜你们牵手成功，祝你们早生贵子，百年好合！”姚千树急得脱口而出。

“恭喜恭喜！”许林昊带头鼓起了掌，其他人也跟着鼓起掌来。

姚千树端着摄像机拍完这一段，环视一圈，发现梅天星错过了这出好戏，想了想，对大家道：“我去找梅导，他如果知道我们团有两个人脱单了，一定会很开心的！其实，刚才他也很担心张大哥的女儿，估计这会儿正在忙着帮张大哥提前改签机票呢。”

“那我们一起去找他吧，让他别改签了。”张清野道。

大家一起向二楼餐厅走去，没看到梅天星，倒是听到有声音隐隐从二楼的楼梯间传来，姚千树想到他那些打不完的满是玄机和秘密的电话，转身想阻止大家，黄贺和刘明却已经率先走了上去，梅天星的声音传来：“别担心，即使他们找的代言嘉宾是《终于等到你》里面的明星CP，那也比不上我们‘星星’的‘最不可能在一起情侣’的真实嘉宾代言。”

完了。姚千树大脑一片空白。

梅天星听到响动，转过身，看到大家都一脸震惊又疑惑地看着他，冲着电话那头说道：“我晚点再跟你们说。”

“梅导，请你解释一下，刚刚的那通电话。”孟沅冷冷道。

梅天星挂掉电影，并没有慌乱，微微笑道：“大家应该还记得，你们来巴黎之前，就签署过同意‘星星’使用你们的视频素材作为商业宣传视频吧？”

“可是梅导，”孟沅也笑了，“你是从哪里下的结论，我们六个人可以变成恋人，还是最不可能在一起的情侣？莫非，你暗中有在做什么？而且，我一直在纳闷，为什么‘星星’这么一个交友APP，会拍一群人的旅行视频去宣传，难道你刚刚的那通电话，才是你们最终的目的？还有，你真的只是导游吗？”

孟沅不愧是职场御姐，不只有美丽的外表，还有犀利的分析能力。刚刚她跟赵即墨牵手成功时，梅天星不在场，不可能有未卜先知的能力，而叶秋秋和张清野、许林昊和夏夜雪，此刻虽然还没在一起，但也快了的势头。梅天星能如此笃定他们会在一起，加上她后面的疑问，“星星”抽他们来巴黎旅行的动机，以及背后可能的动作，都变得引人深思。

“孟小姐，刚刚你说的，都是没有证据的猜测。我在电话里那样说，是因为小树下午说漏了嘴，她说赵先生要向你告白，我看你俩关系挺好，早就觉得你会答应，你们会在一起，我真没有暗中做什么。”梅天星露出一个诚恳的微笑。

“小树，是这样吗？”赵即墨看向姚千树。

姚千树看了他一眼，又看了梅天星一眼，见大家都在等着她的回答，她咬咬牙，最终低头“嗯”了一声。

唉，她本以为自己以后都可以不用撒谎了，没想到，她现在又要为这个治好自己撒谎病的人开始撒谎。

“哎呀，梅导不会害我们的啦，我们都先回去吧，”夏夜雪开口道，“赵先生，阿沅，你俩刚刚在一起，也是喜事一桩，就不要想太多误会梅导了。”

“对啊，梅导这几天为了我们能好好相处，可上心了，就算……就算他有暗中撮合什么，这男未婚女未嫁的，能在一起也是美滋滋啊。”叶秋秋也说道。姚千树情不自禁地点了点头。

“是吗？”孟沅冷笑一声，看向梅天星，“单明煦那天会那么巧出现在你安排我们去的巴黎博物馆，其实就是你暗中搞的鬼吧？他不出现，没看到我跟即墨单独在一起，就不会那么生气，我也不会那么干脆拒绝他。但你有没有想到，我其实有跟单明煦坐下来好好聊天？我问他怎么会找过来，他说他是在地上捡到了你做好标记的行程表，可是梅导，你一向谨慎，怎么会犯这种错误？而且，行程表怎么不掉大厅，不掉我们面前，偏偏等大家都上车了，再掉在了车门边？”

“没准儿……真的是巧合呢？”叶秋秋语气弱了一些。

“呵，”孟沅看了她一眼，“我记得今天早上，你在车上跟我们说过，肖迪有挽留过你，跟你解释，他是在超市买东西中奖，中了两张蓬皮杜中心展厅的票，因为不能跟你去看，又不想浪费，才找的同学同行。可是据我所知，展厅的门票很少会跟超市合作，而且昨天也是梅天星让你们去蓬皮杜中心的，我猜，你能看到肖迪劈腿的画面，也是他的功劳。”

孟沅这么一分析，连姚千树也后退了两步。她单知道梅天星有做一些安排，但并不知道他的安排会接近操控。

“啪，啪，啪。”梅天星笑着鼓起了掌，“孟小姐不愧是电视台制片人，这猜测都可以写一个精彩的故事了。”

“你大可以继续装傻，但是，我回去会查那个展厅的资料，只要我查到他们没有跟任何超市进行有奖合作，那我的猜想就都是真的。如果你打着好心的旗号，实际却是为了商业利益，随意操纵别人的生活和感情，那我们的旅行视频，我第一个反对你们使用，并且你还会收到我的律师信。”说罢，孟沅转身离去。

其他人因为过于震惊，也纷纷转身回了自己的房间。

AI QING / ZHIZUO REN

第十二章 有花堪折直须折

回到房间，姚千树皱着眉，在房内原地踱了二十圈步。

“小树姐，梅导做的那些事情，你知情吗？他到底是干啥的？你们‘星星’到底想干啥呀？”叶秋秋一口气问道。

姚千树摆出一副跟她一样不解的神情：“我只是来拍视频的，其他的就不太清楚了。”

与其两个人一起被大家隔离，她还是跟梅天星划清界限比较好，这样也好两边沟通。

叶秋秋自然是看不出她在撒谎，点点头，又跟张清野聊起微信来。

姚千树有些烦闷，自己去了阳台。

如果阿沅姐说的那些猜测都是真的，放以前她如果知道的话，不仅不会同意，说不定还会立刻就跳出来揭穿梅天星。可是现在，在跟他接触了这么久以后，在见到了单明煦和肖迪后，她觉得即使梅天星有在暗中做什么，那也是为了让孟沅和叶秋秋离真爱更近一点而已。不过，阿沅姐最后说得也对，为了利益操纵别人的生活，即使最后有好的结果，也不应该提倡，这次只是恰巧碰到单明煦和肖迪是这样的人，如果他们是好人，梅天星还暗中拆散的话，孰是孰非就一目了然了。

唉，也不知道梅天星在电话里说的“星星”到底是出了什么问题……对了，她可以问杜白啊！

姚千树连忙给杜白发去微信，原以为他已经睡了，谁知他很快就拨通了语音通话。

“喂，小白，你还没睡啊？”姚千树接通语音。

“今晚我们公司应该很多人都没睡着……”

“哎呀，你快说到底怎么了？”

“小树姐，你知道‘星星’有将近一半的股权是外面股东的吗？按理说，这种机密我一个小职员也不会知道，但今晚我们加班，我无意听到了副总在办公室跟股东们打电话，应该是他们得知竞争对手‘黑凤梨’要重磅推出一系列宣传方案，合作代言人还是我们之前弄的那个节目《终于等到你》的几对明星CP，他们就开始不安了。刚才股东们好像又得知一个什么撮合计划泄密了，他们就想把股份转出去，可是我们公司目前没那么多资金回购股份，如果他们把股份卖给对手公司，那就真的棘手了……”

股东们怎么会这么快知道巴黎的事情呢？难道是团队出了内鬼？唉！她怎么忘了，“黑凤梨”的人找过她，肯定也找过黄贺和刘明。那到底，谁是内鬼呢？

“你早点睡吧，我晚点再跟你联系。”姚千树挂掉电话，约梅天星来阳台。

“我在702，你过来吧。”梅天星回道。他重新开了一个单间，没有再跟赵即墨住一起。

姚千树走上楼，敲开他的房门，见他有些疲惫的样子，语气不自觉温柔下来：“你……你还好吧？”

“不是很好。”梅天星摇摇头，抬起自己的手，“白天为了救你，手上的伤口不能沾水，怎么办？”

“谁问你这个了！”姚千树走进房间，坐在沙发上，“好喽，我等下帮你去买副手套。你先跟我说‘星星’到底怎么了？还有阿沅姐说的那些，都是真的吗？”

“真的又如何，假的又如何？”他看着她，脸上是一成不变的微笑，“你要是真的担心我，还不如帮我把我的内裤和袜子洗了。”

姚千树白了他一眼，看到他桌上的电脑是开着的，网页上显示的是“黑凤梨”的一些资料。

“你接下来打算怎么办？”

“我得先清楚大家的态度，才能确定要怎么办。”他说道。

“大家的态度，无非就是不开心和生气。”姚千树叹了口气。

“那你呢？如果孟沅说的那些都是真的，你是什么态度？”

“我？不知道……”姚千树迟疑道，“虽然，即墨哥和阿沅姐跟我熟识，但毕竟我不算当事人，我的看法并不重要，主要还是看他们吧。”

“哦？”梅天星有些意外，“我记得某人以前还说过，一旦觉得我的撮合手段不合理，就要跟我反水呢。”

“哎呀，你就别跟我贫了。说正经的，你有想好接下来的对策吗？”

梅天星不以为然，正准备张口，电话响了起来，他拿起手机，对她道：“行了，你就别担心了，回去早点睡吧，明天见，晚安。”

“好吧……”

她刚走到门口，梅天星就接通了电话，姚千树本来是想偷听一会儿的，可是拉开门后，她看见赵即墨正站在门口，她赶紧关上门走过去。

“即墨哥，你找梅导吗？”

“我找你，因为你不在房间，我想着你应该在这儿。”

“哦……怎么了？”

赵即墨一脸严肃：“小树，我希望你能老实告诉我，你是‘星星’的职员，梅天星背后到底做了什么，你应该知道一些吧？”

姚千树艰难地点头。

“那阿沅说的那些，都是真的吗？”

“即墨哥，我们下去说吧。”姚千树领着他下楼，去了阳台。

两人走上阳台，姚千树磨磨蹭蹭关上阳台门，还是没想好要怎么回答。

“说吧。”他道。

“……即墨哥，这事儿真有那么严重吗？你跟阿沅姐能在一起，不是也挺好的吗？”

“一件事情，我们不能因为它最后歪打正着，有好的结果，就忽略它的恶劣性质，”他看向她，“这么说，你是知情的？”

“没有，我……我只知道他是要撮合你们，一开始我也是不同意的，但是……哎呀，这件事解释起来很复杂，总之，阿沅姐说的那些事情，我是真的不知情。”姚千树有些头大。

赵即墨失望地看了她一眼，走向房间门口，道：“小树，你好好想想吧，难道你还想像上份工作一样，傻傻地被人甩了锅还没意识到？”

姚千树愣住。

上份工作给她造成的影响，其实从来没有消退过，只是，她不知该如何去打一场翻身仗，索性把这件事埋进沙堆，再也不去回想。

也许，即墨哥是真的不懂她，才能如此轻易地揭她的伤疤吧。

第二天一早，梅天星已经在餐厅等着大家。他的眼圈有一层淡淡的青色，看样子是没休息好，但看到大家后，他还是一如既往地微笑着跟大家打了个招呼。

孟沅应该是已经查清了真相，刚要开口，梅天星站起来，拿出一沓合同，道：“孟小姐，你不必再说了，我重新为大家介绍一下我自己，我真正的身份是‘星星’的总裁。我代表‘星星’先跟大家说一声对不起。事已至此，我明白大家心中的怒气，所以，‘星星’愿意付给大家可观的报酬，以弥补大家心中的怒气。这是一件两全其美的事情，我希望大家能好好考虑一下。如果大家还是不同意的话，我只能遗憾地告诉大家，视频我们还是会播出，毕竟大家之前已经签过合同同意了。”

梅天星并没有把锅甩给姚千树，而是选择自己跳出来。姚千树有些意外，又有种异样的感觉。他私底下的那些计划，之前不告诉她，自然是因为不信任她，可是后面，他依然不说，会不会其实是为了她好，免得她蹚这趟浑水？

不过，他突然这么强硬，不怕大家更不接受吗？

孟沅拿过合同，扫了一眼，又把合同扔在桌上，道："我想梅总还是不明白。是，旅行的视频，你们是可以继续使用，但如果打出什么'撮合最不可能的恋人'这种宣传噱头，那就等着接我们的律师信吧。即墨，我们走。"

赵即墨看了一眼不发一言的姚千树，跟着孟沅离开了，其他人面面相觑了一会儿，也跟着两人离开了。

等黄贺和刘明也跟着上去了，姚千树才走到梅天星身边："哎呀，你为什么要用这么强硬的手段对大家，如果是以朋友的身份，站在爱情的角度，好好说说，没准儿大家就心软同意了呢？！"

"爱情的角度？"梅天星重复着她的话，忍不住笑了起来，"我从来都不觉得，爱情是多么神圣的一件事，拿它来说事更是可笑。"

如果他第一次说这种话，姚千树还可以理解的话，那他现在还保持着这种态度，姚千树就有些心底发寒了。如果这是他的真心话，那即使单明煦和肖迪是个好人，他也会设计他们离开孟沅和叶秋秋吧？他到底被爱情伤得有多深？

一个笑容如此温柔、眼神如此温暖的人，却原来心里早已什么都没有了吗？

姚千树分神间，梅天星的手机响了起来，是公司副总方斌打来的，她退了一步，道："梅总，你先忙吧，我去稳住大家。还有黄贺和刘明应该有问题，但今天是最后一天，我们一切先等到回国后再说吧，他们之前拍下的视频，我昨晚都剪切拷过来了。"

说罢，不等他回答，她就跑了出去。

这时，杜白给她发了一条信息，说是梅天星的奶奶住院了，不知是不是跟"星星"这次的危机有关，方斌一直在医院陪着她。

得知奶奶度过危险期以后，姚千树松了口气。

看来梅天星之所以沉不住气那样威胁大家，就是因为奶奶乱了阵脚吧。那她一定要帮他做好这最后一天的任务。

此刻，孟沅他们正聚在酒店一楼大厅，商量接下来的行程让赵即墨带着大家去，不需要梅天星带领，也不让摄影师跟拍，等熬过今天，回国他们就跟“星星”一刀两断。

“阿沅姐，即墨哥，还有大家，”姚千树走近他们，“你们先消消气，刚才是梅导说话方式的问题，他对你们到底怎样，这几天，你们应该也都能感受到，我们没必要闹这么僵吧？”

“小树，你是‘食君之禄，忠君之事’，我们俩现在立场不一样，就别讨论这件事了。”孟沅道。

“好吧，”姚千树现在有点怕她，“大家先去玩一下，放松一下也行，不过，今天的行程，定好的是去拉雪兹神父公墓，大家不会改这个吧？”

其实在国内她看到这个行程时，就十分疑惑，两个坟墓景点，她还以为梅天星是对坟墓有什么特殊的爱好，后来梅天星告诉她，去地下坟墓是为了制造气氛，去拉雪兹神父公墓是想让大家沉下心感受死亡的庄重。他想提醒大家，人生无常，要好好珍惜身边拥有的一切，有花堪折直须折，莫待无花空折枝。

把这个景点作为最后一站，他也是想让没告白的人，抓紧时间告白。

“为了安全起见，我们还是会遵守安排，”赵即墨看了她一眼，终究是不忍心，又道，“可以让小树一起去吗？我保证她不会做什么坏事。”

靠着之前积累下来的友谊，大家同意让姚千树一起去。

姚千树于是当着众人的面，给梅天星打了个电话，跟他说明了楼下的情况，梅天星同意她带着大家继续接下来的行程，车子他会跟司机说好，让司机负责他们一天的游玩，等他们吃完晚饭，就会尽早送他们去机场，搭乘晚上11点回国的飞机，至于他和另外两个摄影师，会坐火车回巴黎，然后在机场等他们。

等事情都安排妥当后，大家终于踏上了回巴黎的车。

车上少了梅天星，气氛也有些怪。

许林昊昨晚本来是打算在吃完晚饭后就去找夏夜雪坦白一切的，可是发生了后来的事，他都不知道要怎么跟夏夜雪开口了。一旁的夏夜雪一上车就开始睡觉，也不知是不是真的在睡觉。

张清野此刻觉得很别扭，他一直当叶秋秋是个有趣的小女孩儿，因为自己有个女儿，所以他也愿意多照顾她一些，在看到她为自己找修琴师傅时，他不是没有感动过，可是，这突然间弄出个什么“最不可能的恋人”，他都快尴尬死了。

张清野瞥了一眼一边的叶秋秋，她正朝着他这边看，他吓得立刻打开了自己做的旅行笔记，看等下要去的墓在哪里。

他身后坐着的是赵即墨和孟沅，姚千树此时有些心不在焉，一直在想梅天星遇到的问题大不大。

孟沅此刻正拿着手机在打字，赵即墨用余光瞄了一眼，打了很长的一段文字，也不知道内容是什么。

他有些忐忑。虽然孟沅答应了做他的女朋友，但赵即墨却总觉得两人没什么变化，还是保持着以前老友般的默契和距离，如果不是手机里还有那个他亲手写的程序游戏，他都要疑心昨天的告白只是一场微醺的梦境了。

他突然在想，如果梅天星没有暗中拆散孟沅和单明煦，那他还有机会吗？孟沅是真的喜欢他，还是只是一时的感动呢……

孟沅并不知道身边人罕见的为情乱想，她重视自由意志，自是无法忍受别人操控影响她的情感，眼下她只顾着生闷气，根本就没注意到，当然也许是她觉得赵即墨也不会想这么多，所以一时间也没留意到赵即墨的情绪。

姚千树半小时内低头看了好几次手机，然而梅天星一个消息也没有，她忍不住问他事情解决没有，他还是没回。杜白那边倒是主动发消息过来，告诉她股东那边的问题好像暂时解决了，让她别担心。

她这才放心在车上补了昨晚没睡够的觉。

一个半小时后，车子驶到了公墓附近，赵即墨走在最前面，带着大家逛。

“拉雪兹神父公墓是巴黎市内最大的墓地，也是世界上最著名的墓地之一，这里埋葬着很多国际著名人士，例如作曲家肖邦、作家莫里哀和小说家巴尔扎克等，”赵即墨一边解说，一边指着入口，“待会儿我们可以一人去拿一份地图，然后分头去吊唁我们感兴趣的名人，因为下午我们还要陪张大哥去取琴，所以就一个小时后，大家在大门口集合，你们觉得这个安排可以吗？”

其他人点头同意，决定还是按照梅天星之前的安排，两两组合自行观赏。

孟沅想去看王尔德，张清野想去看圣-埃克苏佩里，许林昊想带夏夜雪去看雨果的家族墓，大家看向姚千树，等她决定跟哪一队走。

“要不你们去逛吧，我自己一个人慢慢逛。”姚千树暗暗捏着包里的摄像机，僵笑道。

她自然是不能再光明正大地去拍他们了，其实梅天星也没要求她今天继续跟拍，不过是她自己，有些不合时宜的圣母心，想要替他拍到叶秋秋和张清野、许林昊和夏夜雪的结局罢了。

因为最好奇许林昊那一对的发展，所以姚千树悄悄跟上了他们。

许林昊要看的雨果墓，只有一个碑在公墓里，雨果的灵柩在神圣的先贤祠，但他家族的墓场还在。

许林昊站在碑前，将之前买的菊花轻轻放下，说道：“夏医生，不，小雪，我知道你已经认出我是谁了……我记得我们去巴黎圣母院时，你说过‘长得丑的人，不配拥有爱情’，其实类似的话，高考之前我也听你跟朋友说过，所以，高考之后，我才一声不吭去了很远的大学，原本是想早点瘦身成功去见你的，可是减肥这事儿，在我这里比一般人难了一些，我有几次被送进医院……

“在我知道你注册了‘星星’后，我也第一时间注册了，原本是想跟你先在网上重新认识的，后来没想到我们都被抽中了巴黎游。我不是故意瞒着你，我只是不知道怎么开口跟你说……至于你为什么在知道我的真实身份后躲着我，我想了很久，这是不是你的拒绝……”

夏夜雪已经泪盈于睫，她想说话，被许林昊伸手制止：“但不管你的答案是什么，我都要先告诉你这么多年我憋在心里的话——在没有遇见你之前，我是圣母院钟楼里的那个丑八怪卡西莫多，”他摸了摸脸上的疤痕，并不惋惜，“是你的出现，让我感受到了快乐。在我眼里，你一直是那个美丽的女主角爱斯梅拉达，我想变成你喜欢的样子，好让你也喜欢我，可是，如果最后你还是不喜欢我，也没事，能跟你一起来巴黎旅游，是我这辈子最幸运的事——”

不等他说完，夏夜雪已经扔掉墨镜，扑到了他怀里，撞得他一个趔趄：“你是全天下最傻的傻瓜笨蛋！”

许林昊有些发蒙，这急转直下的剧情，让他的手都不知道该往哪儿放了。

“那时，我只是在跟朋友讨论那个因为长得丑所以老婆出轨的男明星！我高考之后还写了告白信给你，可是你倒好，毫无回应，远走高飞，害我以为之前跟你的革命情谊都是狗屁，你口里说喜欢胖子，实际还是嫌弃我这个胖子！你消失的这八年，你知道我遇到了多少嫌弃我的男人吗？你重新出现就算了，可你变得又高又帅，还成了人气模特，我以为你变得跟他们一样了，我以为那个曾经跟我一样审美的人不见了。

“当我知道许林昊就是毕易之后，我不知道你是什么意思。如果你喜欢胖子，你自己就不应该去变瘦，如果你变成了瘦子，就说明你是喜欢瘦子的，可你为什么还要来追求我，为什么要不顾自己破相来救我——”

她还未说完，许林昊就紧紧抱住了她：“误会，这一切都是误会，我才不喜欢瘦子，我只喜欢你，从过去到现在，都只喜欢你。我没有收到告白信，我们家的信箱被风吹倒过……对不起！是我的错，这么晚才出现，害你遇到那么多难过的事……”

两人紧紧相拥，如果不是姚千树突然脚滑惊扰了他们，他们可能会一直抱下去。

“对……对不起……”姚千树一脸尴尬地微笑，察觉自己手上还捧着摄像机，她连忙将它往身后藏。

“别藏了，我们都看见了。”夏夜雪道。

“我……那个……对了，梅总没在你俩背后做什么，你们可以签那个合同吗？”姚千树忐忑问道。

“虽然是这样，可我跟大家毕竟是一个团体，我和毕易，就是许林昊，”夏夜雪轻轻打了许林昊一下，“我们俩也不好见利忘义啊。”

尽管他们没同意，但起码他们没有敌视梅天星，只要能说服其他人，那他以撮合计划为吸睛点的宣传方案还是可以进行的。

姚千树冲两人挥了挥手，转身去找叶秋秋和张清野去了。

在圣-埃克苏佩里和他夫人的墓前，张清野鞠了两躬后，又静静看了很久，才转头对叶秋秋道：“妹妹，你想去哪里看？我陪你去吧。”

此刻他的肩上还背着她的背包，可是下午，他就要重新换上一直不离身的尤克里里了。叶秋秋拉住已经转身的他，吞了一口口水，然后豁出去般大声道：“大叔，我喜欢你！我知道你忘不了你的妻子，而且你还有一个女儿，可是，我就是喜欢你，我就是想跟你在一起！”

张清野愣了愣，半晌才反应过来她是说真的，赶紧扯开她，道：“你还年轻，这些话说过就忘了吧，我这么没本事的一个男人，如果早点让阿洁过上富裕的生活，说不定她也不会死。你喜欢我这种人干吗呢？”

叶秋秋重新拉住他：“你不要总觉得我年轻不懂事可以不？在我们东北，喜欢就是喜欢，不喜欢就是不喜欢，不扯那些有的没的，大叔，你就说你喜欢我不？”

张清野一时没见过这么热烈的攻势，又呆了许久，才拉着她，重新走到圣-埃克苏佩里的墓前，道：“以前我一直不明白，为什么阿洁在巴黎最想去的地方是一个墓地。但是刚才，我突然想明白了。”

张清野看着墓碑，眼神却像是穿过了墓碑：“阿洁一直很喜欢这个作家写的《小王子》，她跟囡囡讲过很多遍小王子的故事。我想，她是希望成为我生命里的那朵玫瑰花，就算全世界有无数比她美的玫瑰，就算她已经在这个星球消失不见了，但她依然是我心里独一无二的玫瑰花。

“之前我们在地下墓穴时，梅导说过，死亡不是结束，所以我跟阿洁也不会结束。她生前我没照顾好她，可是她死后，我可以永远不忘记她。秋秋，你真的还年轻，以后有大把时间慢慢挑，不用浪费大好青春在我这个没有希望的中年人身上。”

“我没有要你忘记她……我只是想做你的小狐狸，因为你，我的世界都变得奇妙特别了……”叶秋秋低着头，眼泪在眼眶里打转，但她就是倔强地不愿让它们流出来。

张清野叹了口气，好半天，才道：“今天先不说这些了，走吧，去你想看的墓。”

姚千树关掉摄像机，也悄悄离开了这里。

这一对，悬了……如果要促成他们，梅天星估计还得继续暗中撮合才行。可是，如果他们在一起了，还是不同意“最不可能的恋人”的宣传点，那梅天星还有必要大费周章撮合他们吗？

而且，撮合他们如此不般配的一对，对两人真的好吗？

姚千树想得脑壳疼，干脆放空自己，先去找孟沅和赵即墨。好不容易找到王尔德墓，除了看到墓前的一朵朵红玫瑰和拦在墓碑外的玻璃罩上的一个个红唇印，她并没有看到两人的身影。

按时间估算，他们应该是已经看完这个墓了，至于接下来他们会去看哪个名人的墓，姚千树就猜不出来了，赵即墨的兴趣就是编程、看纪录片加上旅行，她想不出他会对这里的哪个名人墓感兴趣。

既然没有头绪，姚千树干脆自己去了几个著名的墓逛，中途遇到张清野和许林昊他们，于是跟他们同行逛了起来，最后一起回了大门口集合处。

赵即墨和孟沅已经等在那儿了，赵即墨是一如既往的面瘫，看不出什么表情，孟沅倒是有些强忍着笑意，姚千树好奇地走过去，问道：“阿沅姐，刚刚有发生什么好笑的事情吗？”

孟沅瞟了一眼赵即墨，抿着嘴摇了摇头，看样子是不会松口了。

赵即墨见人已到齐，便立刻带着大家奔赴玛莱区，陪张清野一起去取琴。

玛莱区离公墓也不远，车子开了十多分钟便到了目的地。

琴行的老板已经修好了琴，在等着他们。张清野看到恢复如初的尤克里里，激动得立刻紧紧抱住了它，叶秋秋有些失意，却还是强颜欢笑地跟老板道了谢。

离开琴行后，夏夜雪看了看附近的商店，提议道："我们晚上就要去机场了，不如就在这附近买些吃的吧！到时候在飞机上也有东西吃。"

其他人觉得有道理，便分头去附近的商店选购食物，约定二十分钟后集合。

姚千树原本是跟着赵即墨和孟沅的，可看着孟沅挽着赵即墨的亲昵样子，她到底心里还是有些硌硬，不知不觉，跟两人就拉开了一段距离。

姚千树打算替梅天星也买一点食物，据说吃香蕉和巧克力可以让人心情变好，她一口气买了起码十种巧克力，又为了挑新鲜好吃点的香蕉，还去了个市集逛。

等她发现自己跟大部队走散时，身边突然有个黑人撞了她一下，跟她说了句"sorry"之后，就快步往前走去，她觉得有些不对劲，下意识摸了摸手机，发现果然不见了。

"小偷！站住！"姚千树想也没想就追了上去。前面那黑人跑得飞快，七拐八拐的，就没了身影。

等她气喘吁吁停下来时，才发现自己所处的地方，已经有些荒芜和偏僻了。姚千树悬着一颗心找回去的路，然而路痴属性的她，似乎越走越偏。

这下是真的糟了，她手机又被偷，在附近也找不到人借手机联系大家是其次，如果碰到坏人……姚千树脑海中闪过各种画面，自己快要被自己吓哭时，突然瞄到了手腕上的定位电子表，这还是她刚入职时，梅天星强制要求她戴的，用这个，似乎可以联系到梅天星？

她试着按了一下求助键，等了几秒之后，一道红光闪了几下，之后就没有反应了。

不会是坏了吧？姚千树欲哭无泪，打算继续找路，而刚刚偷她手机的黑人，突然从一个巷子里走了出来，他身后，还跟着两个人高马大的黑人。

AI QING / ZHIZUO REN

第十三章 糟糕，是心动的感觉

“你……你们别过来……Help!Help!”姚千树大叫起来，那个黑人连忙冲上来，捂住她的嘴，叽里咕噜说了一顿她听不懂的法语，直到他喊出不太标准的“朋友”两个字，她才诚惶诚恐地停下，此时的她眼泪都被吓出来了。

这时，一个画着烟熏眼妆、涂着暗红色唇膏的哥特风法国美女走了出来，她手里还拿着姚千树的手机，也不知他们是怎么解开的屏幕锁，手机此刻显示的是他们之前在兰斯葡萄种植园时，姚千树偷拍到的梅天星的侧脸。

“You know this guy（你认识这个人）？”她问道。

联系刚刚黑人说的那两个字，姚千树点头道：“Yes，we’re friends（是的，我们是朋友）。”

美女瞪了那三个黑人一眼，冲他们似乎是问了几句话，在听到他们的回答后，她还很生气地走到为首的黑人面前，用力踢了他一脚，黑人吃痛叫了一声，然后还是乖乖站在她面前。

姚千树缩在一边，安静如鸡，瑟瑟发抖。

美女重新回到姚千树面前，用英语问她梅天星现在在哪儿。

姚千树怕她要找梅天星麻烦，推说自己不知道。

美女见她一脸防备，于是掏出自己的手机，给她看自己和梅天星的合照。那应该是好几年前的合照了，梅天星的头发还有些杀马特风格，跟美女抱在一起，笑得没心没肺。

感觉他们应该是朋友，姚千树只好老实表示，她也不确定梅天星具体在法国哪儿，可能在兰斯的酒庄，可能在巴黎，也有可能在戴高乐机场……

美女无语地看了她一眼，半晌，她有些伤感问道："Is he living well now（他现在过得好吗）？"

"I can't tell,maybe he is...having a good life（我说不上来，也许他算是……过得很好吧）。"姚千树犹豫道，脑海中同时闪过梅天星嘲笑爱情的样子。

美女看着她，在看到她手中提着的袋子后，问她为什么买这些。

姚千树告诉她，梅天星遇到了一点小麻烦，不太开心，她希望他吃了这些东西，能开心一点。

"I remember when I first met him in Paris, he was also unhappy（我记得我在巴黎第一次见到他时，他也不高兴）。"美女的语气似乎陷入了回忆。

姚千树靠着不算太好的英语听力，加上偶尔提问，终于知道了梅天星的故事。

因为母亲早逝的关系，他跟他父亲的关系不太好，他也一直不太喜欢跟人交流，直到大学遇到他的初恋，他的初恋是个美丽温柔的姑娘，在他身边花了快一年的时间，才让他走出自己的保护圈。两人在一起没多久，初恋就去了美国读书，两人谈了半年的异国恋，梅天星私下也在申请美国的学校，想给她一个惊喜，谁知道，拿到通知书的那天，他发现初恋劈腿了别人。

后来，他就来了法国读书，过着醉生梦死的生活，夜夜笙歌，日夜颠倒，然后在酒吧遇到了Julia，也就是面前的这位美女。Julia是这一带的大姐大，很喜欢他，有好几次都扶着烂醉的他回家，可是，他说自己是媒人后代，有家规要守，从未与她发生过关系。后来，两人变成了朋友，梅天星也逐渐开朗，但他对恋爱已经失去了兴趣，为了防止别人注意到他并喜欢他，还经常戴着鸭舌帽。

梅天星回国之后，与他们也断了联系。这次他来法国，因为工作需要，联系到了Jack他们，却还是瞒着她，如果不是刚刚翻看姚千树的手机，她还不知道梅天星来了巴黎。

姚千树觉得有些奇怪，梅天星什么时候对这几个黑人，有工作需要了？难道，去酒吧那晚，梅天星找的群演，就是他们？

她仔细看了看那三个黑人，终于想起来，他们似乎就是让夏夜雪签名，恐吓过她的人？！

那三个黑人看到她的表情，知道她是想起来了，冲她说了句“sorry”。怕她生气，又叽里咕噜解释了一通，Julia翻译给她听，原来他们也不只是做坏事，他们还找人伪装过溺水的戏码、帅哥甩女孩的戏码、让女乞丐去向一个特定的人乞讨，因为梅天星说那样可以治好跟她一起的那些人的心理疾病。

姚千树有些无奈地笑了。这个梅天星，如果不是她机缘巧合碰到Julia，他还不知道要瞒她多少事。所以，他真的对三对撮合对象都暗中插手了，如果那天不是许林昊在夏夜雪面前充当了一回护花使者，留下了好印象，估计夏夜雪之后还是会一直婉拒他；如果不是叶秋秋看到张清野去救人，估计也不会那么快理解他；如果夏夜雪不是看到跟自己类似经历的女孩，也不会面对自己的心病；至于即墨哥的过敏症，他那样做是为了让阿沅姐知道她被拒绝的原因吧。

比起生气梅天星的手段，姚千树更多的还是失落，他居然瞒了她那么多事，什么时候，他才能跟她分享他的秘密呢？

“Julia!Jack!”这时，一道男声打破了大家的怀旧心情，梅天星气喘吁吁地出现在了街头，Julia看到他，一脸惊喜地跑了过去。

梅天星看向姚千树，确认她没事后，冲她扬了扬自己手腕上的定位表，微微一笑。

看到他笑容的那一刻，姚千树忍不住要哭出来。如果说之前她对他的感情，还不确定的话，那这一刻，她确定了，她喜欢他。她想让他发自内心微笑，她想把春风夏露秋雨冬雪，这世上所有的美好都给他。

“Tim!”Julia跑到梅天星面前，一把抱住他，喜悦之情溢于言表。三个黑人也一起跑过去抱住他们两个人。

其实前天梅天星在玛莱区就碰到了Julia，只是他不想暴露自己真实的身份和往事，就没有跟她打招呼，也因为知道她喜欢自己，所以这些年他一直避开她，只希望她能忘记他。

Julia抱了梅天星起码一分钟，才放开他。放开之后，还舍不得放手，拉着他激动地用法语跟他交流起来，其间又是哭又是笑，还捶了他几拳，梅天星都是好脾气地看着她，脸上带着一如既往的温和笑容。

聊了许久，他才走到姚千树面前，将从Julia手里拿过来的手机还给她：“我跟赵即墨通了电话，大家都在分头找你，你说你，买个东西都能迷路，你自己跟他们说一声吧。”

明明是埋汰她，可是声音听起来还是那么好听而温柔。姚千树接过手机，拨通了电话，电话那头的赵即墨，语气焦急，一直在问她的位置，要过来接她。

姚千树怕大家看到梅天星和这群黑人也有勾当会更加生气，连忙拒绝，只说自己等下就和梅天星回去了。

挂断电话后，梅天星又抱了抱Julia和Jack他们，扬了扬他的手机，应该是说会跟他们保持联系，然后就拉着姚千树走了，Julia在他们身后大声说了句什么，不过是法语，姚千树听不懂，梅天星倒是有些无奈地笑了，还看了她一眼。

“她在说什么啊？”姚千树问道。

“想知道？”

姚千树点头。

“自己去学法语。”梅天星笑道。

姚千树瞪他，他只是笑笑，接过了她手里的食物，还是没有告诉她。

两人回到了约定的集合地点，叶秋秋和夏夜雪一看到他们，就走了上来，拉着姚千树，询问她刚才是怎么回事。赵即墨和孟沅也走了过来。

姚千树只说自己的手机被偷，赶去追的时候迷了路，后来梅天星靠着定位手表，找到了她，还帮她拿回了手机。

“我没事了，大家不用担心，我们现在去找个地方，吃个早早的晚饭，压压惊，然后就去机场怎么样？”

“那个，你们去吃吧，我要跟即墨去个地方，到时直接去饭店跟你们汇合。”孟沅说道。

“去哪儿啊？阿沅姐，这个时候，就不要单独行动了吧？”姚千树道，但她转念一想，自己这个刚刚迷过路的人，似乎没有资格说这话。

梅天星有些忌惮孟沅，此时只是沉默。

“你们就放心吧，即墨还是了解巴黎的，我们搞完就会尽快回来。”孟沅说完，就拉着赵即墨走了。

眼看两人越走越远，其他人纷纷看向梅天星，脸上是有些尴尬而不失礼貌的微笑，梅天星脸上则是拿捏到位的温和微笑：“行吧，那我们就先去吃东西，去试试……黎巴嫩美食怎么样？”

因为孟沅不在，其他人对梅天星倒没有那么大反感，于是便跟着他向黎巴嫩餐厅走去。

看着前面拉着夏夜雪手的许林昊，梅天星凑到姚千树身边道：“我不在的这大半天，似乎发生了不少事啊？”

姚千树拍拍包里的摄像机，扬眉道：“你放心，我已经拍下林昊和小雪定情一抱的视频了，现在就差秋秋和张大哥了，不过他们有点棘手哎，张大哥已经拒绝了秋秋的告白……”

梅天星看了她一眼，轻轻拍了拍她的头：“没事，现在最棘手的，是你的阿沅姐和即墨哥。好啦，你也别掺和这些事了，交给我吧。”

其实孟沅拉着赵即墨，并不是去办什么急事，她只是想让赵即墨陪她再去一次埃菲尔铁塔而已。而会有这种念头，起源于上午他们在逛公墓的时候。

她问他知不知道，她为什么要特意去看王尔德墓？他摇头。

她于是对他解释："其实王尔德这个人，你应该也是听过的，除了才华横溢，我最崇拜他的一点，是他的桀骜和浪漫，永远不与世俗为伍，即使身处阴沟，也依旧仰望星空。他说过一句话，我很喜欢——'做你自己，因为别人都有人做了'。所以，你看我，虽然很多人看不惯我的行事打扮，觉得我是靠美色在工作，但我统统不在意，因为我相信我总会找到一个懂我的人。"

说罢，她握住了赵即墨的手。

"你真的相信我吗？"赵即墨问道。

孟沅有些惊讶："为什么这么问？"

"……因为，我怕你最后会觉得，我也是世俗中的一个，毕竟我不太了解王尔德，我不桀骜，也不浪漫，"赵即墨越说声音越低，"阿沅，我有些后悔向你告白了。"

"为什么？！"

"我觉得我只是借了梅天星的光，是他治好了我的过敏症，他应该也私底下做过很多我们还不知道的事来撮合我们，我怕这些都是心机骗来的幸福，我怕你只是不忍心拒绝我才答应，我怕我们多年的友谊最后也不复存在——"他还未说完，孟沅就吻住了他。

赵即墨惊得眼睛都忘了闭上，后背僵直，思维一片空白。

就像是电脑死机一样，等到她离开他的嘴唇，他的大脑才重新慢慢恢复运转。身体好像没有任何过敏反应了？

"等下午所有事情都搞定以后，陪我去个地方吧。"她说。

赵即墨用堪比计算机的大脑，设想了好几个她想去的地方，却万万没想到会是埃菲尔铁塔。

无视他的疑惑，孟沅把他拉过来，命令道："看着我。"

赵即墨乖乖照做，她拿出手机，同时亲上了他的嘴，把他们在铁塔前的亲吻拍了下来。

赵即墨又进入大脑死机状态，孟沅好笑道："我们之前来这里的时候，叶秋秋说有一个传说，在埃菲尔铁塔下接吻的情侣一辈子都不会分开。其实我听过那个传说，因为觉得一辈子是一件很长的事，我对自己没有信心，所以从未跟人验证过那个传说，但是今天，我想我不是对自己没信心，而是因为身边的人不是对的人。但是现在，我想跟你验证那个传说，我已经做好了准备，你呢？”

赵即墨深深看了她一眼，点点头。

几分钟后，大家就都看到了孟沅发在朋友圈的吻照。

“哎妈，沅姐真是太帅了！”叶秋秋看着照片说道。

“早知道他们是去铁塔拍合照，那我们就一起去了。”许林昊对夏夜雪说道。

“要去你去，我要吃东西，没空。”夏夜雪嘴里还嚼着羊肉，头也不抬。

姚千树看着赵即墨和孟沅的照片，默默塞下一个鹰嘴豆泥丸子，她也不是难过，就是作为一只单身狗，看到别人这么幸福，有些嫉妒而已。

梅天星默默将薄荷酸奶推到她面前，怕她噎到。

大家吃完饭后，又给没来的赵即墨和孟沅打包了饭菜，正准备联系他们，他们就回来了。

“时间刚刚好，我们一起出发去机场吧。”梅天星道。

他没有再提一句关于合同的事，一直到回到中国。

回程的飞机上大家都很安静，但姚千树知道，那份安静，在他们抵达中国的时候，肯定马上就会不复存在，但她没想到会来得那么快。

他们抵达中国的时候，是下午4点。大家刚取消飞行模式，手机就此起彼伏地响了起来。

“小树姐，你快看孟沅的微博！”杜白给姚千树留言道。

姚千树赶紧点开，看到孟沅居然发了一篇抨击“星星”这次巴黎游的长微博，控诉梅天星手段不光明磊落。发布时间正好是他们上飞机要关通信之前。

孟沅一脸无畏地走在前面。

梅天星也看到了这条微博，他依然一副温和的样子，安排大家去坐车。

姚千树见他的样子，似乎是送走大家后直接去医院看奶奶，于是便对他说要跟他一起去。

“你就先回去休息吧，这十天你也辛苦了。”梅天星拍拍她。

“我之前也见过奶奶，你就让我一起去吧！”

见她坚持，梅天星只好同意，冲其他人挥手，两人上了另一辆车。

车子很快到了医院，方斌也在，奶奶正在睡觉，没什么大碍。三人便到走廊去谈话。

姚千树这才知道梅天星奶奶进医院的原因，因为“星星”股东要转让股份的事，爷爷奶奶想帮梅天星的忙，把自己的全部积蓄拿了出来，可是被梅天星的爸爸梅昂知道后，阻止了他们。因为梅昂觉得梅天星能力不够，做不成“星星”就正好关门别做，爷爷奶奶与他大吵一架，奶奶就被气进了医院。

“公司的事情怎么样了？”梅天星问道。

方斌一脸凝重：“梅总，你也知道，孟制片也算是有影响力的行业人员，她那个文章一出来就上了热搜，一大批黑粉和水军差点没把‘星星’淹死在唾沫里。公司投资人直接就撤资了，而且放话如果公司下个月还不能回购他们手里股份的话，他们就把股份转给‘黑凤梨’。”

梅天星脸上不见什么波动，只是点点头：“我知道了，方斌，你跟小树先回去吧，我在医院陪一会儿奶奶。”

见他不像有事，姚千树于是跟着方斌走了，一路上，她都在思考怎么帮梅天星。

黄贺和刘明是外聘人员，视频拍完，劳务关系就解除了，不管他们俩其中谁是内鬼，或者都是，此刻去揪意义都不大。姚千树眉头紧蹙，当务之急，还是要先解决阿沅姐的事，只是……想到孟沅黑白分明的处事风格，她心里犯怵，不然先从即墨哥身上找突破口？

一念及此，姚千树没有回自己家，而是去敲了隔壁赵即墨的家门。

他家很热闹的样子，来打开门的居然还是她自己的老妈，她爸则正在跟赵即墨的爸爸品茶聊天，看到她来，赵妈妈一脸喜色，走过来拉着她：“这次，我们小树可是立大功了！”

“啊？”

“这次啊，可多亏了你们公司送的这个巴黎游，不然，我们即墨也找不到阿沅这么棒的女朋友！”赵妈妈边说边拍着她的手。

姚妈妈则有些恨铁不成钢：“你看你，自己公司的活动，还是交友公司呢，怎么就没带一个男朋友回来？”

“哎呀，好啦，男朋友我没带，但你最想要的护肤品我倒是带回来了，你要不要？”姚千树道。

“还算你有良心，给你赵阿姨买了吗？”姚妈妈的注意力被成功转移。

“买啦，都买啦。”姚千树将行李箱里给四位长辈的礼物都拿出来，然后拉着赵即墨去了他房间。

“即墨哥，你能去劝劝阿沅姐吗？就算梅总之前瞒着你们，可毕竟他没做坏事啊，最后让你们有情人终成眷属，不是挺好的嘛。”关上门，姚千树立刻装可怜。

“小树，你阿沅姐并不是不讲情面的人，她看重的是态度，梅天星如果没意识到自己的错误，她肯定是不会同意的。”赵即墨一脸为难。

“那我去让梅总认错，在那之前，即墨哥，你能劝阿沅姐先把那条微博删掉吗？”

赵即墨叹了口气：“你觉得我能说动她吗？”

姚千树看了他一眼，默默摇头。

唉，其实要梅天星去向孟沅认错，也不太可能，他那副看不起爱情的样子，估计只会让孟沅更生气。看来，她只能先回去，另外想想其他办法了。

目前的情况是，巴黎团里，除了孟沅反应最大以外，其他人的态度其实都还好，毕竟他们对撮合对象也是有感情的，只要能说动其他人在微博上为梅天星讲话，应该就可以了吧。

现在夏夜雪和许林昊是碍于义气不便发声，那或许可以从叶秋秋和张清野那一对下手？

只是，张清野都拒绝叶秋秋了，要怎么办呢？

手机这时收到了杜白的微信，问她到家没。

姚千树眼睛一亮，俗话说得好，“三个臭皮匠，赛过诸葛亮”，说不定杜白能帮上忙呢，于是，她跟杜白一五一十说了公司机密的那个撮合计划和她的打算。

杜白听完，表示今晚就好好想想，第二天再跟她商量。

第二天一早，姚千树就提前到了公司，梅天星还没来，杜白倒是跟她前后脚来了。

“小树姐，我想到了一个办法。”他说道，眼圈似乎有点黑。

“是吗？快快快，跟我说说！”姚千树立刻拉着椅子在他旁边坐下。

杜白的办法是，既然张清野目前最大的心结还是他认为自己害死了妻子，对不起妻子，不能放下她。那么，就让叶秋秋帮他打开这个心结。杜白的建议是，让叶秋秋去张清野的岳父岳母家，替岳父岳母和他女儿录一个视频，表示他们早已经原谅了他，希望他也能原谅自己，还女儿一个爸爸。说不定，张清野能原谅自己，还能接受她。

“天哪，小白，你真是个天才！”姚千树听完，激动地双手捧着他的脸，用力揉了两下。

杜白的脸瞬间变成了烤红的虾子：“我……我去接点水。”

姚千树看着他逃跑的背影，忍不住偷笑。

有了方案后，姚千树立刻联系了叶秋秋。

“哇，小树姐你太给力了！我正愁不知道怎么拿下大叔呢！”叶秋秋兴奋道。

“行，那我们现在就去找他们吧！”姚千树道。

准备好器材之后，姚千树和杜白请了假，和叶秋秋火速赶往了张清野的岳父岳母家。

张清野的岳父母家在沪城周边的一个小镇，一个小时的车程就可以抵达。

岳父岳母没想到张清野的朋友会来看他们，也十分开心。

岳父母家的房子看起来干净而整洁，女儿囡囡也十分水灵漂亮，看来张清野一直都有在努力赚钱汇款回来。

囡囡似乎很喜欢看起来像姐姐的叶秋秋，一直拉着她的手，让她陪自己玩，叶秋秋也耐心地陪着她玩。姚千树和杜白便在一边拍。

囡囡喜欢剪纸画，叶秋秋便笨拙地剪动物给她玩，可是她之前从未剪过，一不小心，就剪到手了。

岳母一边替她包扎，一边问道："小姑娘，你喜欢我们家清野吧？"

"啊？我……我没——"叶秋秋有些不知所措。

"行啦，阿婆是过来人，你的表情早就出卖了你，"岳母拍着叶秋秋的手，"其实这两年，我们一直很担心清野。你呀，虽然年纪小了点，但你有这份心对他好，又不介意他有女儿，我们也不会反对的。"

"……其实，在巴黎时我就跟大叔告过白，可是他拒绝了我，他说忘不了囡囡妈妈，他觉得自己害了囡囡妈妈，也不想拖累我……"

"唉，清野就是一根筋，你放心，只要你能让清野回家，我们可以帮你说话的。囡囡这么喜欢你，以后你照顾她，我们也放心。"

"真的吗？"叶秋秋跳起来，开心地抱住她，"谢谢婆婆！"

一直到上了车，叶秋秋还傻笑不止，姚千树摇摇头，拨通了张清野的电话："咦，没人接？"

"不会吧？"叶秋秋也拿出手机，还是无人应答。

"啊！我想起来了，我们在巴黎修琴的时候，大叔有从里面拿到一把钥匙，不知道是开什么的，回国之后，他也一直没什么消息，不会是发生什么事了吧？"叶秋秋道。

想到这儿，姚千树立刻拨通了公司法务的电话。

张清野的住址合同里有，既然联系不上他，就干脆直接去他家好了。

张清野的住所在一个破旧的民房里，三人找过去的时候，敲了半天门也没人应答。

"你们是这家男人的朋友吗？他之前好像出远门去了，昨天刚回来，难道是又出去了吗？"一个邻居大妈说道。

"大叔不会是在家里想不开了吧？"叶秋秋哭丧着脸叫道。

听罢，杜白加重脚力，踹开了门。

“大叔，大叔！”叶秋秋冲进去，然而屋内并没有人。

正中央的桌上放着一个古铜色的铁盒，铁盒下压着一堆被拆过的信件。

“小树姐，这大叔也没看到人，又联系不上，我们看看这些信，从里面找找线索，应该不犯法吧？”叶秋秋道。

姚千树咨询地看了杜白一眼，杜白扯出一个笑容：“没事，反正也只有我们三个人知道。”

叶秋秋和姚千树立刻拿起桌上的信看了起来。

原来，信是张清野的妻子写的。在她看到自己胃癌晚期的诊断后，她对所有人隐瞒了病情，只是给他们留下了二十封信，一封写给张清野，一封给父母，另外十八封写给女儿，一直到她十八岁成人。她只想告诉他们，她爱他们，她如果走了，不是任何人的错，就算她不在了但她的爱依旧会陪着他们。她原本是想临死时再告诉张清野尤克里里里的钥匙，却没想到自己在跟他争吵后，会恍惚不小心掉入水中。如果不是尤克里里被打破，张清野还不知道多久才会知道铁盒里的秘密。

叶秋秋边看边哭：“大叔和他妻子的爱情太感人了……呜呜呜……”

“当务之急，我们还是得赶紧找到张大哥，他才知道这些事，不知道会干什么。”姚千树道。

“我们去那条河边看看吧。”杜白道。

“哪条河？”叶秋秋问道。

姚千树和杜白对视一眼，话不多说就出了门，叶秋秋赶紧跟上去。

他们去的河，是张清野妻子失足溺亡的那条河，原来年久失修的桥面，因为那次的溺亡事故已经被加固翻新，没有了安全隐患。桥下，张清野坐在河边，失魂落魄，河水划过他的膝盖他浑然不觉。

“大叔！你别想不开啊！就算你什么都放弃了，可你也不能放弃你的女儿啊！”叶秋秋叫道。

张清野抬头看向三人，好半天脸上才有些疑惑的神情，似乎是没想到他们为什么会出现。

“对不起，张大哥！我们去你家看到那些信了……其实……当年你妻子早已知道自己身染重病，时日不多了，所以她才会想去巴黎看圣-埃克苏佩里的墓，你何苦还要内疚是你害死了她？她信里也说，希望你不要内疚，即使她不在了，也希望你能幸福快乐地活下去。”姚千树道。

张清野恢复了神游天外的表情，不为所动。

这时，叶秋秋“扑通”一声突然跳进了河里，她把手机里去他岳父母家拍的视频点开，道：“大叔，这是我们上午去你岳父母家拍的视频，他们都原谅你了，你为什么不能原谅自己，你不要你女儿的话，那我就把他们都扔了！”她作势就要把手机扔进河里。

这个动作终于刺醒了张清野，他急忙站起来：“别扔！我……我就是脑子有点乱！我只是静一静都不行吗？”

“那你想通了吗？愿意原谅自己，愿意回去了吗？”叶秋秋问道。

“嗯，愿意，愿意。”张清野连连点头，见叶秋秋放好手机，他终于安下心来。

叶秋秋开心地笑了笑，准备上岸，谁知，水里的石头太滑，她突然脚下一滑，眼看就要滑进水里，张清野一个飞身出去，托住了她，自己却全身湿透了。

姚千树和杜白在岸上看得心脏都要跳出来。

“都拍下来了吧？”姚千树问道。

托着摄像机的杜白冲她点点头。

叶秋秋和张清野的事情终于有了进展，姚千树和杜白开心地回到公司。刚走出电梯，姚千树的手机就响了，是孟沅打过来的。

姚千树让杜白先回去拷视频，她去楼梯间接通了电话。

“小树，我上午在我们电视台人事部那边打听了一下，正好有个相亲节目缺编导，我跟他们打了招呼，你今天把简历做好给我吧。”孟沅道。

“啊？”姚千树有些丈二和尚摸不着头脑，她什么时候跟她说过要辞职了？

“你啊什么呀，难道你还要继续待在‘星星’？我已经听说了，‘星星’的那几个股东会把手里的股份卖给‘黑凤梨’，估计你们公司马上就会倒了，你还是趁早来我这儿吧，你要是不来，我估计你即墨哥立刻就会跟你爸妈说你公司的事。”

“可如果公司一遇到麻烦我就跳槽，那也太背信弃义了吧？”姚千树道。

“你跟梅天星那种骗子讲信义，他也不会感激你的。再说，你在他们公司做的，本来就不是专业对口的工作，也太大材小用了。你快点啊，我等你的简历。”话毕，孟沅利索地挂了电话。

“喂，阿沅姐——”姚千树听着电话那头的忙音，有些无奈。

她刚准备抬脚走时闻到了若有似无的一丝烟味，不禁抬头看，楼上似乎是有人，她忍不住又上了两层台阶，发现那人居然是梅天星。

这还是她第一次见他抽烟，她记得梅天星以前跟她说过，媒人是不可以抽烟也不可以喝酒的，抽烟牙会黄，喝酒会影响大脑，都不利于媒人的形象。他此时居然在抽烟，估计公司是真的很麻烦了。

梅天星看到她，面无表情，在淡淡的烟雾下，他英挺的五官似乎也染了丝忧郁的气息，他夹着烟的手指垂在一边，显得修长而白皙。

“你都听到了？”姚千树问道。

梅天星点头道：“我要是你，我就接受孟沅的橄榄枝了。”

“可是——”

“你去吧，考虑到你在巴黎没有功劳也有苦劳，我就不戳穿你内鬼的身份了。”他淡淡道。

“什么？！”姚千树不可置信地瞪大眼睛。

“有人匿名给我发了你去巴黎前跟‘黑凤梨’的人一起在茶馆交谈的照片。而且，我们技术部也查到了，你的ID有顶过之前黑‘星星’的帖子。”

“我顶那个帖子，是因为你破坏过我闺密郭宁的婚礼！而‘黑凤梨’的拉拢我当时就拒绝了，难道你真以为我是那种见利忘义的人？”

姚千树气得肝要爆炸。

梅天星淡淡笑了："那一切就更说得通了，你是为了替郭宁报仇才做的这一切。"

"就算我开始有这种想法，可是后来你帮我找到了姑姑，我就决定原谅你了！你等着，我一定要找出真正的内鬼，让你哭着跟我道歉！"姚千树转身要走。

"不必了，真相并不重要，你离开不给公司添乱就已经算是对公司好了。还是，"梅天星慢慢靠近她，"这样你都舍不得走，该不会是喜欢上我了吧？姚助理，我提醒你一下，我之前给你的助理守则第五条，你还记得吧？我不想被你这样的人喜欢。"

助理守则的第五条是：永远不要爱上他。

若是以前，她可能会幼稚地说谎否认，说出"就算全世界的男人死绝了，我也不会爱上你"之类的狠话，可是，跟他在一起的这些日子里，她突然意识到，想要在情感里得到成长的话，首先得不怕心碎。

虽然现在就承认喜欢他，是有点太快，也很意外，可是她不想否认了。

他那么帅，说他像空气可能失之偏颇，但感觉上确实像，本来一开始她也没把他放在眼里，可是从他借出肩膀任她安睡到背受伤的她回酒店，再到安慰因情失落的她、着急地去找她，太多的小事，一件件积累起来，他在她心里的分量也越来越重。

"是，我是喜欢你，"她看向他，"我知道，你温柔又有趣，英俊又有钱，女孩子的喜欢对你来说，是件很无奈、很没有惊喜，甚至是很烦恼的事，可是，我就是喜欢你，我不觉得自己有错。但如果一定要说我有什么错的话，也只能说，我错在喜欢上了一个因为以前的情伤而封闭了自己感情的人。内鬼的事情，我一定会找到证据。至于喜欢你这件事，是我自己的事，我不会让你心烦。"

这是她有生以来说过的最坦诚的话。她完完全全将自己的心捧在手里，递给了他。

可是，梅天星只是轻蔑地笑了笑："你的谎话真是越发有水平了，如果不是知道你撒谎成性，我差点就信了。我告诉你，就算你不是内鬼，也别想缠着我幻想嫁入豪门的戏码，我劝你省点力气。”

姚千树紧紧抿唇，感觉一开口眼泪就要掉下来，于是只是默默取下那块定位手表，放在他手里，转身跑了出去。

梅天星怔怔看着手表，神情复杂。

AI QING / ZHIZUO REN

第十四章 为你，千千万万遍

杜白得知姚千树要离开“星星”，本想要跟她一起走，却被姚千树劝住了。

当时她那么决绝，其实还是一时冲动的因素更大，事后她不是没有后悔，万一，梅天星只是在激她离开呢？不管这个万一的概率是多少，就算只有百分之一，她也不忍心完全不管他。

杜白留在“星星”，起码还可以随时盯着公司和梅天星的动态。而她去孟沅那边上班，也有好处，她可以借机劝孟沅签那份合同。

至于资金问题，姚千树也拜托了赵即墨，希望他能帮忙找到愿意投资“星星”的人。赵即墨虽然不太愿意，可面对姚千树的哀求，他最终还是点了头。

搞定这些后，她又找了个私家侦探，委托他去拍黄贺和刘明跟“黑凤梨”的人接触的证据。最后，她终于去江南电视台做完了走过场的面试。

这时，远在美国的郭宁也突然联系了她。

“小树！最近怎么样，我看你朋友圈去了巴黎？”郭宁道。

“是啊……”

“你怎么说话有气无力的？是工作忙还是遇到什么烦恼了？”

她不问还好，一问到这个，想起自己所做的一切都起源于郭宁，姚千树忍不住竹筒倒豆子般，把自己跟梅天星的纠葛哗啦啦全告诉了郭宁。

郭宁那边许久没有说话，姚千树都以为她掉线了：“喂，喂？你听得到吗？”

“哎呀！你们这是什么孽缘啊……”郭宁在那边号叫起来，“其实是我在婚宴之前就找到了梅天星，希望他能阻止这场婚事，不管是用什么方式。因为我并不想跟吴震结婚，只是碍于父母之命而已。他于是就找到了吴震的前女友李璇，给她设计了一出抢婚戏码。所有人都被蒙在鼓里，我本来想把这件事烂在肚子里，没想到你这缺根筋的，居然跑去报仇……”

“好啊你，亏我还为你担心难过那么久！你是不是我闺密！做这些事情为什么不跟我说？！”姚千树对着电话，十分激动。

“我这不是希望做戏做全套嘛……对了，梅天星知道你误会了他，却不解释，他那么聪明，应该知道内鬼不是你，所以他那样说，会不会就是想让你离开，不要被他拖累啊？”

“……你这个脑洞，我喜欢，”姚千树总算不再讨伐她，“那我更得好好帮他了。”

“行行行，这漫漫追夫路上，我会给你加油打气的，时候不早了，我明天要上课，先这样，有需要帮忙的就留言，拜拜！”

姚千树挂掉电话，开始追踪许林昊和夏夜雪的情况。

许林昊的微博上，发的都是他个人的照片，完全没有夏夜雪或者恋爱的痕迹。她好奇地看了看他微博下的评论，不看不知道，居然有粉丝拍到了他跟夏夜雪在巴黎游玩的照片，还上传上来质问他是不是恋爱了，很多粉丝纷纷不信，表示不相信他会找那样一个胖子谈恋爱。

许林昊并没有回复粉丝，犹如没看见这些评论一般。

姚千树想了想，决定晚上约夏夜雪出来聊聊。

夏夜雪那边似乎一直在忙，姚千树等了许久她都没有回复，一直到她准备在家吃晚饭了，夏夜雪才回了个“好”，姚千树连忙放下碗筷，也不顾父母在后面追问，就跑去了约好的咖啡厅等她。

“小树。”夏夜雪在约定的时间赶到了，她走到她面前，强颜欢笑地打了个招呼。

短短几天不见，姚千树就发现她瘦了，想来她应该也是看到了许林昊微博的评论。

“小雪，你最近……怎么样啊？”姚千树小心问道。

“小树，你老实告诉我……我跟毕易在一起，真的合适吗？”夏夜雪道。毕易是许林昊的真名，她更喜欢叫他这个名字。

“为什么要这么问？两个相爱的人，能找到彼此，一起走下去，难道不是最重要的事情吗？”

“所以，”夏夜雪苦笑，“你也觉得，我们不太相配，对不对？”

“没有没有，什么相配不相配的，都是世俗的标准，你们相爱就是相配。”姚千树赶紧道。

夏夜雪摇摇头，喝了一口咖啡：“我决定要跟他在一起的时候，也是这么想的。可是，我跟你说件事儿吧。前两天，毕易送了条裙子给我，那是我一直放在淘宝购物车里的一条裙子。当时店里没有大码，裙子也很贵，我就珍藏了两年，只是默默看着。那个收藏后来被其他的东西压到了购物车的最底下，我自己都忘了，可是我生日的时候他却把那条裙子送给我了。收到裙子的时候，我也很开心，当天晚上我回家就试了，可是……我发现，即使是我能穿的裙子，穿上去也很难看。原来有些东西，你即使拥有，也没办法风光使用，就好像是你咬牙买了一个名贵的包，可如果你买不起车，背着包去挤地铁，那别人也会笑你背的是个假包。”

“我不想毕易因为我影响了自己的生活和事业。”夏夜雪静静道。

她说的句句在理，姚千树完全不知该如何反驳，安慰性地跟她聊了几句后，姚千树无比沮丧地回了家。

梅天星好不容易才将夏夜雪和许林昊撮合在一起，可如果他们最后并没有幸福的结局，那撮合叶秋秋和张清野，还有必要吗？毕竟那一对，叶秋秋她妈那一关还不知怎么过。

姚千树睡在床上辗转反侧，她离开公司的这几天，梅天星一直没联系她，她坐起来，忍不住发微信问杜白公司的事。

杜白很快就回了她微信，告诉她公司最近在跟新的投资人洽谈，被“黑凤梨”收购股份的危机应该是暂时解除了。

想来应该是赵即墨找到的投资人，姚千树给他打了个电话，感谢了一番，在知道梅天星那边没有大问题后，这才终于安心睡去。

江南电视台那边，录用姚千树的消息平顺地传了过来，姚千树重新回到电视台上班，孟沅和赵即墨约她一起吃饭庆祝。

不过孟沅和姚千树到饭店的时候，赵即墨还在加班，说会晚点到。

孟沅也不生气，让他慢慢弄，她们正好可以聊聊天。

孟沅问她：“小树，你还在想梅天星的事情吗？”

“干吗要想他的事？”姚千树很自然地否认。除了郭宁，她没有告诉其他人梅天星认为她是内鬼的事，她怕朋友们去骂梅天星。而那样只会让她更心疼和难做而已。

孟沅还想追问，她的手机就响起了赵即墨的声音：“爱你的人正在赶来，他离你还有3公里。”

姚千树愣了愣，孟沅则有些不好意思地笑了笑：“这是即墨给我做的小程序，他是从你和梅天星的定位手表那儿找到的灵感，说是这样我想知道他在哪儿的时候就可以打开这个程序查看，他想跟我报备方位的时候，也可以用这个程序告诉我。”

这个即墨哥，浪漫起来真的是可以秒杀文科男了……

“看到你们这么好，我总算安心一点了。”姚千树道。

“为什么这么说？”

“因为……”姚千树咬咬牙，终于还是决定实话实说，“其实，小雪和林昊最近出了些问题，我一直在纠结，不知道帮着梅总撮合他们是不是对的，现在看到你跟即墨哥这么好，我想我应该也没那么错。”

孟沅摇头：“一码归一码，我跟你即墨哥是革命友谊了，跟小雪他们可不同。梅天星撮合他们之前，肯定就想过，一个想混娱乐圈的模特和一个纯素人，如果在一起肯定会碰到很多问题，还有秋秋和张大哥，他为了吸引眼球，故意撮合反差大的CP，其心可诛。”

姚千树忍不住替梅天星辩解：“他也没有那么坏——”

“这里，”孟沅朝赶来的赵即墨招招手，然后转头对她道，“好了，我们今天是给你庆祝的，就不要提扫兴的人了。”

见一时之间也不可能打消她的成见，姚千树只好闭嘴。

跟他们吃完饭后，赵即墨先送了孟沅回家，然后再载着姚千树一起回家。

“小树，明天你就要去电视台上班了，需要我等你一起出门吗？”赵即墨道。

姚千树坐在后排，透过后视镜看了他一眼，道：“不用不用，电视台有些远，我明天自己早点起来去坐地铁。”

“也行，如果你在新的工作环境遇到什么问题，都可以跟你阿沅姐说，不方便说的话，告诉我也行，我再帮你说。”

见他念叨的样子，姚千树忍不住笑了：“即墨哥，你这个样子，真的很像我爸。”

赵即墨也轻轻勾唇：“不是你爸，是你哥。”

姚千树进入江南电视台后拍摄的第一个项目，正是孟沅之前说的那档棚内相亲节目。然而拍摄第一周，她就感受到了这个节目理念与梅天星撮合理念的差别。

节目组并不挖掘嘉宾的择偶观形成的背后的深层次原因，而是完全交给嘉宾自由选择，宁愿在宝马上哭的女孩从头到尾都很坚定自己的择偶观，她从未想过，如果一味依赖另一半，当她的青春美貌不在时，宝马车也可能失去。就好像是让叶秋秋一定要选择肖迪一样。

而对爱情很自卑的女孩，碰到心仪的优秀的男生也不敢争取，只能眼睁睁看着男生跟别的女生牵手成功，就像是夏夜雪之前拒绝许林昊一样。

还有一个刚分手的女孩，前男友知道她上相亲节目之后，也登上男生席，对她诉说自己的后悔和思念，希望她再给自己一次机会。女孩被他的诚意打动原谅了他，可是没过两天，她就接到了女孩哭泣着打来的电话，说男朋友又是整天打游戏和玩乐，还是不思进取。这，就好比是孟沅重新接受单明煦之后的结局。

越是这样去对比，姚千树就越佩服梅天星，他说过，他是用现代心理学的性格分类学来做的配对，就算叶秋秋和张清野、夏夜雪和许林昊看起来十分不般配，但能看出他们内心深处对彼此需要的人，才是最有资格发现爱情的人。

姚千树不是没有想过，用从梅天星身上学到的那一套去跟嘉宾们交流，可到底是她太天真了，有些嘉宾并不是奔着恋爱结婚来的，他们要么是想出名、要么是托儿。真正想恋爱的人，又被需要争议和话题的节目组教唆得太放飞自我，戴上了各种浮夸的面具，两个第一次见面的人，根本不能在短短两个小时的录制时间内确定彼此是对的人。

在姚千树因为工作心力交瘁的时候，叶秋秋突然给她打来电话："姐，我手机被我妈没收了，她发现我跟大叔的事情，把我关起来了，快来救我！"

姚千树一看，立马打电话给杜白，跟他商量对策。

"我在想，叶妈妈肯定是担心张大哥骗秋秋，我们可不可以参考拍岳父母视频给张清野看那套，把张清野和叶秋秋在巴黎的视频剪出来给叶妈妈看？"姚千树道。

杜白觉得可行，于是利用下午的时间，配合姚千树的指点，飞速剪好了视频。

姚千树打开看了一下，忍不住捂住了嘴，也太……浪漫了吧！

叶秋秋和张清野的故事，从叶秋秋不小心将奶茶打翻在张清野的尤克里里上开始，然后是张清野跟她一起救人，接着是叶秋秋迷失在埃菲尔铁塔下，张清野着急找她，之后是他们去吃晚餐，他细心教她剥龙虾。最后是在酒庄里，为了让叶秋秋赢一次，张清野努力默背那些葡萄的品种和香槟的分类，到了比赛时，他一口气回答出所有问题，两人捧着迎来的奖品，笑得天真又快乐……

给叶秋秋妈妈看的版本，自然是只剪张清野对叶秋秋好的片段。

"我都要脑补出一个爱情电影了！小白，你太棒了！"姚千树给杜白发去语音，“我们下班后，就去叶秋秋家吧！”

杜白回了她一个OK的表情。

有了计划之后，姚千树一扫之前的颓丧，效率奇高地做完了当天的工作，等下班时间一到，就走出了办公室。

孟沅的办公室不在她这边，但正好来这边办事，看她一脸意气风发的样子，问道：“你这是要干吗去？”

“啊……我……我就是回家啊。”

“以前回家也没见你这么兴奋和积极啊，今天是有别的事吧？”孟沅打量着她。

姚千树被她看得有些心虚：“没有啦，阿沅姐……”

这时，杜白打来的电话拯救了她：“喂，你说……”

孟沅听到是个男声，没有再询问，暧昧地朝她笑了笑就走了。

姚千树松了口气，边走边听：“什么？你不能来了？没事，那我就自己去，反正也去过一次了。”

杜白打电话来是说公司临时加班，梅天星希望他们后期部门尽快把巴黎游的三对情侣的视频都剪辑加工出来。

“那梅总是要放弃打出‘最不可能的恋人’的宣传点了吗？”毕竟，还没有一个人跟他签过这个版本的授权合同。

“我们也不是很清楚，他突然急着要，我们只好加班了……对不起啊，小树姐！要不，你还是等我明天再一起去吧？”杜白道。

“真不用，你快去忙吧，早点弄完早点回家，就这样，拜拜！”姚千树挂掉电话，伸手打了个的士，直接奔向叶秋秋家。

叶秋秋家的小区很大，虽然姚千树有她家的具体地址，但没绕两圈，她就绕晕了。

“看来你路痴的毛病，已经药石无效了。”梅天星的声音，在她身后温和响起。

姚千树急急回头，对上那双不笑似笑的桃花眼，心里有些委屈又有些气，但又不能冲他发作，只好转身就走。

“你要是去找叶秋秋，那她们家不在那边。”梅天星拉住她，自说自话，“我之前给叶秋秋打电话，想问她还想不想跟张清野在一起，她一直不接，所以我就亲自来了。”

他说了谎。其实，他是看到杜白在剪辑叶秋秋和张清野的视频后，特意关注了他，听到他跟她打的电话，才故意把杜白留下来加班，他好过来“偶遇”她。

他当然知道姚千树不是内鬼，事后他回想了全部的细节，黄贺不可能戴得起宝格丽的手表；刘明跟张清野是室友，他去找张清野聊肖迪的事情时，刘明肯定也是听到了一些东西。所以，他找人去查了他们，果然拍到了这两个人跟“黑凤梨”接触的照片。至于姚千树之前跟“黑凤梨”的人见面的照片，肯定也是他们发过来，想让他跟姚千树内讧。

把姚千树骂走，自然是为了她好。要对付豺狼，他一个人就够了。

可是，她走了以后，他却比自己想象中要不习惯，他也不知道自己为什么会变成这样。明明他才是那个潇洒拒绝的人，她不过是跟以前的那些女孩子有些不一样罢了。以前那些被他拒绝的女孩，要么生气放狠话跟他绝交，要么无语走开，要么笑笑不承认，从未有一个女孩像她这样，大大方方承认，然后离开后默默为他做了很多事却不说。

但如果只是因为她不太一样就喜欢她，那也未免太对不起他媒人后人的身份了。他一定只是不习惯自己曾经的助理小跟班不在身边而已。

“秋秋有给我发过一条短信，说是她妈妈不同意她跟张大哥在一起，就把她禁足了，不让她直播，也不让她跟外界联系，直到她放弃为止。”气氛安静得有些尴尬，姚千树只好开口打破。

梅天星点点头：“她妈妈太独裁，难怪她之前那么想脱离她妈的掌控，不惜跟肖迪在一起。”

“她妈之前也许是觉得肖迪靠不住才阻拦吧，现在是怕张大哥的家庭太复杂，两人还有年龄差。杜白帮我剪了她和张大哥的视频，我给叶妈妈看看，希望能说服她吧。”

“看来，你比我更希望他们在一起啊。你不是要去找内鬼吗？怎么来管别人的事了？”梅天星道。

“我被你误会也就是暂时的，但他们的事情可拖不起，”姚千树认真道，“你知道吗？小雪因为林昊的粉丝反对，有些退缩了，我不知道要怎么劝她，你有什么好的办法吗？”

梅天星收起戏谑，正色道：“无非是个事业和爱情的选择问题，现在的重点不是我们做什么，而是许林昊打算怎么做。”

“对了……公司的新投资人，是你拜托赵即墨找来的吧？”他又道。

“啊？没有啊，为什么会这么问？”

梅天星看着她，看到她似乎消瘦的脸庞，忍不住道：“傻瓜，内鬼的事情你别急了，我找到黄贺和刘明的证据了。”

“我就说了不是我！你给我道歉！”

“我向你道歉。”梅天星老老实实低头，“对了，你在电视台的新工作怎么样了？”

他看起来心情还可以，这个时候，跟他说孟沅的事情，应该不会太影响他心情吧。

“梅总，那个合同的事情，其实，你好好跟阿沅姐道个歉，也不是没有转圜的余地。如果你是因为你初恋的事情还走不出来，影响到工作就太不值得了。”

“拜托，你不要老拿周雅然出来说事好吗？在你眼里，我是那么为情所困的人？”梅天星轻轻蹙眉。

“对啊，Julia都跟我说了你在法国的事了，你就别否认了。”姚千树伸手阻止他打断，继续道，“你之前也跟我说过，在人生约会周期前37%时段出现的人，很少人有机会是你的完美伴侣。所以，你要早点走出来才行啊。”

梅天星没想到她会说出这番话，笑着无奈摇头：“算了，跟你这种傻瓜说不清。总之，我早就放下了初恋，就算我看不起爱情，那也不是因为她，无论何时，你都要记住这一点，好吗？至于向孟沅道歉的事，等解决了叶秋秋的事情，我会好好考虑的。”

“那就好！”看到曙光就在眼前，姚千树一副比他还开心的样子。

两人终于走到叶秋秋家，按响了门铃，来人似乎是在猫眼后看了看，才打开门。

“哎呀，什么风把大妹子你吹来了？这位是？”叶妈妈站在门边，却并没有让他们进去的意思。

“哦，这位是‘星星’的总裁梅总。”梅天星在看到叶妈妈时就有些不对劲，直到姚千树推了推他，他才梦醒般冲叶妈妈伸出手道：“你好。”

叶妈妈也打量了他一眼，问了一句：“你姓梅？”

“对，免贵姓梅，名地才。”梅天星道。

姚千树不明白他为什么要用假名字，仔细一想，似乎公司的法人代表也不是他的名字，不知道他弄这么神秘，是有多想摆脱父亲的光环。

叶妈妈似乎是松了口气，一边道“你好”一边跟他握手。

“阿姨，我们今天过来，是想给您和秋秋看一下她在巴黎的视频，没有问题的话，我们会把这条视频用于‘星星’的广告宣传，秋秋在家吗？”姚千树边说，边伸头往屋里看。

“啊！我们家在搞卫生，到处湿乎乎的，就不请你们进来坐了，秋秋刚刚出门买东西去了，我看就行，就搁儿这看吧。”叶妈妈往外走了两步，虚掩上门。

姚千树看了梅天星一眼，梅天星示意她同意。

姚千树于是打开视频给她看，后者看完，并没有意料中的感动，反而眉头紧锁：“这个视频发出去，会影响我们家秋秋交男朋友吧？”

“那个……”姚千树在心里想着措辞，“阿姨你应该也能看出来吧？张大哥其实是个很好的人，也一直很照顾秋秋，秋秋也挺喜欢张大哥的——”

“我说大妹子，你这话说得我可就不爱听了，”叶妈妈打断她，“你要是有个女儿，你女儿要跟一个大她一轮的离婚大叔在一起，又没钱又带着个拖油瓶，你乐意啊？”

“不是，阿姨……”姚千树还想争取一下，屋里突然传来一阵拍房间门的声音，“小树姐！是不是你来了？妈，你放我出去！”

“秋秋！”姚千树想进去，却被叶妈妈挡了出来。

“不好意思啊，秋秋现在长了水痘，不能见风，也不能见人，免得传染给你们。你们先回去吧，视频的话，就辛苦你们再重新做一个版本给我们看吧。”说完，不等他们回话，叶妈妈就转身关了门。

“欸，阿姨！阿姨！”姚千树拍着门，不肯走。

梅天星拉住她：“没用的，走吧。”

“唉，这可怎么办啊？”姚千树的脸快变成一个苦瓜了。

梅天星没有回答，一脸沉思的样子。

姚千树本以为他会请她吃个晚饭什么的，谁知，他把她送到地铁口就自己先走了，说是回公司。

姚千树掩饰住失落，冲他挥手道别。

刚上地铁，杜白的电话就打了过来，问姚千树情况怎样。

姚千树简单跟他说了下，杜白叹了口气：“公司现在情况也不太好，虽然有了新投资人，可是‘黑凤梨’的那个广告，明天就正式上线了，如果他们的效果很好的话，新投资人说不定也会摇摆。”

“这样吗？”姚千树眉头紧蹙，“我再看看吧，先不跟你说了，有情况再联系。”

姚千树挂掉电话，立马转了方向，准备等下一班回电视台的地铁。

孟沅还在电视台没下班，见姚千树一脸焦急的样子，问道：“你怎么了，不是出去约会吗？怎么又让我在电视台等你？”

“阿沅姐，我想辞职……”

“什么？！”孟沅从办公桌后站起来，“你在新项目那边遇到麻烦了？”

“不是，我就是觉得……那个节目我不是很喜欢……”

“那你喜欢什么节目，我们电视台还有很多其他的节目，我帮你去说说，应该也可以——”

“阿沅姐，谢谢你一直为我工作的事情忙上忙下，可是，我……我最近有点迷茫，我需要在家里好好想想，我到底喜欢什么，想做什么样的工作。”

孟沅打量了她一眼，道：“我看，你是想回去帮梅天星吧？他还等着你帮他一起撮合叶秋秋和张清野呢。”

“可是撮合他们，有什么不好呢？”姚千树忍不住，把在新节目中遇到的问题和自己的感想告诉了她。她从来不知道自己居然可以滔滔不绝说这么久，在不间断说了半小时后，她又有些害怕了，不禁默默后退了一步。

孟沅冷着脸，却也没有继续说她，好半天，她才叹了口气，道：“那你知不知道，在我们去西岱岛那天，我跟梅天星单独散步的时候他就拜托过我，让我回去后给你重新找一份电视台的工作，你以为他有多需要你吗？”

“他居然为我的事情去找你啊？”姚千树脸上闪过一丝喜悦，成功抓错重点。

“并不是特意为了你，他当时主要是想跟我说说与即墨的事情。”孟沅毫不留情地打破她的幻想。

“哦？那个时候你们有什么事情啊？”姚千树马上顺杆问了起来。

见孟沅不是很想说，她立马摇着孟沅的手臂，撒起娇来：“哎呀，阿沅姐，你就跟我说说嘛。”

“好啦好啦，”孟沅把手抽出来，“那天之前，你不是为了救即墨被我的机车撞了吗？我以为你喜欢他，就一直躲着他。梅天星看出来了，就找我聊，告诉我爱情里没有什么成全退让，因为遇见一个喜欢的人太难了，所以后来，我就没躲他了。”

见孟沅的脸色缓和下来，姚千树适时道：“这么说，你和即墨哥真的得好好感谢梅天星了。”

孟沅不置可否，点了点她的额头：“你就少操心别人的事了，他一个公司总裁，需要你急得上蹿下跳的？实在不行你明天就请一天假，在家好好休息一下，想一想，不要给我随随便便提辞职。”

“好！我一定好好想想！阿沅姐你也好好想想那个合同呗。”说完，似乎是怕她骂自己，姚千树立马撒丫子跑了。

尽管没去上班，姚千树也没闲着，一大早就爬起来，先跟张清野联系。

电话接通后，他那边似乎还有小女孩在笑的声音："喂，你好……哦，小树啊，怎么了？"

敢情他还不知道叶秋秋为了他被禁足了呢。

姚千树有些气闷地说完叶秋秋这边的事，张清野的语气十分复杂："我就说，怎么她最近没来找囡囡玩，我还以为，她是想通放弃了呢……"

"唉，我们秋秋真是可怜，被她妈妈禁足，却只敢跟我求助。有的人还在跟女儿享受天伦之乐，完全不知道人家为了他经历了什么。"姚千树故意道。

"她家在哪儿？我现在过去一趟。"张清野果然立刻良心不安起来，也没设想他过去会遭遇什么。

"好，我发你微信。"姚千树挂掉电话，把地址给张清野发了过去。

刚发完，杜白就发过来一个网址，说是"黑凤梨"的广告视频。

姚千树点进去，才看开头，就忍不住感叹资本的力量就是强大，当初她跟拍《终于等到你》的时候，也没觉得那三对CP很有爱，可跟"黑凤梨"合作之后，这三对分别主打"小奶狗与御姐""萝莉与大叔"和"最受欢迎荧幕情侣"的CP，居然拍出了满屏狗粮的感觉。

不过，真人秀的嘉宾，在镜头前和在镜头外的形象本来就不一样，看上去清纯有礼貌的人，可能私底下抽烟喝酒性情暴虐，她当时作为编导，体会不了有爱的感觉也很正常，毕竟三对嘉宾都只是把真人秀当作另外一部戏罢了。

"还好，这三对CP，除了萝莉大叔恋跟秋秋和张大哥这一对有点相似外，另外两对并不一样，不然我们的广告在他们之后上线，就真的是尴尬了。"姚千树给杜白发去语音。

杜白那边许久没回复，她正准备去问夏夜雪和许林昊的事情，杜白就打了电话过来，问道："小树姐，你知道梅总去哪儿了吗？昨晚我们说好了，今天一起过来分析'黑凤梨'的广告，可是，他一上午都没出现，手机也打不通。方总还给梅总的爸爸打了电话，他爸爸也不知道他的行踪……”

姚千树立刻换了衣服：“我也去找找，我们随时保持联络。”

梅天星能去哪儿呢？她不信他会被竞争对手的一个广告打倒。

AI
QING /
ZHIZUO
REN

第十五章

相亲相爱，就是相亲也可以相爱

其实，自从姚千树上次在巴黎遇见梅天星的初恋周雅然以后，就已经抽空把周雅然的微博找出来看了一遍。见她跟梅天星早已没有瓜葛才放心。

不过眼下梅天星踪迹全无，姚千树还是给周雅然发去了私信，说想约她出来，跟她聊聊关于梅天星的事情。

周雅然居然在线，还很快回复了她，跟她约在一个咖啡厅见面。

姚千树给的士司机又额外加了价钱，司机载着她抄近道，左拐右拐，让她提前二十分钟，就到了咖啡厅。

许是被绕得头晕，姚千树没有马上进去，先扶着墙缓了口气。

“你好，你是姚千树吧？”一道女声从她背后传来，姚千树转过头。

周雅然好像跟上次见面相比又美了几分，肌肤白里透红，吹弹可破，笑起来时，光看着她的眼睛和酒窝，就觉得要醉了。

姚千树一时间非常自惭形秽，自己这么一副猪精女孩的样子，梅天星不喜欢她也是正常吧。

两人在咖啡厅坐下，周雅然微笑道："你过来得比我想象中要快。"

"嘿嘿……"姚千树傻笑着，不知该从哪里说起。

"请问你找我，是有什么事吗？"周雅然道。

姚千树踟蹰着，终于还是开口道："梅天星现在遇到了一些麻烦事，我找不到他人了，你知道他喜欢去的地方吗？"

周雅然愣了愣："你不是他女朋友吗？"

"抱歉，上次是我自作主张了，我其实是他的助理，那天我是见他情绪不太对，才那样说的，不好意思……其实我并不了解他的爱好和生活习惯，所以，如果你有任何线索的话……"

"不好意思啊，"周雅然尴尬地笑了笑，"其实我跟他谈恋爱，已经是十年前的事情了……"

"可是，从你之前和自你之后，他都没有谈过恋爱，所以我想，对他而言你应该是个特别的存在。你再好好想想，说不定他有提到过什么人或者地方？"

周雅然似乎也没想到，他们分手之后梅天星居然再也没有恋爱过，震惊了许久，才有些怅然道："其实大学那时，我是班长，见他老是一个人坐在最后一排的角落里，出于责任感，才经常找他聊天，逗他开心。后来在一起了，他还是很少跟我说他的事情。其实跟他在一起的日子里，我时常有种恐慌感，不知他是真的喜欢我，还是只是需要我的陪伴。后来我去了美国做交换生，遇到了另一个国内的留学生，就……"她有些不好意思，"虽然我们之后分开了，但那段时间，我能确定我和那个男生是爱过的，可是跟阿星，我经常会陷入怀疑。"

"难道你就没有想过，他其实很爱你，只是不善于表达吗？"姚千树有些不平道。

"我想过啊，所以，每次我不安时，都会主动问他爱不爱我，可是，他连被动说出爱我的答案都不肯，只是反问我，难道他说爱我，就代表真的爱我吗？女人如果不是听觉动物，多去感受，就不会问这种幼稚的问题。"

这倒是像以前的他会说出来的话，只是这种话，只要是个女人听了都会胡思乱想吧。

周雅然继续说道："其实我一直觉得，他心里有一个黑洞，吞噬了所有的爱，如果你能找到那个黑洞，说不定，他会变成另一个样子。我想，这应该跟他爸妈有关，他在他妈忌日的时候，跟我提过一次，他说他不相信他爸妈之间有爱情。"

这似乎是一条有价值的线索。姚千树赶紧站起来，冲她道完谢，跑到服务台结完账就跑了，周雅然看着她的背影，笑了笑。这个女孩，看起来好像可以拯救梅天星呢。

姚千树让杜白帮她要到了梅天星家的地址，既然他的家庭是一切的源头，那就算他不在那里，那里一定也会有关于他的线索。

梅天星家在安检严格的高档别墅区，幸亏梅天星的奶奶出院回家了，还认识她，保安这才放行。

"哎呀，小姑娘你来找天星吗？"梅天星的爷爷扶着奶奶站在自家的院子里，十分热情地等着她过来。

"是的，他公司的人说他今天没去上班，所以想来问问你们知道他去哪儿了吗？"姚千树道。

姚千树还怕两位老人会急出病来，手机都拿出来了，准备一有情况就拨"120"，谁知，两位老人只是一人站在她一边，一边打量她一边各种询问。

年龄、体重、身高、生辰八字、星座、喜好……姚千树都快被问晕了。

"老头子，这龙男鸡女，是龙凤配啊！还是男水女木，木水夫妻好姻缘，财宝贵富旺儿郎，我看啊，这位姑娘跟我们天星挺合适！你觉得呢？"梅奶奶道。这套说辞，倒是很像姚千树初见梅天星时听过的那套。他们不会见到哪个女孩来，都要这样算一下吧？

梅爷爷一边点头一边微笑："是挺好的，正所谓是朱马禾仓积满院，男女端正学文章，而且嘛，这小姑娘长得干干净净、健健康康，不像外面那些女孩子，天天闹着减肥，以后生孩子就知道错了。"

敢情是在说她胖呢！欸，不对不对，今天的重点不是这个。

“爷爷奶奶，我今天来这里，是因为梅总缺席了一个很重要的会议，我们打不通他电话，也找不到他人，万不得已才找了过来，不知道你们有什么线索吗？”

“什么！天星昨晚说加班，睡在公司啊，怎么会不在公司呢？难道说我孙子失踪了？他被人绑架了吗？！”梅奶奶终于惊慌起来，立刻就要拨打警察的电话。

“老婆子，你先别打，这才不见几个小时，等下警察来了，天星也回来了，我们不就给警察添乱了嘛。”梅爷爷看向姚千树，道：“小姑娘，你先说说到底是怎么个情况？”

姚千树喝了一口水，把巴黎游的项目简单说了一下，“黑凤梨”的事情也说了一下，最后才提了一嘴梅天星对周雅然说过的不相信爸妈爱情的事。

“你等等啊，刚刚，你是说了巴黎游里那个18岁的小姑娘，叫叶秋秋？”梅爷爷看了梅奶奶一眼。

“叶秋秋？！”梅奶奶重复了一遍，瞬间瞪大了眼睛，“她妈妈是叫吴纯如吗？”

“不太清楚，好像她说过自己姓吴。”

“你有她们的照片吗？”梅爷爷道。

“我找下。”姚千树找到叶秋秋的微信，在她朋友圈翻了一下，并没有翻到她跟她妈的合照。

“应该就是小如的女儿了，”梅爷爷戴上老花镜，看着叶秋秋的单人照片道，“她们家应该就只有她们娘儿俩吧？秋秋说过她爸妈离婚了没？”

姚千树点点头：“嗯，她爸妈是离了婚。”

“是小如和她女儿没错了！”梅奶奶看着照片，笃定道。

姚千树有些奇怪：“爷爷奶奶，你们认识秋秋和她妈妈？”

“唉……”梅奶奶长叹一口气，说起了梅天星爸爸和叶秋秋妈妈的故事。

梅昂和吴纯如从小就认识，两小无猜，青梅竹马。只是梅昂一直把吴纯如当妹妹，吴纯如却想着长大以后要嫁给他。

梅家父母不是没有撮合过梅昂和吴纯如，可是梅昂识破之后，一再表示自己只把吴纯如当妹妹，无论如何都不会跟她结婚。于是，在他大学毕业后，梅家父母给他找了一个五行八字各方面都很相配的姑娘，叫孙月照，因为自家是媒人的关系，梅家父母还找了另一户媒人世家马家的当家去说媒，寓意是马到成功，最后说媒果然成功了。

吴纯如又哭又闹，但依然阻止不了梅昂的婚礼，最后吴纯如全家人搬去了东北，与梅家断了联系。

梅昂和孙月照是正正经经的相亲结合，严格遵守了父母之命、媒妁之言流程。婚后，梅昂负责拓展家族业务，孙月照则充当贤内助，经常也会给企业的发展提供很多有前瞻性的思路建议。

因为工作繁忙和感情内敛，梅昂很少跟孙月照黏在一起，就算是终于回家，两人在家里也是相敬如宾的状态。

在吴纯如给梅昂发来结婚请帖的时候，孙月照正好重病住院，吴纯如一定要梅昂去参加她的婚礼，不然她就不结婚了，梅昂没有办法，当天去当夜回，却还是没能见到孙月照最后一面。

梅天星当时八岁，对父亲十分不满，一直认为他是为了另一个女人，才错过与母亲的最后一面。

"我们还以为小星早就放下这件事了，没想到，他一直耿耿于怀。难怪，他是觉得爸妈不相爱，所以不相信爱情，从来不找女朋友，也不去他爸公司工作。"梅奶奶说着，抹了抹眼泪。

"小星昨天是见到了小如吧？估计他是认出来了，她就是那个让他爸爸离开病房的女人。"梅爷爷叹了口气，"其实小如也是个命苦的孩子，找了个富二代，以为可以过上好日子，谁知道那个男人好吃懒做，没过两年就败光了家业，小如跟那个男人离了婚，一个人养大了秋秋。可是，没想到秋秋也被一个富二代迷惑了，她找到我们，让我们一定要帮帮秋秋，我们就把这事儿告诉了小昂，也不知道他是怎么安排的，秋秋就到了小星那个巴黎游项目里了。"

"是我让方斌提议的。"一道中气十足又不失威严的男声响了起来。姚千树转过头，看到了一个跟梅天星有几分相似的中年男人拄着拐杖走过来。男人长得也十分面善，眉宇间正气威严，不过因为在他们去巴黎之前他生的那场大病，脸色还是有些苍白。

姚千树在网上看过他的照片，自然认出了他就是梅天星的爸爸梅昂。

“叔叔好。”她赶紧站起来。

梅昂冲她点点头：“天星的事情，方斌都跟我说了。他应该是昨晚就知道了方斌是我安排到他公司的人，因为叶秋秋能被选进巴黎游，是方斌弄了很多资料和数据暗示他。在知道叶秋秋是吴纯如的女儿后，他应该是觉得，我还是喜欢小如，才会做这一切。

“……可其实，我只是觉得不太方便插手秋秋的事情，再一个原因也是想看看天星的能力，所以才这样做。我也不明白，他为什么会根深蒂固地觉得我不爱他妈妈？虽然我和她妈是因为相亲才走到一起，但有个成语不是说，相亲相爱吗？相亲是可以相爱的呀。”

姚千树不信梅昂会不知道相亲相爱的真正含义，不过他这样解读，倒是很有趣。

“唉，别看小星悟性高，但有时钻起牛角尖来，十头牛都拉不回！你说这孩子，能去哪儿呢？”梅奶奶急得拍了一下沙发。

梅昂在客厅来回踱了两圈，突然想到了一个地方，走到姚千树面前，道：“天星可能是去看他妈妈去了。”

“福松墓园？”梅奶奶发问道。

梅昂点点头，看向姚千树，郑重其事道：“小姑娘，我从事媒人行业几十年，撮合了上万桩姻缘，从未失手过，虽然我自己的感情和婚姻还是出了问题，害得天星的感情也受到了影响，但我看得出，你是真的关心我儿子，而且你俩面相也很配，估计我父母早就问了你的生辰八字，他们看起来对你也很满意。如果你们能在一起，我们都会非常开心，等你找到他，开导了他，也请继续陪在他身边吧。”

姚千树有些开心又有些紧张，她这算是在家长这儿得到了认可？可是……

“叔叔，我一定会好好劝梅总，只是我跟他……还是随缘吧，就算我们不能在一起，我也会成为一直关心他的朋友的。”姚千树道。

梅昂点点头，准备送她去墓园，这时，赵即墨的电话打了过来。

“小树，你去哪儿了？阿沅说你今天请假了，我刚去你家找你，你不在家。”

姚千树看看客厅的时钟，居然已经是下午5点了，她在来的路上买了点面包充饥，也不觉得饿，只是没想到这都快要到吃晚饭的时候了。

“我……我在外面散步，晚点就回去。”

“散步？散到了碧园别墅区？”赵即墨反问道。

姚千树懊恼地小声“啧”了一声，她都忘了，上次她看见他给孟沅做的定位软件后，忍不住调侃了他一下，他知道她的定位手表还给梅天星以后，就也给她做了一个互相的定位软件安在她的手机里，当然剔除了那些虐狗的提示音。

没办法，姚千树只好一五一十地把原委告诉了赵即墨。

赵即墨听说她要去墓园，估计是跟孟沅报备了一声，然后表示要陪她去，不过姚千树还是觉得不太好，拒绝了他。

“对了小姑娘，我让司机送你到墓园之后可能就要先走，因为现阶段最好还是不要让天星看到我的车，所以你最好还是再叫一个朋友陪你进墓园，不然，我怕你一个人进去会害怕。”梅昂道。

姚千树纠结了一会儿，正在想要叫谁的时候，杜白的电话就打了进来，问她情况怎样。

听说要陪她去墓园，杜白也不忌讳，立刻爽快地答应了。

福松墓园离市区很远，司机开了快一个小时的车才把姚千树送到墓园门口。姚千树刚到，就发现杜白已经等在墓园门口了。

“姚小姐，这是梅总拜托您拿去给梅夫人的花。”司机将手里的11朵玫瑰递给她，冲两人挥挥手，重新上了车。

11这个数字，因为这几年造出来的光棍节的原因，并不讨喜，可在以前的花语解读里，那是一生一世的意思。

姚千树拿着花，对杜白说道："走吧，我们走快点，天黑了就不好找人了。"

梅天星妈妈的墓地在墓园的东南面，两人走了快十分钟才走到，远远看去，墓碑前似乎是坐着一个人。

"小树姐，我就在这儿等你们吧。"杜白停下脚步。

姚千树点点头，自己走了过去。

只是一晚没见，梅天星的下巴上就冒出了青色的胡茬，姚千树还是第一次看到如此不修边幅的他。

梅天星看到她，有些惊讶，随即又笑了："你去了我家？"

"嗯，你爸说你也许在这里。"姚千树道。

她踌躇着要怎么开口，梅天星却幽幽开口道："从你们女人的角度来说，一个男人对你心疼怜惜，和一个男人对你敬爱如宾，你觉得哪一种才是真爱？"

姚千树张口就想说前者，可转念一想，后者貌似是梅天星他爸和他妈的相处模式？

姚千树，你可要好好说啊，别急别急，先慢慢想想！

"其实……可能，现在很多女生都会觉得，一个男人会心疼怜惜自己，才是真的爱自己，很多电视剧里放的也是这样。就像很多人觉得《鹿鼎记》里，韦小宝最爱的人是阿珂一样，阿珂是个让他怜惜心软，又让他无可奈何、拿她没办法的女人。

"曾经我也是这样觉得，敬爱和欣赏应该是对长辈、挚友，如果对爱人也是敬爱，好像多少有点'纵使齐眉举案，到底意难平'的意思，相敬如宾，少了一点类似多巴胺的化学反应。

"可是，你是学心理学的，你应该知道，如果男人总是心疼对方，那说明那个女人，是一直弱于他的，长久下来，就会变成藤与树的关系。但如果是敬爱，那就说明对方的人格是强大的，两人可以携手面对人生的风雨，互相扶持，那是一种战士般的同袍情谊，我觉得那种爱情更酷……

"怜惜固然是心动的开始，但在我知道你爸和你妈的故事之后，我发现我更羡慕他们那种很酷的爱情，因为那种爱情，更难遇见。我相信，他对叶秋秋只是出于一个叔叔的照顾，跟她妈妈吴纯如并没有关系。”

姚千树也没想到自己能说出这么一番话，说完后，她有些忐忑地看向梅天星。

梅天星似乎也有些震动，沉默了半晌，才重新微笑起来：“你果然是越来越厉害了，居然学会拿我之矛，攻我之盾了。”

“那……那你觉得，我说的有道理吗？”

梅天星避而不答：“你手上拿的什么？”

“我手上？”姚千树低下头，才发现司机之前给她的玫瑰花，她还一直攥在手里。她连忙把玫瑰花放到墓前。

梅天星妈妈的墓被人打扫得很干净，看来是经常有人过来打理，墓碑旁边还有一束还未枯萎的玫瑰花，不多不少，也是11朵。

梅天星喃喃道：“我妈生前，最喜欢玫瑰。”

“对啊，因为你爸，所以你妈的墓前，永远都会有新鲜的玫瑰花。”

梅天星看了看暮色四合的墓园，道：“天要黑了，走吧，晚了我怕你会吓哭。”

“还不是因为某人突然玩失踪，我只好孤身闯墓园了。”姚千树边走边道，“对了，我上午有去找过周雅然……希望你不要生气……”

梅天星有些无奈地看了她一眼，但也没有责怪，良久他才叹了口气，道：“其实跟她在一起时，我很少跟她说我的事。会跟她在一起，也是因为她是学校里唯一心疼我的人，那种近乎怜惜的母性，我当然明白，这代表这个女生喜欢我。我跟她在一起，更多的只是享受别人喜欢我的感觉，是我自己不好，害她背上了‘劈腿’的骂名，以后有机会再找她道歉吧。”

在听到他说“再找她”的时候，姚千树一个没注意，差点被台阶绊倒，梅天星摇摇头，朝她伸出手，温柔道：“拉着我。”

姚千树低着头，小心掩饰自己的窃笑。

“对了，你打算什么时候找阿沅姐道歉？如果她能把合同签了，‘星星’的宣传广告也能如期播出了。你看了‘黑凤梨’的广告没？我觉得他们虽然做得不错，但我们的广告能播的话，我相信更能打动大众的心。”

梅天星回头看了她一眼，笑了笑，又捏了捏她的手，道：“嗯，我会好好考虑你的建议的。不过当务之急，还是先把秋秋救出来吧，我并不认为张清野可以单独搞定她妈妈。”

“好。”

两人携手往外走去，碰到了等在墓地中间的杜白，梅天星冲他点点头，仍旧牵着姚千树的手。倒是姚千树，看到杜白盯着他们的手看有些不好意思，连忙甩开了。

杜白看了一眼姚千树，知道事情应该是解决了，于是转身朝大门外走去。

回家的路上，杜白开车，姚千树和梅天星坐在后座。

姚千树拨通了张清野的电话，一问，果然，吴纯如把他赶了出去，还差点动用扫帚。他打算第二天再去，一直到吴纯如给叶秋秋解禁为止。

梅天星让她开手机外放，对张清野道：“张大哥，我想先跟你确认一件事。”

“你说。”

“你对秋秋到底是什么感觉？如果只是出于对朋友的关心，那你就不必再参与这件事了，因为你在更难办。”

“……”电话那边沉默了，姚千树看了一眼梅天星，用嘴形问他“怎么办”时，张清野终于道：“我要参与这件事的，如果有幸能参与她的人生，我也会尽量做好的。”

姚千树突然有些感动，原来一个中年男人的告白，可以含蓄得这么感人。

因为今天天色已晚，姚千树也一天没正经吃什么东西，听到她肚子叫的时候，梅天星忍住笑意，对她和杜白道："今晚就不去叶秋秋那了，晚饭一起去我家吃吧，我奶奶做的饭特别好吃。"

想到他家那两位热情的老人，姚千树打了个哆嗦："不用了、不用了，我妈说今晚给我做很多好菜等我回去。"

看到她的表情，梅天星眉毛上挑："我爷爷奶奶抓着你查户口了？"

姚千树有些害羞地点点头。

"不要在意，他们对我身边的女生都这么说。"梅天星微笑道。

"……哦。"姚千树闷闷道。

看她被捉弄到的样子，梅天星突然觉得心情特别好。

第二天，梅天星和姚千树约了张清野一起去叶秋秋家。

走到约定地点的时候，两人差点没认出，面前这个染黑了头发，抱着一个小女孩的中年帅气大叔是张清野。

张清野有些不好意思，道："我的头发是妻子离开我以后，自然变灰白的。上次去秋秋家被赶走后，我想了想，觉得还是染黑显得年轻一点，跟她年龄差距也没那么大。"

"爸爸帅！爸爸帅！"囡囡拍手笑道。

姚千树也忍不住笑。

四人走上楼，这次吴纯如从猫眼看到他们，干脆连门也不开了，站在门后道："你们再这样，我就报警说你们骚扰了！"

梅天星吸了口气，道："吴阿姨，我是梅昂的儿子，真名其实叫梅天星。"

吴纯如立刻打开了门，声音气得有些颤抖："好啊你，我没去找你们梅家，你倒是找上门来了。当初你爸对不起我，没想到他现在又来坑我女儿！"

囡囡吓得直往张清野怀里躲，但并没有哭，而是小声道："爸爸，秋秋姐姐不在家吗？"

看着这个一两岁的小女孩，吴纯如退了一步，有些迟疑地看着他们：“你们想玩什么花样？”

“吴阿姨，我们只是想来跟您聊聊。其实说实话，我在前天知道秋秋是您的女儿后，也很生气。”梅天星走上前，“因为直到昨天以前，我都以为我爸是为了去见你，才没有赶上见我妈最后一面。”

吴纯如震惊地瞪大了眼睛：“咋回事啊？怎么牵扯到我了？”

姚千树见梅天星面色凝重，连忙站出来，简短地说了一下来龙去脉，说完，吴纯如就捂住嘴，又退了两步：“我不知道那天月照姐病重，我……我一直都不知道这件事，你爸为什么不告诉我？”说话间，她的眼圈就红了。

“因为你那天结婚，他不想影响你和你之后的婚姻。”梅天星语气平静，“就冲我爸为你做的事，我希望吴阿姨今天能给我一个面子，让秋秋出来，我们当面聊一下，如果你还是不同意，那我们立刻就走，绝不再来打扰。”

吴纯如犹豫了一下，终于还是同意，让他们进了屋，又打开了叶秋秋的房门。

“大叔，囡囡！”一打开门，叶秋秋就冲两人跑了过去，跑到两人面前时，她硬生生停了下来，看了她妈一眼，然后又叫了姚千树和梅天星一声。

“秋秋姐姐。”囡囡颤颤巍巍地朝她走过去，抱住她的脚。

“囡囡，这几天有没有想秋秋姐姐呀？”叶秋秋蹲下来，抱住她。

吴纯如看着女儿这么喜欢小孩子，有些动容，但看了张清野一眼后，又气了起来。

“吴阿姨，我知道您独自抚养秋秋长大很辛苦，”梅天星道，“也知道您是不想秋秋重蹈你的覆辙，所以才阻止她跟不靠谱的富二代在一起。虽然张大哥也不符合好丈夫的世俗标准，但他是个有担当的男人，他会放心让秋秋去飞，做她永远的后盾和支持，这是他与您不同的地方，也是秋秋为什么选择他的原因。”

叶秋秋没想到梅天星看得这么透彻，可能她都不知道自己为什么会这么喜欢张清野，可梅天星一下就把问题的关键看了出来。她决意要好好跟妈妈沟通一次，于是在她妈对面坐了下来，道："妈，我知道我的叛逆一直让您觉得很伤脑筋，可是我真的长大了，不是那个什么都要靠你管着的小女孩了。我心疼您为了我付出的一切，可我真的很希望能独立做一个决定。我不怕失败，因为我不怕被打倒，我会因失败而变得强大。妈，求您了，就让我自己选择一次，好吗？"

吴纯如没有说话，只是坐在一边抹眼泪。

"那个……"可能是不知道要怎么称呼吴纯如，张清野有些迟疑地开了口，"我今天来，其实是想感谢秋秋，没有她，我也不能走出来。不管我们未来怎么样，我都不希望秋秋现在因为我而受过，您说我要做什么，您才能解开对秋秋的禁足？"

"我让你做什么都愿意？"吴纯如瞟了他一眼。

"妈！"叶秋秋怕她妈为难张清野，立刻叫道。

吴纯如瞪了她一眼，叶秋秋赶紧闭上了嘴。

吴纯如指着张清野道："我们家秋秋好吃懒做，不会干家务，也不会做饭，你要是觉得你以后能照顾她，就先来我家做三个月保姆试试吧，至于囡囡，"她语气柔和下来，"就一起带过来，我勉为其难帮你看一下。"

她这样说，其实就是相当于接受了张清野。

张清野愣住了，脑子似乎还没转过弯。

叶秋秋已经反应过来，扑到了吴纯如怀里："妈！谢谢你，我老爱你了！"

囡囡看到抱在一起的两个人，也有样学样，屁颠屁颠地跑过去抱住叶秋秋。

看着自己怀抱里的两个小女孩儿，吴纯如的眼泪悄悄掉落，这些年，她这么管着叶秋秋，就是怕她管不好自己。虽然她把自己女儿赚的钱都握在自己手里轻易不肯给她，但以后等秋秋懂事了，她会都给秋秋的，现在不过是替她好好攒着，怕她乱花而已。

看到秋秋终于长大，变得这么有担当，她又欣慰又感伤。

而边上，姚千树与梅天星看着抱在一起的三个人，相视一笑。

解决完叶秋秋和张清野的事情之后，梅天星开始着手处理公司的事。

因为与梅昂的和解，“星星”也接受了梅昂以投资人的身份注资，再也不怕其他投资人撤资。

梅天星原以为，这辈子也不可能有跟他父亲和好的一天，没想到因为姚千树的出现，居然就这么化解了。

昨晚他回到家的时候，奶奶已经做好了菜，见到只有他一个人回来，还挺诧异。

他父亲倒没说什么，而是倒了杯酒，对他道：“天星，我们爷儿俩还从来没一起喝过酒，今天，就陪爸爸喝一杯吧。”

“好。”梅天星走过去，接过他的酒杯。

然后，两人就像从未有过芥蒂一样，开怀畅饮起来。

本来媒人不能喝大酒，但爷爷奶奶看到父子俩和解，十分开心，也不管这些家规了，拿起杯子，跟着两人一起喝了起来。

姚千树并不知道，梅天星跟父亲的龃龉，因为一壶酒就消解了。

在梅天星忙公司的事情时，她在他们巴黎游的八人微信群里发起了一个一起看电影的邀请，说在酒庄的时候，他们曾经约好了回国也要经常小聚，所以这次电影就是第一个聚会，请大家务必到场。

看到他们七个都回复了那天会准时到，姚千树连忙拉着杜白，开心地准备起来。

其实那部电影并没有什么特别的，重头戏在电影结束之后。当大家看完电影，站起来准备走时，姚千树让大家等一会儿。

下一刻，电影荧幕上就出现了他们在巴黎旅游的片段，要走的人也纷纷走了回来。

第一个放的是叶秋秋和张清野的故事，跟杜白之前的剪辑相比，除了添加对两人身份的解说，还有叶秋秋在巴黎和回国之后，为张清野的付出。一个是18岁的靠直播为生的购物狂东北逗比妹子，另一个是靠街头卖唱在视频平台小火的“杀妻”嫌疑犯流浪歌手，本是风马牛不相及的两个人，因为一个APP，神奇相遇在巴黎。

从互相看不对眼的欢喜冤家，再到为彼此考虑的相互扶持，两人的故事既搞笑又令人感动。

在围观群众纷纷被感动的时候，赵即墨和孟沅的故事登场了，他们这一对，没有前一对那么多曲折的情节，但胜在唯美养眼，以及淡淡真实的心动。

两人是认识多年的老友了，一个是被人诟病直男癌、对女人避之不及的理科帅直男，另一个是抽烟喝酒纹花臂的风情女强人，他们在巴黎游这个项目里巧遇，在别人都大大方方两人一组的时候，他们因为太熟，反而有些尴尬。

因为地下墓穴的停电，怕黑的孟沅与赵即墨关系终于有了转变，两人从此开启了暧昧撒狗粮的模式，从在巴黎歌剧院里时不时的甜蜜对视，到一起在美丽的葡萄园散步，再到最后酒庄里赵即墨的浪漫告白。

看完他们的故事，大家仿佛喝下了一杯清甜的玫瑰花茶，口里鼻间都是甜味。

许林昊和夏夜雪的故事放在最后，相比叶秋秋和张清野的反差萌、赵即墨和孟沅的暧昧向，他们俩的故事，像小说一样充满了戏剧性。

自卑肥胖还有晕帅哥症的夏夜雪，从一开始就对阳光热情的模特许林昊没有好感，拒绝他帮自己提行李，拒绝他的一切示好。可自从许林昊在黑人面前保护了自己之后，她就开始对他缓和了态度。

然而好景不长，许林昊手机里的娇喘声，让她又开始误会他，虽然之后，许林昊在地下墓穴拉回了一些好感度，但夏夜雪的心防始终间隔着两个人，直到她在蒙马特高地的酒吧里失态哭泣，许林昊一直照顾陪伴着她，这个动作从旅行开始贯穿到结束。最后，在拉雪兹神父公墓里，许林昊说出了真相，两个因误会而走散的年轻人，终于重新拥抱在一起。

围观群众一边对着荧幕拍照，一边感叹着又相信爱情了。短片放完后，大家纷纷鼓起掌来，看向故事的六个主角。

六人没想到姚千树会这样安排这个短片，初看的时候，还只是有些讶异，但看到一半，就已经忍不住热泪盈眶了。当时在巴黎，自己身处其中时，他们倒不觉得有什么，可是站在视角之外看，才察觉，原来他们与身边人之间早已经发生了很奇妙的化学反应。

梅天星也没想到姚千树会安排这一出，他看了她一眼，她最近似乎瘦了点，估计是一直在为他的事情操心。看着她开心又感动的笑容，他那颗从短片开始播放到结束都一直正常跳动的心，突然就漏了一拍。

曾经的他，也许是真的不懂爱，所以才把爱情当成一门手艺，可是他现在已经知道了关于爱的一些秘密，比如，天真的人们能够爱。

他想起了在巴黎时Julia对他说的话："这个女孩把你的快乐看得比什么都重要，你千万不要错过她。"他觉得，自己好像要恋爱了。

杜白站在二楼的放映窗口，朝下看去，他的目光，一直牢牢锁定在姚千树身上，可是姚千树一会儿看着六个人，一会儿看着梅天星，就是没有抬头看他一眼。

"阿沅，"这时，赵即墨手捧鲜花，走到了孟沅面前，"以前我从来想象不到，我的未来会是什么样子，但从你答应做我的女朋友第一天起，我的脑海就突然有了画面。那就是，不管是什么画面，我的身边一定都有你。

"虽然我们在一起才不到一个月，但我们认识的时间已经超过十年，我想我们对彼此已经足够了解。所以，我想跳过那些情侣都会经历的甜蜜、争吵又和好的日常，直接开始以'我们'开头的人生阶段。你愿意嫁给我吗？"

说罢，他单膝跪地，从口袋里拿出戒指。

其他人都兴奋又激动地看向孟沅，孟沅没有像个小女孩一样惊喜感动，而是从容笑了笑，答应了他。

那一刻，姚千树突然想到，也许即墨哥和阿沅姐的感情，就是那种敬爱的感情吧。

在大家陆续往电影院外走的时候，孟沅突然对梅天星道："你之前发给我的道歉我收下了，趁着我今天高兴，你下午把合同快递给我吧。”

“好，多谢孟小姐。”梅天星微笑道。

真好，大家的问题都快解决了，她要不要也做一个视频，跟梅天星再告白一次呢？上次楼梯间的告白，他怀疑她说假话，那这一次，她一定要说得更真一点。姚千树想道。

AI
QING /
ZHIZUO
REN

第十六章
星星在天上，你在我心里

姚千树没想到孟沅会自己主动把合同签了，看着孟沅把合同寄出去的时候，她都没发现，自己从快递员进来接合同一直到离开，脸上的傻笑就没撤下来过。

“傻妹妹，还笑呢，口水。”孟沅走到她面前道。

姚千树赶紧擦了擦嘴角，并没有口水：“阿沅姐！”

“好啦，不逗你了，梅天星的事情也解决了，你之前说要好好想想自己的喜好，想好没？”

“嗯，我已经想好了，我想……去做一档新的节目。策划我已经有雏形了，但我没有信心我可以做好……”姚千树低头犹豫道。

“你做好先给我，我帮你看看。”

“好，谢谢阿沅姐！”

姚千树回到自己的工位，发现许林昊正在找她，想让她把他和夏夜雪的视频发给他。

姚千树一边发，一边多嘴问了句，他是不是也要留着以后求婚用，许林昊不置可否，只说是现在要用。

发完没多久，夏夜雪的电话就打了过来。

“小树，是你把视频发给毕易的吗？”她语气焦急。

“是啊，怎么——”

“啊啊啊！他把它发微博上了，跟大家公开了我们的恋情。”

“这是好事啊。”姚千树道。

“好什么呀！评论是一片骂声，很多粉丝要么脱粉、要么变成黑粉，我让他撤下来，他不听，我都快急死了！他好不容易走到今天，才刚有一点名气，就宣布恋爱，还是跟我这样的女生，他不想要自己的事业啦！”

夏夜雪这一说，姚千树也有些担忧起来。这个事情还真挺棘手的，而且他把视频发到网上，也不知道有没有影响“星星”的宣传步骤，想到这里，她赶紧拨通了梅天星的电话。

“视频我看到了，”梅天星接了电话，先开口道，“虽然在我计划之外，不过也算是给‘星星’重新炒了热度。”

见他没有责怪自己泄露公司资料，姚千树松了口气，联想他之前还跟孟沅私下道过歉，她问道：“不过许林昊怎么会突然这么冲动呢，是不是你跟他说了什么啊？”

“嗯，我跟他说过，他想进娱乐圈的话，事业和爱情只能选一个。”

姚千树叹了口气，心里还是很佩服许林昊的：“现在，只能是希望他还是有理智的粉丝，事业不会受到太大冲击吧。”

因为许林昊的举动，“星星”的广告短片出来时，很快就上了热门，其实之前孟沅在微博揭露这件事的时候，大家就很好奇“星星”要拍怎样的以真人真事来做的广告了，许林昊为夏夜雪做的这件事，正好坐实了这一切都是真实的。在“星星”广告上线的第一天，“星星”的用户注册量就达到了创立以来的最高值。

姚千树看着“星星”APP的最新首页上，六个人在巴黎的照片，不禁又回想起了在巴黎的日子。突然，她想到了什么，把之前那张被人说过像宋慧乔的头像换了下来，换了一张有些丑的，她在酒庄喝粉红香槟时偷笑的照片，那是梅天星偷拍了之后发给她的。

孟沅正好经过看到，有些嫌弃道：“干吗上传这么丑的头像啊，像只嘴里塞满了栗子的松鼠，男生会被你吓跑的。”

“栗子好呀，剥开的时候，是心花怒放的声音。再说，我平常真实的样子就是这样，美的时候少，丑的时候多。”姚千树也不生气，反而偷笑起来。

“呃，可别变成心碎的声音就好。你啊，别人都是传自己最美的照片，你这是要另辟蹊径，引起注意？”

“不是啊。有人跟我说过，真正的爱，跟我美不美，没有关系，因为不管我长得怎样，那个人如果爱我，就会爱我的整个人，而我因为真实得到的爱，才是真正的爱。”说着，姚千树忍不住又微笑起来。

“别告诉我是梅天星跟你说的啊。”孟沅有些难以置信。

姚千树笑了笑，没有回答。

是的，即使他没给她任何回应，但她现在也还在喜欢着他。

爱来如山倒，爱去如抽丝。她现在还倒在地上，不想起来。

孟沅走后，姚千树看到自己的个人主页上，多了一个关注人，名字叫天上星。

梅天星的微信很快就发了过来，却并没有说她头像的事，而是关心起她目前的工作来。

姚千树疑心是孟沅跟他说了什么，问道：“是不是阿沅姐跟你说了我想做新节目，但又没信心？”

“不是啊，她没跟我说什么，倒是你自己刚刚全说出来了。”梅天星的声音仿佛带着笑意。

姚千树“哼”了一声，准备挂断电话，梅天星又道：“你要相信自己，你阿沅姐能接受我的道歉，还多亏了你策划的电影院短片告白呢。这个人情，我已经在准备还了，你的策划也缓缓，先等我三天。”

……他不会是……要对她告白吧！他都关注她了，肯定是有点喜欢她了吧！也好，他之前还说女人不能倒追男人，不能主动告白，他先告白也好。

姚千树忍住心中的雀跃，在日历本上标记了一下，开始数日子等待。

在姚千树满心期待的时候，叶秋秋在自己的直播间里直播了跟张清野还有囡囡一起去游乐园游玩的视频。

“星星”广告上线后，她的粉丝也涨了很多，特别是女粉丝，大家都喜欢上了这个敢爱敢恨、直爽又搞笑的东北萝莉，支持她跟张清野在一起。

而张清野也接到了很多商演邀约，他们的好日子源源不断从云上赶来，让姚千树非常欣慰，之前的忧心忡忡，总算可以抛之脑后。

除了他们这一对，许林昊又做了一个让人意外的决定——退出模特圈和娱乐圈。

这下也不用夏夜雪来打电话给她了，姚千树直接给许林昊打去电话，劈头盖脸一顿骂：“林昊，你之前公布恋情的时候，我就觉得你冲动了，现在你又闹这一出，我怎么以前没发现你是这样的人。如果你觉得进军娱乐圈事业受到了冲击，那专心低调做模特就行了啊，何必要都退了？你打算以后跟小雪怎么过下去，让她养你？”

姚千树越说越气，然而许林昊接下来的一句话，却让姚千树瞬间被塞了一把狗粮，“你说得都对，可我就是不想让小雪受一点点委屈，做模特不能陪她大吃特吃，进娱乐圈不能跟她逛街买衣服，所以，我打算做厨师，每天研究什么又营养又好吃。”

“……哦，对不起，打扰了！”单身狗姚千树默默挂掉电话，发誓再也不管这些狗男女的事，免得猝不及防被塞一嘴狗粮。

很快，梅天星跟她约定的三天之期到了。她打开对话框，正准备催他，那边就给她发来了一段音频。

不会是录了一段告白音频吧？

姚千树充满期待地点开，却听到了一阵杂音，正疑惑的时候，她听到了自己的声音，除此之外，还有欧明洋的声音。就是那个之前甩锅给她的沪城电视台《终于等到你》节目的导演。

这段录音，恰好就是欧明洋之前跟她说的，要怎么去让那个已经恋爱的明星放心继续拍下去的录音。

“你怎么找到这个录音的？”她马上给他打电话问道。

“过程就不必细说了，结果就是这么个结果，你想怎么做，我都会支持你，反正你现在已经变得很厉害，再也不是从前那个只会忍气吞声的傻瓜了。眼下，你就再好好想你的策划吧，我去开会了，拜拜！”

梅天星不愿说，不代表她没渠道知道，姚千树立刻拨通了杜白的电话。

“喂，小白，刚刚你们梅总给我发了一个以前我在沪城电视台跟欧明洋谈话的音频，他会知道这个事情，你应该有帮忙做什么吧？”毕竟他以前在沪城电视台可是跟着她混的。

“嗯，是梅总假装要去沪城电视台谈合作，带着我一起去了，他们谈事的时候，我去了存放录音盘的仓库。你也知道当时做《终于等到你》的时候，我们在台里安了好几个录音机，我想着最早的带子里，也许有录下我们工作人员的谈话，就去找了，没想到，还真的找到了。这些事情……他都没跟你说？”杜白的声音有些异样。

“没有，他这个人就是这样，老喜欢在背后搞事情，以为这样可以显得他很酷、很厉害，可他上次也是借口来江南电视台谈合作，骗了阿沅姐注册‘星星’，他也不说想点新手段，难怪不好意思告诉我。”姚千树嫌弃着，语气里却满是开心，“好了，我现在知道啦，谢谢你了，改天请你吃饭！”

杜白呆呆看了一眼被挂断的手机，突然苦笑起来。

原本在替姚千树找到证据后，他是很开心的，可没想到在回程的路上，梅天星突然问他是不是喜欢姚千树。

他没有承认，但梅天星说：“我是学心理学的，里面有一门课是面部微表情。在我们之前讨论姚千树的事情时，你不由自主地露出了有眼纹的微笑，眼睛还跟着眨，这是真心喜欢一个人的标志。你喜欢她，我不阻止你，但我也喜欢她，为了公平起见，我也要告诉你我喜欢她，我们公平竞争。”

本来，杜白是想竞争一次的。只是这通电话之后，杜白知道，他已经输了。

虽然他认识姚千树比梅天星早，但是那时他看出来姚千树暗恋赵即墨，根本没有机会，现在好不容易有机会了，姚千树却又喜欢上了梅天星。

总是时机不对，也许，她是自己注定要错过的姑娘吧。

姚千树拿到音频之后，在网上说出了之前被沪城电视台开除的真相，并喊话欧明洋，表示自己不怕在这一行混不下去，她目前正在做一个真实的旅游恋爱真人秀的策划，口号就是“为爱发声，敢说真话”，一定会比《终于等到你》更好看。最后，在长微博结尾处，姚千树感谢了很多人，但她特别感谢了梅天星，并向他喊话——梅天星，我喜欢你，这条微博每转一次，就代表有多一个人知道我喜欢你。如果我说了谎，那我就失去所有人的信任，再也得不到真心。

孟沅转发了她的这条微博，附言：让我来做这档节目的制片人吧，PS：知道你真的喜欢梅总啦！

随后，赵即墨也转发了，希望节目能跟他的旅游APP“爱旅”合作，祝她和梅总牵手成功。

因为之前“星星”广告积攒下的好感度，姚千树的这篇长文也是一石激起千层浪，真人秀作假的话题在网上形成了不小的热度，大家都十分期待她的这个节目。而之前跟《终于等到你》有过合作的“黑凤梨”此时也受到了不小的影响，关于他们安插内鬼到“星星”，还有唆使“星星”之前股东撤资转股份的事情，也被人扒了出来，APP的用户流失惨重，元气大伤。

当然，相比起工作，大家更关心八卦，他们已经挖到了，姚千树跟着梅天星和“星星”的那六个广告用户，一起去了巴黎。于是，他们纷纷给梅天星和姚千树留言：那个旅游恋爱真人秀，干脆就你俩去得了。

因为爱上这对总裁和助理的CP，有人甚至还挖出了姚千树的小号，找到她当初那个吐槽“助理守则”的微博，@梅天星，说有人要被当初立下的FLAG打脸了。

梅天星通通都没有回复。

难道，这就是他曾经告诫过女人不能倒追男人的后果吗？姚千树默默把自己变成了鸵鸟，不再去等他微博的回应。

转眼，又到了他们八个人相聚的时候，而这一次，是在赵即墨和孟沅的婚礼上。

坐在特别来宾席上，叶秋秋和夏夜雪都很关心姚千树和梅天星的八卦。

“说真的，在巴黎那时我就觉得，你俩一个五五六六，一个七七八八，特别配！话说小树姐，你老实说，你俩每天夜晚在阳台单独相处，有没有干些什么让人羞羞的事情啊？”叶秋秋道。

张清野抱着囡囡，听叶秋秋说出这些话，有些无奈，又有些宠溺地看了她一眼。

姚千树一脸蒙：“我们那是在对第二天的行程，什么也没干啊。”

“那时没干，现在干也来得及的，”夏夜雪冲她挤挤眼睛，又开始念叨起来，“我跟你说啊，两个人互相有感觉的话，一定要好好把握，错过了就太可惜了。你现在也老大不小了，梅导呢人也不错，你就别挑了哈。”夏夜雪看起来好像又胖了一点，整张脸白白嫩嫩的，气色很好，许林昊坐在她身边，替她夹菜。

梅天星还没到，说是路上堵车。

“不过，你俩的姓还真是有点怪，你看赵大哥和孟沅姐姐，赵孟，今天的婚礼主题就是‘陪你一起造梦’，多浪漫啊。”叶秋秋皱着眉，“可你俩的，梅姚、姚梅，要么就是‘没要’，要么就是‘要没’，这寓意，以后结婚可咋办啊？还有，小树姐，你爸妈是亲的吗？给你整个摇钱树的谐音是什么意思？”

姚千树刚想说，能不能跟梅天星在一起都是个问题，背后突然传来了梅天星的声音。

“千树这个名字，应该是来自苏轼的诗吧，‘江头千树春欲暗，竹外一枝春更好’。这首诗里的千树，指的就是梅花。我跟小树的缘分，可是从起名那时就有了呢，如果要结婚的话，可以叫梅花千树。”

大家都被他这不知是玩笑，还是告白的话整得有些愣，姚千树也是，但她心里也有一丝动容。很少有人知道她名字的含义，她也不愿多解释，因为对她有心的话，自然可以自己去查到答案。

她出生在寒冬腊月，梅花盛开的季节，她爸给她起这个名字，就是希望她有不惧严寒、不怕孤单，专心等待自己绽放的勇气。

不知道现在，她等到了那个正确的人、那个绽放的季节没有。

“我说的是认真的，小树，”梅天星走到她面前，将一个装有定位手表的盒子递给她，“这是我重新买的最新款定位手表，一百年内不需要换电池，地球范围内我们都可以知道彼此的坐标。我郑重承诺你，在我们有生之年里，无论你到哪里，我都会找到你。”

姚千树打开盒子，那是一款精致小巧的手表，外表看起来就像是一串星形水晶手链，仔细看才会发现，其中最大的一块孔雀石上有显示时间和自己的坐标，以及伴侣手链的坐标。

梅天星的手表已经戴在了手上，从外表看就是一块正常的男士手表，可仔细看的话，会发现表链上刻了小小的梅花暗纹。他就是为了去取这对定制的手表才迟到的。

姚千树没有戴手表，反而捶着梅天星的胸口，道：“你为什么不回应我的微博！难道还在怀疑我撒谎吗？”

梅天星抱住她，柔声道：“我当初把你拉进巴黎团，另一个目的就是要治好你的说谎，所以，我又怎么会怀疑你呢？我不回应，就是想吓吓你，看你还敢不敢主动跟别的男人告白。”

“那你又不是别的男人！”姚千树噘着嘴，又捶了一下他。

“看来，我做给小树的定位小程序，可以卸载了。”赵即墨端着酒杯，跟孟沅一起走了过来。

大家纷纷端起酒杯，跟这对新人碰杯。

“卸载倒是不用，你做的，是代表哥哥的那份心意。我送的，是代表爱人的那份心意。”梅天星看向姚千树，“小树，你说呢？”

姚千树还是有点没回过神，梅天星暗暗捏了捏她的手，她才反应过来：“嗯嗯，谢谢即墨哥，希望你跟阿沅姐长长久久！”

“那你跟梅总现在是怎么样？”孟沅笑道。

梅天星也目光温柔地看着她。

姚千树将那块手链拿在手上，让梅天星替她戴上，轻轻说了句：

“星星在天上，你在我心里。”

五年后。

“欸，姚导，你好，你可以说两句吗？听说您这次去日本录制节目时，跟您先生，也就是梅氏集团继承人梅天星先生，因为私下约会，导致你们的儿子与你们走散，他还发布了寻父母启事，这件事是真的吗？”姚千树一出机场，一大群娱记就围了上来。

看来让老公和儿子坐后一班飞机回来，果然是明智的做法。

面对娱记们的追问，下意识想撒谎的姚千树，想起之前答应过大家“为爱发声，敢说真话”的承诺，勾唇一笑：“是的，因为有句话说得好，‘父母相爱，孩子只是个意外’。”